팬텀

시
그
널

팬텀 시그널

조선희 장편소설

네오픽션

차례

팬텀 시그널

외부환경을 인지하는 통로가 닫힌
마인드 트랩 상태에서 발동하는 방어기제 신호.
뇌는 스스로 탈출로를 찾아 새로운 시냅스를 생성하고,
그 자극으로 특정 시그널이 나타난다.
교차로, 건널목, 횡단보도, 다리, 신호등, 도깨비불 등
다양한 형태로 나타나며, 보통은 하나 이상이 보인다.

1부

찰나의 너

1

　너의 외할아버지는 막내딸이 태어났을 때 아기의 귓가에 대고 우리 예쁜 금덩이라고 단 한 번 아주 작게 속삭였다. 그러고 출생신고를 하러 가서는 서류에 미금美金이 아니라 미금未金이라 적었다. 삿된 것들을 향한 속임수였다. 금덩이가 아니니 탐내지 말라는.

　그는 셋째로 얻은 첫아들을 호적에 올린 지 보름 만에 잃었다. 비탄에 빠진 그는 그 이유를 첫아들에게 너무 귀한 이름을 지어준 탓이라 여겼다. 그는 말했다. 어떤 글자들은 극지의 얼어붙은 바이러스처럼 잠자고 있다가 얼음이 서서히 녹아내릴 때쯤 접촉자의 삶에 파고들어 모든 것을 망가뜨리지. 글자는 입으로 뱉는 말보다 무시무시한 저력을 가지고 있어.

훗날 너는 꼭 그렇지만은 않다는 것을 알았다. 말은 글자와 달리 소리를 내기 때문에 극적인 효과와 즉각적인 반응을 불러일으켰다. 그러므로 인내심이 부족한 사람은 치명적인 결과를 초래할 수 있었다. 대체로 사람들은 미금의 뜻이 금이 아니라는 것을 알지 못했다. 그들은 미금을 예쁜 금덩이로 알고 불렀다. 그게 바로 너의 외할아버지가 노린 바였다.

실제로 미금은 금덩이처럼 눈부시게 예뻤다. 하지만 미금은 자신이 얼마나 예쁜지 알 수 없었다. 미금은 태어날 때부터 앞을 보지 못했다. 빛과 색을 본 적 없는 미금의 꿈속 세상엔 촉각으로 익힌 모호한 형체와 어둠만이 있었다. 대신 미금에게는 다른 신기한 능력이 있었다.

미금은 네가 학교에서 언제 돌아올지, 늘 먼저 알았다. 너의 엄마는 말했다. 네 이모는 네가 집에 도착하기 십 분 전쯤부터 현관문 쪽을 계속 돌아봐. 십 분 전이면 너는 학교 교문을 나서고 횡단보도에서 길을 건너려고 할 때다. 그런데도 미금은 언제나 네가 오는 시간을 귀신처럼 맞혔다. 그럼 너는 신기해하며 어떻게 아는 거냐고 묻곤 했다.

"그냥 네 소리가 들려."

"내 소리가 뭔데?"

"네가 내는 기척, 뛰거나 걷는 소리, 웃고 말하는 목소리 같은 거."

"그게 횡단보도에서 집까지 들렸다고?"

"눈이 보이지 않으면 소리에 예민해지지."

미금은 고개를 갸웃거리는 너를 미치도록 귀엽다는 듯 바짝 끌어안으며 웃었다. 너는 미금이 가진 초인적인 능력을 너에 대한 넘치는 애정의 힘이라고 생각했다. 그것 말고는 설명할 수 없었다.

네가 초등학교 오학년이던 어느 무더운 여름날이었다. 너는 평소처럼 학교 다녀왔습니다, 하고 외치며 현관문을 열고 들어섰다. 미금과 너의 엄마는 거실에 있었지만 너를 돌아보지 않았다. 미금은 보이지 않는 눈으로 너의 엄마를 노려보고 있었고, 그런 미금을 바라보는 너의 엄마의 시선도 날이 바짝 서 있었다.

두 사람 앞에는 반쯤 먹다 남은 수박화채가 놓여 있었다. 너의 관심은 곧장 수박화채로 향했다. 가방을 내려놓고 냉장고를 열어 네 몫으로 남겨진 수박화채를 꺼냈다. 그릇에 숟가락을 꽂는 순간 미금의 목소리가 너의 엄마를 다그쳤다.

"뭐 해? 빨리 말해보라고. 내 말이 틀렸어?"

"잘 모르겠어. 기억이 안 나."

너의 엄마는 매우 불편한 표정을 짓고 있었지만 목소리는 담담했다. 너는 엄마가 거짓말하고 있다는 것을 알았다.

미금이 반박했다.

"언니는 자기 단골 미용실 상호도 몰라? 간판에 '진'이라 쓰여 있고, 유리 벽 바깥에 단발머리 외국 여자 얼굴 사진이 크게 붙어 있는데. 그게 어떻게 기억나지 않을 수가 있어?"

"그럴 수도 있지. 내가 원래 어디 다닐 때 땅만 보고 다니잖아."

너의 엄마는 곤혹스러운 얼굴로 둘러댔다. 그러더니 원망어린 시선으로 너를 쏘아보았다. 너는 의아했다. 불똥이 왜 나한테 튀어? 내가 뭘 어쨌다고? 너는 두 사람에게 가려던 걸음을 네 방으로 돌렸다. 그때 미금이 너를 불렀다.

"수우야, 너 이리 와서 좀 앉아봐. 내가 물어볼 게 있는데."

미금은 네가 온 것을 이미 알고 있었지만 너의 엄마에게 집중하느라 알은척하지 못했다. 엄마는 고개를 저으며 손짓으로 네 방을 가리켰다. 너는 엄마가 시키는 대로 자리를 피하려고 했다.

"이모, 나 오늘 숙제 많아."

"네 엄마 다니는 미용실 이름이 '진' 맞지? 유리 벽 바깥에 단발머리 외국 여자의 커다란 얼굴 사진이 붙어 있고."

미금은 너의 말을 무시하고 다짜고짜 물었다. 너는 화채 그릇을 들고 어정쩡하게 선 채 뭐라고 대답을 해야 할지 고민했다. 엄마가 거짓말을 했으니 너도 거짓말을 해야 하는데, 그러고 싶지 않았다. 그리고 그 질문에 왜 거짓말해야 하는지도 모르겠고.

"응, 맞아."

엄마의 표정은 일그러졌고 미금의 입은 헤벌쭉 벌어졌다.

"오, 진짜 신기하다. 수우야, 들어봐. 내가 어제 꿈을 꿨는데 꿈에서 본 풍경이 아무래도 이 동네 같더라고. 네 엄마 다니는 미용실하며 네 학교까지 들은 그대로였어. 그래서 확인해보려는데 네 엄마는 다 모르겠대. 암만 땅만 보고 다녀도 그렇지, 이 동네 산 지 십 년이 넘었는데 말이 되니?"

네가 뭐라 대꾸할 사이도 주지 않고 미금은 혀를 차며 너의 엄마에게 말했다.

"언니도 좀 보고 다녀. 볼 수 있는데 왜 안 봐. 그게 얼마나 큰 복인데."

엄마는 더는 너에게 방으로 가라는 눈짓이나 손짓을 보내지 않았다. 흥분한 미금은 계속 말했다.

"세상에, 꿈이든 뭐든 내가 대명천지를 돌아다녔다는 게 도무지 믿기질 않네. 아, 교문에서 오른쪽으로 모퉁이를 도니까 붕어빵 포차가 있더라. 그것도 진짜 있어?"

미금의 이어지는 질문에 너는 어쩔 수 없이 화채 그릇을 들고 두 사람 사이에 앉았다.

"응. 대학생 오빠 둘이서 여름방학 때만 해. 겨울방학 때는 시골집에 가야 한대."

"근데 한여름에 무슨 붕어빵이래?"

"여름엔 아무 데서도 붕어빵을 팔지 않으니까. 거기 오빠들이 그렇게 말했어."

"재밌는 사람들이네."

미금은 깔깔거렸다. 미금이 즐거워할수록 엄마의 낯빛은 어두워졌다. 너는 슬슬 눈치가 보였다. 하지만 엄마의 표정을 볼 수 없는 미금은 그저 신이 났다.

"꿈에서 내가 붕어빵 포차를 물끄러미 구경만 하고 있으니까 그냥 하나 쥐여 주더라. 그 학생, 나를 보며 웃어줬어."

미금은 잠깐 무슨 생각을 했는지 입꼬리를 올렸다. 엄마는 가증스러워하면서도 한편으로는 안쓰러운 듯 미금을 보다가 너에게로 시선을 돌렸다. 엄마가 너를 탓한다는 것을 알았다. 뭘 잘못했는지는 모르겠다. 너는 미금의 곁에 슬그머니 달라붙었다. 너에게 엄마의 어떤 불벼락이 떨어져도 미금이 나서서 말리면 이내 힘없이 꺼져버리곤 했다. 엄마는 미금을 대할 때만은 언제나 한없이 너그러웠다.

너의 엄마는 어릴 때부터 항상 미금을 데리고 다녔다. 미금이 너의 엄마를 유독 따랐기 때문이다. 너의 엄마에게서 한시도 떨어지지 않으려 했던 미금은 맹아학교 대신 너의 엄마를 따라 일반 초등학교에 입학했다. 철딱서니 없는 남자애들이 이 안타깝고 예쁜 약자를 가만둘 리 없었다.

그래서 너의 엄마는 미금을 놀리는 남자애들을 쫓아버리기 위해 늘 주머니에 작은 돌멩이 여러 개를 넣고 다녔다. 그 돌멩이가 어느 날은 어느 남자애의 이마에 주먹만 한 혹을 만들었고, 또 어느 날은 되레 너의 엄마에게 혹을 달려 보냈다. 너의 엄마는 미금이 걱정하고 상처받을까 봐 아파서 눈물은 흘릴지

언정 훌쩍이는 소리는 절대 내지 않았다.

　너의 엄마가 중학교에 진학하면서 미금은 학교를 그만두었다. 미금은 둘째 언니 없이는 아무 데도 가지 않겠다고 고집을 부렸다. 맹아학교로 옮기는 것도 거부했다. 그래서 미금의 학력은 초등학교 중퇴로 남았다. 미금은 때론 못된 심통을 부리기도 하면서 너의 엄마에게 맹목적으로 매달렸다.

　너의 부모가 연애하던 시절에도 미금은 항상 그들 사이에 끼어 있었다. 그러다 보니 너의 아버지도 별생각 없이 미금을 친동생처럼 여기고 데리고 다녔다. 너의 부모가 결혼한 후에도 미금은 개의치 않고 자주 신혼부부의 집에 와서 머물렀다. 머무는 기간이 늘어나면서 어느 날부터인가 그냥 눌러살게 됐다. 너의 엄마는 미금을 귀찮아한 적이 없었고 미금도 딱히 미안해하지 않았다. 너의 아버지도 그러려니 했다. 그렇게 미금은 자연스럽게 너의 가족이 되었다.

　살면서 미금은 너의 엄마를 여러 번 곤혹스럽게 만들었다. 하지만 너의 엄마는 앞을 볼 수 없는 막냇동생 앞에서 단 한 번도 얼굴을 찌푸린 적이 없었다. 그런데 바로 지금, 너 때문에 혹은 나 때문에, 너의 엄마는 그동안 미금을 참고 봐주었던 시간을 끝내려 했다. 그런 너의 엄마의 결심을 모르는 미금은 아쉬운 듯 말했다.

　"다음에 또 그 꿈을 꾸면 학교 앞 횡단보도는 절대 건너지 않을 거야. 거기서 길을 건너다가 차에 치여 죽었어. 그러곤 꿈에서 깼지. 근데 꿈에서 본 그 횡단보도의 삼색신호등은 황색이 아니라 흰색이더라. 그거 보고 기억이 났어. 나 어릴 때도 한 번…….”

“그만해.”

엄마는 미금의 말을 자르며 벌떡 일어서더니 너의 팔을 움켜잡아 일으켜 세웠다. 너는 무슨 영문인지 모른 채 엄마를 보았다.

“엄마, 왜 그래? 아파.”

“아파? 어디가 아픈데?”

미금이 양손을 뻗어 너를 찾아 더듬거렸다. 미금의 손이 네 팔을 잡은 엄마의 손에 닿았다. 이어 너는 난생처음 보는 광경을 목격했다. 엄마가 미금의 손을 거칠게 쳐냈다. 놀란 미금의 표정이 굳었다.

“미금아, 이 이야긴 다음에 하자. 오늘 수우 담임선생님이랑 면담 있는 걸 깜빡했어. 가자, 수우야. 선생님 기다리시겠다.”

너의 엄마는 미안하다는 말 대신 또 거짓말을 했다. 너는 엄마에게 붙들린 채 속수무책으로 집 밖으로 끌려 나갔다. 너의 머릿속이 획획 돌아갔다. 너는 생각했다. 엄마가 계속 내 탓이라는 시선을 보냈으니 뭔가 잘못하긴 한 모양인데, 뭔지 알아야 빌어보기라도 하지.

너는 입을 다문 채 일단 엄마를 따라갔다. 길거리에서 반항하며 요란한 짓을 벌였다가 괜히 친구들 눈에 띄면 창피해지기 때문이다. 그래서 엄마와 손잡고 나들이라도 가는 것처럼 활기차게 걸었다. 둘 다 시뻘게진 얼굴로 씩씩거리며 걷고 있는 모습이 과연 그리 보일까 싶다만.

엄마에게 붙들린 손목이 아팠다. 너는 놔달라고, 그래도 따라갈 거라고 말할 수도 있었지만 참았다. 땀으로 흥건한 네 손목을 절대 놓지 않겠다는, 분노로 가득한 엄마의 의지를 거역할 수가 없었다. 너는 다른 손에 꼭 쥐고 있던 화채 숟가락을 발견하고 얼른 주머니에 넣었다.

엄마는 너를 동네 끝자락에 있는 공터로 데려갔다. 아무도 없었다. 햇볕은 살인적으로 뜨거웠고 너는 금방이라도 녹아내릴 것 같은 열기에 정신이 몽롱했다. 그제야 엄마가 너의 팔을 놔주었다. 일단 한 대 쥐어박힐 줄 알고 눈부터 질끈 감았지만 그런 일은 없었다. 엄마는 고요한 시선으로 너를 물끄러미 바라보다 물었다.

"너, 이모한테 무슨 짓을 한 거야?"

목소리가 기묘할 정도로 차분해서 너는 긴장했다.

"내가 뭘?"

"모른 척할 거 없어. 너라는 거 아니까."

안다고? 정말 나라는 걸 안다고? 너는 정신이 번쩍 들었다. 이걸 안다는 건 엄마도 할 줄 안다는 뜻이다. 할 줄 알아야만 아는 것이니까. 그렇다면 감출 필요가 없었다.

"난 그냥 이모가 불쌍했어. 딱 한 번이었고 이모도 그냥 신기한 꿈을 꿨다고 여길 뿐이잖아.”

“그 한 번이 어떤 결과를 가져올지 너는 몰라.”

엄마는 이제 곧 거대한 재난이 닥칠 것을 경고하듯 말했다. 너는 이해할 수 없었다. 대체 뭐가 문제라는 거야? 사람들이 미인이라고 감탄할 때마다 미금은 한숨을 내쉬며 말했다. 썩을 것들이 차라리 말을 말지. 당사자가 볼 수 없는 예쁜 얼굴이 대체 무슨 소용이냐고. 이건 저주야.

너는 저주라고까지는 생각하지 않았으나 미금의 슬픔에 공감했다. 작년 여름 캠핑에서 너는 게임 벌칙으로 혼자 간식거리를 사러 마트에 다녀와야 했었다. 야영장에서 시내까지 캄캄한 밤길을 오가는 동안 온갖 무서운 이야기들이 생각났다. 아주 어릴 때 읽어서 시작과 끝이 영 가물거리는 묵은 이야기들이 먼지처럼 풀풀 일어났다. 그래도 그 밤길은 짧은 거리였고 가로등이 있었다. 미금은 가로등조차 없는 길고 긴 어둠 속을 평생 홀로 걸어야 한다. 그래서 너는 언젠가 한 번은 미금에게 너의 눈을 빌려주고 싶었다.

“모르면 모르는 채로 살 수 있어. 하지만 알면 그때부터 갈망이 생기고 사는 게 고통스러워져.”

“그게 엄마가 이모에게 능력을 베풀지 않았던 이유야?”

“배려야.”

너의 엄마는 이마를 짚으며 시선을 멀리 보냈다. 어디를 보려던 게 아니라 어떻게 해야 할지 생각하는 중이었다.

"언젠가 이런 일이 생길 수 있다는 것을 모르지 않았는데……."

엄마는 중얼거리며 너를 쳐다보았다. 아주 난감한 얼굴이었다. 언젠가 이런 일이 생길 수 있다는 것을 모르진 않았으나 그렇다고 대비책을 세워두지는 않았다. 대비책 따위는 없기 때문이다. 그러니 부탁하는 수밖에 없었다. 엄마는 단호한 어조로 그러나 애원하듯 너에게 말했다.

"다시는 그 능력 사용하지 마. 어쭙잖은 동정심은 버려. 앞으로 넌 오직 너만 생각해야 해."

"배려라더니? 그러니까 엄마는 엄마만 생각했단 거네."

너의 그 말이 굉장히 이기적으로 들렸는지 엄마는 미간을 찌푸렸다. 네가 옳다고 확신한 너는 당당하게 말했다.

"내 능력으로 사람들을 도울 수 있어."

"착각이야. 내 말 명심해. 두 번 다시 남의 인생에 간섭하지 마. 연필이든 볼펜이든 함부로 끄적대지 말라고."

"이모는 남이 아니야."

"멍청아. 나 아니면 다 남이야. 그거 자꾸 하면 너 죽어."

"뭐?"

네가 놀라자 엄마의 표정이 살짝 풀렸다. 엄마는 허리를 숙여 너와 눈을 맞추고 달래듯 말했다.

"겁주려는 거 아니야. 너, 사이코메트리가 뭔지 알아?"

"알아."

"우리가 가진 능력은 물건에 붙은 현상을 읽는 것처럼 깔끔

하지 않아. 대상이 물건이 아닌 사람이기 때문이지. 그 사람과
너의 인생이 얽히고 엮여버린다고. 세상에 사람만큼 복잡한
대상은 없어. 잘못하면 빠져나올 수 없게 돼.”

너는 열두 살이었지만 엄마가 말하는 인생이 보통 사람들이
말하는 인생과 다른 의미라는 것을 알았다. 그건 인생이라기
보다는 우주라는 말이 적합했다. 인생은 원래 다른 인생과 얽
히고 엮여서 굴러가기 마련이다. 하지만 우주는 다른 우주와
섞이면 붕괴한다. 지금 네가 네 나이에 걸맞지 않은 이런 심오
한 정보를 인간의 막막한 집단무의식에서 용케 끄집어내 생각
해볼 수 있는 건 전적으로 내 덕이다. 물론 너는 의식하지 못하
겠지만.

“이 능력, 대물림되는 거야?”

“아마도. 그리고 모계로 전해지는 것 같아. 엄마 외할머니에
게도 이 능력이 있었어. 하지만 내 어머니와 이모들에겐 없었
지. 이건 꿈의 씨앗 같은 거야. 무의식을 돌아다니다가 우리 같
은 사람에게 콕 박혀서 문제를 일으켜.”

“우리 같은 사람?”

“숙주가 될 만한 사람. 사용하지 마. 없는 것처럼 묻어버리면
아무 일도 일어나지 않으니까.”

꿈의 씨앗이라. 너의 엄마에게 나는 씨앗처럼 보였나 보다.
너는 나를 벌레로 보았는데. 너는 그 벌레에게 ‘찰나’라는 이름
을 붙였다. 그 단어가 가진 의미 그대로, 그냥 그 순간의 경이

로움을 기억하려는 단순한 발상이었다.

작년 가을이었다. 너와 같은 반인 종기라는 남자애가 너를 따라다니며 자꾸 놀렸다. 어디서 미금을 봤는지, 종기는 네 앞에서 시각장애인 흉내를 냈다. 그러던 어느 날 종기가 복도를 지나가는 너의 앞을 가로막고 또 그런 짓을 하며 낄낄거렸다. 너는 더는 참지 못하고 종기를 들이박았다. 너의 머리뼈는 종기의 코뼈보다 딱딱했다. 종기는 코피가 터졌고 피를 보자 흥분했다. 종기는 욕을 뱉으며 주머니에서 연필깎이 칼을 꺼내 네 코앞에 칼날을 들이댔다.

너는 흠칫했다. 이게 열한 살짜리가 할 수 있는 행동인가. 분노가 너의 심장을 장악했다. 지가 잘못해놓고 이렇게 나온단 말이지. 반성하지 않는 종기의 손에서 칼날이 돌연 부러져 튕겨 나가고. 종기의 얼굴을 향해 튄 날카로운 칼날 조각이……. 너는 거기까지만 상상하고 다음 장면을 생각하지 않으려고 했다. 하지만 이미 격렬해진 감정은 너를 집어삼킬 듯 내면을 휘감았고, 그 마음에 실린 무언가가 정수리를 뚫고 치솟아 올랐다. 그 순간 너는 기묘한 충동에 사로잡혔다. 종기를 그리고 싶다. 종기를 향해 울컥 솟아오른 차갑고도 뜨거운 기운이 온몸 구석구석으로 맹렬히 퍼졌다. 손가락이 꿈틀댔다.

선생님이 달려왔다. 그의 판결은 다음과 같았다. 친구를 놀린 종기도 잘못했고 친구를 다치게 한 너도 잘못했다. 너는 억울했다. 애초에 종기가 미금의 흉내를 내며 너를 자극하지 않았다면 아무 일도 일어나지 않았을 것이다. 씩씩거리며 자리로 돌아온 너는 여전히 종기를 그리고 싶다는 충동에서 벗어날 수가 없었다. 미친 것 같다는 생각을 하면서도 끝내 연필을 집었다.

그때 내가 나타났다. 종이에 가져다 댄 네 연필의 검은 심 끝에서 내가 떨어졌다. 나는 네가 보기에 영락없이 작고 까만 벌레였다. 아주 오랜만에 물질세계로 떨어진 나는 잠시 기지개를 켜며, 원활한 활동을 위한 준비운동에 들어갔다. 물론 너의 눈에는 벌레가 꿈틀거리는 것으로 보였을 테지만.

몸풀기가 끝나자 나는 움직이기 시작했다. 내가 움직이는 속도와 네가 보는 속도에는 차이가 있다. 나는 종이 위를 가로지르며, 여유롭게 이리저리 나아갔다. 내가 지나간 자리를 따라 연필을 쥔 너의 손은 빠르게 선을 그려나갔다. 내 꽁무니를 쫓는 동안 너는 나와 연결되어 있기에, 외부에서 너의 세포와 혈관으로 끊임없이 물이 흘러드는 듯한 감각이 느껴졌다.

너는 백지 위를 거침없이 질주하는 나의 몸짓에 완전히 몰입했다. 내가 지나간 무형의 어지러운 자리는 네가 쥔 연필 끝에서 유형의 창조물로 서서히 드러났다. 그걸 보면서 너는 수학책의 벤다이어그램을 떠올렸다. 겹쳐진 두 개의 원은 대략 원의 형태를 닮았으나 정확히 원이라고는 할 수 없었다. 하나는 바퀴 형태로 불가사리 모양의 바큇살을 가졌고, 다른 하나는 개의 쫑긋 선 귀를 닮은 넓적한 형태였다.

　그때 너는 네 손등에 묻은 핏자국을 발견했다. 아까 종기를 들이박았을 때 그에게서 묻은 것이다. 그림이 완성되자 나는 활동을 멈추고 네가 그려놓은 선들 속으로 녹아들었다.

　너는 종기를 보았다. 종기는 고개를 푹 수그린 채 졸고 있었다. 갑자기 너도 졸음이 쏟아졌다. 그대로 눈꺼풀이 감겼다. 언뜻 잠이 든 너는 바로 깼다. 그러고 나서야 너와 종기 사이에 무슨 일이 벌어졌는지 깨달았다. 잠을 통해 너와 종기가 잠깐 연결됐었다는 사실을.

　조금 전에 너는 종기였고, 종기는 너였다. 미금이 네가 되어 너의 눈으로 세상을 본 것처럼 종기도 네가 되어 너의 눈으로 졸고 있는 종기를 보았다. 이는 단순히 종기가 너의 몸만 차지한 것이 아니었다. 종기가 너에게 들어와 있는 동안 종기는 종기가 아니라 너였다. 말 그대로 네가 된다. 그러므로 그 순간에는 네가 종기를 본 것이지 종기가 저 자신을 본 게 아니다. 하지만 종기가 자신으로 돌아가면 너였던 동안은 모두 꿈이 된다. 그렇게 꿈이 되려면 두 사람의 잠이 필요하다. 종기는 너의 잠을 통해 자신을 자각한 후, 종기 자신의 잠에서 깨어나기 때문이다.

　종기가 네가 되어 목격한 장면은 너와 종기의 기억에 동시에 남았다. 다만 종기는 너에게 들어가고 나갈 때 잠과 꿈을 통했기 때문에 그 기억을 전부 꿈이라 여겼다. 하지만 너는 잠과 꿈 사이에서 벌어진 일이 전부 실제라는 것을 알았다.

원래대로라면 종기는 제 몸으로 돌아가기 위해 너의 꿈에서 미금이 그랬던 것처럼 삼색신호등과 같은 불빛을 보며 자각 질문을 받아야 했다. 대답하지 못하면 종기는 종기로 돌아가지 못하고 너로 깨어난다. 너의 몸을 차지한 채 자신이 너인 줄 알고 살게 되는 것이다. 다행히 종기는 불빛과 자각 질문 없이 무사히 제 몸으로 돌아갔다. 종기가 고개를 갸웃거리며 너를 보았다. 기묘했겠지. 딱 그 자리에서 졸고 있는 자기를 보는 꿈을 꿨으니까.

너는 그때 나를 처음 봤으므로 나를 사용하는 규칙이나 요령은 물론이고 자각 질문이 필요한지조차 몰랐다. 하마터면 큰일 날 뻔했다. 내게 가슴이 있었다면 천만번 쓸어내리고 싶을 만큼 아찔한 상황이었다.

너는 벤다이어그램을 뚫어지게 들여다보며 어떻게 이런 일이 벌어졌는지 생각했다. 너는 어디선가 특수 카메라로 찍은 식물의 오로라 사진을 본 적이 있었다. 모든 생명체는 각자의 색과 빛을 뿜는다. 벤다이어그램을 이루는 두 개의 형태가 각각 너와 종기를 의미한다면? 너는 네가 그린 것이, 아니 내가 움직인 길의 형태가 너와 종기가 발산하는 보이지 않는 신호의 기류라는 것을 알았다.

네가 나를 볼 수 있는 이유는 네가 나를 불러낸 당사자이기 때문이다. 나를 볼 수 있는 사람이 나의 움직임을 따라 선을 그으면 보이지 않는 영역에서 보이는 영역으로 연결되어 실제 교류가 가능해진다. 무의식에서 의식으로의 이행이 일어나는 것이다. 인간의 눈에 보이지 않아야 마땅한 입자인 내가 현실에 툭 튀어나온 것처럼. 너와 종기의 개별 신호가 겹쳐지는 영역에서 너와 종기는 엮였다. 내 의지는 아니다. 나는 다만 너의 부름을 받았을 뿐이다.

변연계 공명이란 것이 있다. 대뇌피질의 영역에서 벌어지는 정서적 에너지의 교감으로 생체리듬, 면역체계, 호르몬 수치, 감정, 꿈, 소망, 세계에 대한 인식까지 전방위에 걸쳐 일어나는 비합리적·기능적 공명 현상이다. 예를 들어 강아지가 주인의 감정을 느끼거나 함께 사는 여자들끼리 생리주기가 맞춰진다거나. 변연계에는 무의식의 영역이 포함된다. 꿈 역시 무의식의 영역이다.

나는 사유의 저편, 광활하게 펼쳐져 있는 무의식의 바다를 떠돌다가 에너지의 공명을 타고 특정 대상의 사유 통로를 통해 발현된다. 이번에 나를 자극한 특정 대상은 너였다.

너는 물었다.

"몇 번 하면 죽어? 엄마는 몇 번이나 해봤어?"

너의 엄마는 대답 대신 다른 말을 했다.

"그 연결로 자칫 운명이 바뀌는 수가 있어. 같은 이름의 아이들이 서로 운명을 훔치거나 끼어드는 것처럼."

너는 상상했다. 누구야, 하고 불렀을 때 같은 이름을 가진 아이 중 먼저 돌아본 아이에게 주어지는 것들에 대해서. 혹은 그런 비슷한 이야기들을. 엄마의 경고는 앞으로 네가 할 수 있는 흥미로운 일들을 암시했다. 하지만 너는 재밌자고 죽을 시도를 할 수는 없었다. 그러니까 안전한 선이 어디까지인지 알아야 했다.

　"몇 번까지 할 수 있냐고."

　너는 초조하게 다그쳤다.

　"할 수 있는 만큼 기어이 하겠다는 거야? 정신 차리고 잘 들어."

　엄마는 몸을 더 숙이고 너의 어깨를 두 손으로 단단히 잡았다. 땀에 젖은 엄마의 얼굴은 꼭 물속에서 울고 나온 것처럼 보였다.

　"얼마나 허용되는지는 나도 몰라. 하지만 능력을 사용할 때마다 잠들기를 반복하면 언젠가 결국 길고 긴 잠에 빠질 거야."

　"그래도 결국 깨어나는 거지?"

　"깨어났는데 수십 년이 지나 있으면 어쩔래? 네가 잃어버린 시간을 생각해봐. 그동안 너는 죽은 것과 같아. 무슨 말인지 알겠지?"

　너의 어깨를 움켜잡은 엄마의 손에 힘이 들어갔다. 엄마는 절박했고 너는 흐르는 땀에 얼굴이 간지러웠다.

　"스무 살에 잠들어 일흔 살에 깰 수도 있어. 네가 간섭한 사람이 꿈을 꾸는 시간만큼 네 인생이 고스란히 사라지는 거야."

"그 사람도 꿈꾸면서 시간을 버리긴 마찬가지지."

"아니지. 그 사람은 너의 시간으로 네 인생을 사니까. 다시 자기 자신으로 돌아가 깨어나면 한바탕 꿈이지만, 끝까지 깨어나지 않으면 그게 자기 인생이 되는 거야. 너는 구경꾼으로 밀려나게 되는 거고. 그러니까 하지 마. 그럼 문제의 씨앗은 사라져."

"엄마는 사라졌어?"

너의 엄마는 고개를 끄덕였다. 그녀에게는 이제 내가 없다. 아, 나는 너의 엄마가 말한 그 씨앗은 아니다. 하지만 나는 복수이기 때문에 그 씨앗이기도 하다.

복수인 나는 단수의 너만을 가질 수 있다. 단수인 너와 너의 엄마는 복수인 나를 갖는다. 복수인 나를 끈적이는 점액 덩어리라고 가정해보자. 이 점액 덩어리는 다수의 무의식이 뒤섞여 이루어진 하나의 집단이다. 이 점액 덩어리의 한 부분이 너라는 물질에 닿으면 실처럼 늘어지며 붙는다. 점액 덩어리의 또 다른 부분은 너의 엄마와 그렇게 붙어 있다가 떨어졌다. 그런 식으로 복수인 나는 각기 다른 너를 상대한다.

마찬가지로 단수인 너와 너의 엄마에게도 나는 각자의 것이다. 너의 나와 너의 엄마가 가졌던 나를 구분하기 위해 너의 엄마의 나는 이제부터 씨앗이라고 부르겠다.

너의 엄마를 '너'로 가졌던 씨앗은 이름조차 얻지 못하고 사라졌다. 너의 엄마는 오래전에 버린 씨앗을 생각하고 우울해졌다. 나는 그 감정에는 감응하지 않으나 씨앗과 복수이므로 알고는 있다. 감정을 처리하려면 생각을 해야 한다. 나는 그 생각의 통로에서 나왔다. 그러므로 감정을 느끼지는 않으나 그 생각을 끌어낸 감정에 대해 알기는 한다.

너는 불만스러운 얼굴로 고개를 저었다.

"싫어. 찰나가 있어야 내가 특별해진단 말이야."

네가 말하는 특별하다의 뜻은 우월하다는 것일 테다. 남들이 못 하는 것을 너는 할 수 있다는. 그런 의미에서 물론 나는 특별하다. 우주는 너의 고통과 소망에 관심이 없지만 나는 반응을 하니까. 하지만 그건 그냥 나의 역할이고 다른 역할을 가진 것들과 나란하다. 그러니까 나는 우월하지 않다. 나를 가진 너의 마음이 그렇다는 것일 뿐. 별로 좋은 생각이 아니다. 내가 사라지면 너는 너를 보잘것없는 존재로 여기게 될 테니까. 내게 그런 식으로 의지하면 곤란한데.

"찰나? 기가 차네. 무슨 반려동물도 아니고 이름까지 붙여줬니? 그까짓 능력 없어도 사는 데 아무 지장 없어. 다른 사람들은 그런 능력 없이도 잘만 살아. 그러니까, 응? 수우야."

엄마는 너를 당겨 꽉 끌어안았다. 너를 걱정하는 엄마의 몸은 염려와 애정이 끓어넘쳐 뜨끈했다.

"엄마는 네 인생이 무탈하고 평화로웠으면 좋겠어. 무슨 말인지 알지?"

"응."

너는 건성으로 대답하며 생각했다. 엄마가 버렸다고 나까지
버릴 필요가 있나. 요령껏 잘 사용하면 되지. 너는 나를 버릴
생각이 추호도 없었다. 어딘가에 쓰임이 있으니 주어진 능력
이라고 믿었다. 능력을 어떻게 쓰느냐는 전적으로 자신의 몫
이다. 하지만 엄마의 무시무시한 경고를 받았으니 당분간 자
제하기로 했다. 문제는 미금이었다. 그날 이후부터 미금은 자
꾸만 너에게 자기를 그려달라고 졸랐다. 너는 미금이 뭘 알고
그러는 건가 하는 의심이 들었다.

"어차피 그려줘봐야 보지도 못하잖아."

급기야 너의 입에서 그런 말이 나갔다. 미금은 시무룩하게
말했다.

"네가 나를 그려줬던 날이었어. 그 꿈 말이야."

너의 심장이 쿵 내려앉았다. 이모는 내가 뭘 그렸다는 것을
어떻게 알았을까? 너는 횡단보도에 서 있는 너의 기척을 들을
수 있다는 미금의 이상한 능력을 떠올렸다. 그런 식으로 알게
된 걸지도 모른다. 너는 굳이 거짓말하지 않았다.

"우연이야."

"그렇겠지. 그래도…… 아냐, 귀찮게 해서 미안해."

미금의 한숨에 너는 마음이 흔들렸다. 너는 미금에게 말하
지 않고 나를 몇 번 불러냈다. 그러고 나면 미금은 신이 나서
꿈 이야기를 했다. 특히 낮에 붕어빵 파는 대학생 이야기를 많

이 했다. 미금은 꿈꿀 때마다 그 대학생을 보러 갔다. 미금이 갈 때마다 그 대학생은 다정하게 말을 건네며 붕어빵을 쥐여 주었다.

미금이 너에게로 들어갔으니 그가 친절을 베풀며 바라본 대상은 미금이 아니라 열두 살의 너였다. 미금이 너로서 경험한 꿈의 내용은 동시에 너의 기억이기도 했다. 너는 불안했으나 미금의 행복한 모습에 한편으로는 위안이 되었다.

어느 날 미금은 말했다. 걔를 보지 않고 앞으로 어찌 살 수 있을까. 캄캄한 암흑 속에서 나는 개 얼굴을 점점 잊어갈 거야. 제발 이 꿈이 영원히 계속되기를. 그때까지 연애라곤 해본 적 없는 미금은 자신에게 늘 다정하고 친절한 그 대학생에게 마음을 내주고 상사병에 걸렸다.

미금은 네가 보여준 세상 속에서 오직 그 대학생만 바라보았다. 그토록 신기해하던 하늘의 구름과 반짝이는 햇살, 바람에 흔들리는 나뭇잎과 마트에 진열된 온갖 물건들을 더는 보지 않았다. 너는 뭔가 잘못됐다는 것을 알았다. 갈망이 미금을 고통으로 몰아갔다.

상황을 눈치챈 엄마는 너와 미금을 떼어놓기로 했다. 엄마는 미금에게 외가로 돌아가라고 했다. 엄마의 태도가 달라지자 미금은 서운함을 표하며 악착같이 매달렸다. 지금 나가면 다시 돌아올 수 없을 것을 알았기 때문이다.

"새삼 왜 그래? 내 집은 여기야. 난 언니 없이 못 살아."

"이만하면 충분하잖아. 그만 각자의 삶을 살자."

"지금 날 버리겠다는 거야?"

"버리는 게 아니야. 나는……."

엄마는 너를 지켜야겠다고 말하고 싶은 것을 꾹 참았다. 그 말은 미금이 너를 해친다는 뜻이 되니까. 엄마는 완곡하게 부탁했다.

"그동안 너한테 최선을 다했어. 그걸로 안 되겠니?"

"겨우 그 정도로 최선이라니. 아니, 난 부족해. 알잖아?"

"무슨 소리야?"

"언니는 지금 딸과 동생을 차별하고 있어."

미금이 정곡을 찌르자 엄마의 표정이 차가워졌다.

"네가 뭐라고 해도 내 마음은 바뀌지 않아. 그만 내 집에서 나가."

미금은 보이지 않는 눈을 움찔거리며 돌을 뱉듯 말했다.

"그냥 솔직하게 말하시지. 수우를 건드리지 말라고."

"뭐?"

"언니는 내가 불쌍하지도 않아? 이제야 나도 사람답게 살 기회를 잡았는데 이렇게 내쫓겠다고? 언니는 다 가지고 있잖아. 눈도 보이고 능력도 있고. 그 능력, 수우에게 대물림된 거 알아."

너의 엄마는 숨을 들이켰다. 방에서 대화를 듣고 있던 너 역시 뒤통수를 한 대 얻어맞은 기분이었다.

"불공평해. 그런 능력은 당연히 나한테 왔어야지. 왜 그것까지 언니가 가져가는데? 그 생각만 하면 억울해서 미쳐버릴 것 같아. 그 능력만 있어도 내가 수우에게 세상을 보게 해달라고 구걸하지 않았어."

"너…… 어떻게 알았어?"

"언니가 중학교 갈 때 나도 따라가겠다고 몇 날 며칠 울었지. 그때 언니는 날 달래주며 이렇게 말했어. 집에서 얌전히 기다리고 있으면 대신 좋은 꿈을 꾸게 해주겠다고. 그때 언니는 내 손을 잡은 채 뭔가를 그리고 있었어. 수우가 나한테 그랬던 것처럼."

미금은 그때의 꿈에서 너의 엄마의 모습을 하고 있었다. 그래서 꿈이 아니라는 것을 알아챈 건 아니었다. 꿈에서는 가끔 자신의 모습이 아닐 때도 있으니까. 미금의 의심은 그걸 볼 수 있다는 것에서 비롯되었다. 태어날 때부터 앞을 보지 못한 미금은 자신이 꿀 수 없는 꿈을 꾸었다. 그래서 너의 엄마가 가진 능력을 알아차렸다.

"그렇게 언니는 딱 한 번 내게 세상을 보여주었지. 내가 그렇게 졸랐는데 언니는 두 번 다시 그 꿈을 주지 않았어. 나한테 그 꿈은 더는 꿈이 아니게 됐는데 말이야. 참 잔인하기도 하지."

"널 위해서 그런 거야."

"위선 떨지 마. 나한테 그 능력을 쓰다가 언니가 잘못될까 봐 무서웠던 거잖아. 언니는 비겁한 겁쟁이야."

"네가 어떻게 생각하든 상관없어. 대신 나는 현실에서 내가 할 수 있는 최선을 다했고 언제나 네 곁을 지켰어."

"그건 언니 생각이고. 능력이 있으면 베풀어야지. 꼭꼭 감춘 채 혼자만 누렸잖아."

"누린 적 없어. 버렸으니까."

"그렇게까지 할 정도로 나한테 그 능력을 쓰기 싫었던 거지."

너는 미금의 말이 처음으로 사악하게 들렸다.

"내가 어둠에 갇혀 괴로워하든 말든 상관없었던 거야. 그냥 주어진 대로 살란 거지. 내가 왜 그래야 해? 나도 조건 없이 세상을 보고 싶어. 근데 누구 마음대로 능력을 버려? 언니가 뭔데? 그 능력, 나한테 쓰라고 주어진 것일 수도 있어."

"그렇지 않아. 너 그거 계속하다간 큰일 나. 죽는다고."

"내가 아니라 언니 딸이 죽는 거지. 그래서 지금 날 수우에게서 떼어놓으려는 거잖아."

미금은 분노를 억제하지 못한 채 소리 질렀다. 너의 엄마는 기가 막힌 얼굴로 반문했다.

"그렇게 알고 있으면서 수우에게 능력을 쓰게 했던 거야? 나한테 그러는 거야 그렇다 쳐도 어떻게 어린 조카한테까지 그럴 수 있어?"

"걘 언니랑 달라. 두려워하지 않거든. 걔가 지금까지 나를 몇 번이나 그려줬을 것 같아?"

　너는 괜히 우쭐해짐과 동시에 등골이 서늘해졌다. 너는 그제야 기억이 났다. 네가 미금을 처음 그려주기 전에 미금은 이미 붉은 보라색을 알고 있었다. 미금은 말했다. 그건 패랭이꽃의 색이야. 빛을 어떻게 받느냐에 따라 꽃잎 끝에서부터 색의 변화가 오묘하게 달라지지. 어떻게 달라지는지 마치 본 것처럼 말하기에 너는 물었다. 그걸 어떻게 아느냐고. 미금은 누가 그러더라고, 하고 대답했다. 그때 너는 그 말을 믿었다. 미금은 눈부신 햇빛에 대해서도 말했다. 이마를 조이는 찬란한 광채. 그 말을 할 때 미금은 마치 겪어본 것처럼 미간을 찌푸렸다. 네가 보여주기 전에 미금은 이미 색과 빛을 알고 있었다.

　너는 미금에게 속았다는 것을 깨달았다. 너의 엄마가 잘라버린 미금의 말, '나 어릴 때도 한 번…….' 그 뒤에 이어질 말은 '꿈에서 그 삼색신호등을 봤다'였다. 너의 엄마가 미금에게 준 그 한 번의 갈망이 시작이었다. 미금의 한숨과 눈물은 처음부터 너의 동정을 사기 위한 연극이었다. 너는 미금을 사랑했고 미금이 하는 말을 믿었다. 하지만 미금은 너에게 거짓말을 했다. 미금은 너의 어린 마음을 이용해 나를 사용하고 싶도록 부추기고 꼬드겼다.

　너는 배신감에 가슴이 답답해졌다. 미금이 너에게 무슨 짓을 하려고 했는지 알았다. 미금은 너를 훔치려고 했다. 원래는 너의 엄마를 훔치고 싶었으나 뜻대로 되지 않아 혹시나 하는 마음에 인내심 있게 너를 기다렸다.

　너의 엄마는 단 한 번으로 미금의 욕망을 알아챘다. 그런데도 변함없이 미금의 곁을 지켰다. 씨앗을 버리고 평범한 자매로 남으려 했다. 하지만 미금은 고마워하기는커녕 원망을 키웠다. 너는 두려워졌다. 엄마가 말했던 그 한 번이 준 갈망이 얼마나 집요한 것인지 이제 똑똑히 알았다.

　"아무도 나를 비난할 수 없어. 내가 얼마나 불행한지 안다면."

　"넌 불행하지 않아. 아버지가 널 얼마나 예뻐했는지 생각해봐. 아버지의 무릎은 오직 네 차지였어. 우리도 그 자리가 탐났지만 널 위해 양보했지. 넌 충분한 사랑과 보살핌을 받으며 자랐어. 보지 못한다는 것을 유세로 고집을 부리고 성질을 내도 우린 널 마냥 사랑했다고."

　"귀찮고 불쌍해서 봐준 거지."

　"사랑이었어. 그렇게 할 수 있는 것도 마음이 있어야 가능한 거야."

　"닥쳐. 그까짓 사랑 따위가 뭐라고. 사랑으로는 내 눈을 뜨게 할 수 없어. 사랑으로는 모두가 보고 말하는 것을 볼 수 없다고. 그게 얼마나 비참한 건지 알아? 아무리 상상해도 알 수 없는 것들을 나 혼자 생각하고 또 생각해야 해. 그렇게 내 마음대로 이런 거라고 머릿속에 만들어놔봐야 어차피 너희가 보고 있는 것과는 다를 테지. 그냥 한 번 보면 해결될 것을. 언제나 나만 다른 세상에 있어. 캄캄한 어둠 속에 나 혼자 버려져 있다고."

"넌 혼자였던 적도 버려졌던 적도 없어. 손을 뻗으면 언제나 곁에 내가 있었지. 내가 없을 땐 다른 형제자매들이 있었고. 부모님은 지금도 너만 보고 있어."

"그래서 숨 막혀. 누가 날 그렇게 보는 게 싫다고. 나는 못 보는데 왜 자기들 마음대로 날 보냐고. 언니가 뭘 알아? 언니는 한 번도 내 입장이 되어본 적이 없잖아. 말해봐. 내가 아버지의 무릎을 언니한테 내놓으면 대신 나한테 언니 눈알을 내놓을래?"

너의 엄마는 대답하지 못했다. 너는 엄마가 왜 씨앗을 버려야만 했는지 알 것 같았다. 그리고 나를 생각했다. 너는 고개를 저었다. 아냐, 이 문제는 찰나가 일으킨 게 아니야. 이모의 집착과 욕심이 엄마와 나의 선의를 변질시킨 거지. 나를 감싸는 너의 그 생각도 어쩌면 나에 대한 집착과 욕심일 수 있다는 것을 너는 알까.

미금은 화를 내고 욕을 하고 몸을 떨었다. 그러다가 두 손으로 허공을 휘저으며 방으로 들어가 문을 쾅 닫았다. 그 방은 미금과 함께 쓰는 너의 방이기도 했다. 이후로 너는 반년간 네 방에 들어가지 못한 채 안방에서 지냈다. 너는 미금이 죽어도 이 집을 떠나지 않겠다는 이유가 네 몸을 차지하기 위해서라고 생각하니 무서웠다. 하지만 너는 걱정하지 않았다. 다시는 미금에게 나를 쓰지 않으면 되니까.

그날 저녁에 퇴근한 너의 아버지는 집 안 분위기가 평소와 달리 무겁게 가라앉은 것을 알았다. 아무도 아버지에게 전후 사정을 설명하지 않았다. 뭐, 어떻게 설명하기도 곤란했다. 세 여자의 대답은 같았다. 그냥 이번엔 너의 엄마와 이모가 좀 심하게 다퉜다고.

미금이 자꾸만 너를 불렀다. 네가 대답하지 않으면 찾으러 나왔다. 너는 술래잡기를 하듯 온 집 안을 돌아다니며 앞이 보이지 않는 미금을 피해 숨었다. 이를 눈치챈 듯 미금은 슬픈 얼굴로 말했다.

"그러지 마. 너 여기 있는 거 아니까. 봐라. 눈앞에 있는데도 나는 너를 잡을 수 없어. 넌 이런 내가 불쌍하지도 않니?"

그런 불편한 상황에서도 너의 엄마는 미금을 위해 꼬박꼬박 밥을 차렸다. 미금도 그 밥을 꼬박꼬박 챙겨 먹었다. 너의 엄마는 미금이 이기적 갈망을 포기하고 스스로 이 집을 나가주기를 인내심 있게 기다렸다.

그러던 어느 날 아침, 너의 엄마는 주방 앞에 쓰러져 죽어 있는 미금을 발견했다. 물을 마시러 나왔다가 넘어진 것 같았다. 깨진 컵의 유리 파편이 사방으로 튀었고 바닥에는 물이 흥건했다. 핏자국 같은 건 어디에도 없었다. 넘어지면서 바닥에 머리를 부딪쳐 뇌출혈이 일어났다는 것은 나중에 알았다.

너는 미금의 죽음이 네 탓인지 끊임없이 의심했다. 그러다가 문득 예전 일을 떠올렸다. 비가 그친 어느 날 학교 뒷마당 나뭇가지 사이에 자리한 거대한 거미줄을 보았다. 거미줄에 맺힌 물방울이 흔들릴 때마다 빛이 찬란하게 반짝였다. 너무 예뻐서 한참을 올려다보고 있는데 거미줄의 주인이 나타났다. 노란색과 검은색의 무늬를 가진 호랑거미였다. 그제야 너는 그 나무 여기저기에 거미줄이 늘어져 있는 것을 발견했다. 너도 모르게 건드렸는지 손에도 진득하니 달라붙어 있었다.

너는 홀린 듯 호랑거미를 바라보다가 연필을 꺼냈다. 공책을 펼치자 내가 나타났고 너는 내 꽁무니를 따라 정신없이 울퉁불퉁한 원들을 그렸다. 너의 눈꺼풀이 점점 무거워졌다. 졸음 때문에 고개가 툭 떨어지려는 순간, 네 발치에 죽은 호랑거미가 던져졌다. 누군가 호랑거미의 몸통을 처참하게 짓이겼다. 주변엔 아무도 없었다. 그렇다면 보이지 않는 손가락이 저지른 짓이다. 너는 그 손가락의 주인이 너임을 의심하지 않을 수 없었다.

너의 엄마는 울부짖었다. 내가 죽인 거야. 다 내 탓이야. 내 잘못이라고. 너의 엄마는 앞을 보지 못하는 동생에게 세상을 보여주었던 것을 후회하고 또 후회했다. 너의 엄마는 미금이 그 한 번을 아름다운 꿈으로 간직하길 바랐다. 하지만 그 선의는 오히려 미금을 갈망의 지옥으로 떨어뜨렸다. 슬픔에 잠긴 너는 생각했다. 내가 이모와 같은 처지였다면 나도 이모처럼 굴었을까. 모르겠다. 나는 이모가 아니니까.

미금은 갈망에 목이 졸려 죽었다. 세상이 어떻게 생겼는지 알게 된 미금은 그 세상을 계속 다시 보지 않고는 견딜 수 없었다. 너와 다른 모든 너에게는 언제든 눈만 뜨면 볼 수 있는 당연한 세상이 미금에게는 바라고 또 바랐던 소망의 모든 것이었다. 그렇게 보이는 것에 집착한 나머지 보이지 않는 것을 놓쳤다는 것을 미금은 끝내 알지 못했다.

미금은 남들이 보는 것은 보지 못하지만 대신 남들이 보지 못하는 것을 들을 수 있었다. 네가 얼마만큼 가까이 왔는지 기척을 느끼는 기묘한 능력. 하지만 미금은 그 능력을 능력이라고 생각한 적이 없었다. 그랬다면 너 말고 다른 사람에게도 그 능력을 사용해보았겠지. 미금이 원한 것은 오직 눈이었다. 그러자면 너를 차지해야 했다.

너로 살고자 했던 미금은 너에게서 깨어나지 않으려고 했다. 보이지 않는 암흑 속 세상으로 돌아가는 것을 거부하며 자각 질문에 대답하지 않으려고 버텼다. 무의식에서 거짓말을 하려 하다니. 그건 불가능하다. 게다가 미금의 욕심을 몰랐던 어린 너는 혹여 미금이 깨어나지 못할 것을 걱정해 아주 쉬운 자각 질문을 뒀다.

세상에서 내가 제일 좋아하는 사람은 누구냐는, 그 질문에 미금은 낮에 붕어빵을 파는 그 대학생을 말하려고 했지만 그럴 수 없었다. 너의 꿈에서 앙다문 미금의 입이 마침내 답을 뱉어냈다. 둘째 언니. 그렇게 미금은 너를 차지하지 못한 채 매번 깨어나야만 했다.

미금은 너의 엄마를 지독하게 원망했으나 한편으로는 사랑했다. 이제 너도 안다. 너의 엄마가 씨앗을 버릴 수 있었던 것은 진심으로 미금을 사랑했기 때문이었다는 것을. 형제자매가 없는 너는 그 애정을 이해해보려고 애썼다. 하지만 아직 엄마나 미금을 위해 나를 버릴 생각은 들지 않았다. 훗날 너는 조심스럽게, 하지만 눈이 뒤집힌 채로 나를 세 번 더 사용한다. 그러고 나서야 나를 버린다.

세월이 지났고 이제 너는 두 아이의 엄마가 되었다. 누구나 그렇듯 너 역시 네가 꿈꾼 적 없는 모습이었다. 물론 겉으로 봐서는 보통의 엄마와 다르지 않았다. 너는 특별한 엄마가 되고 싶었지만, 심지어 네가 생각하기에 특별한 내가 있었는데도 그리되지 못했다. 그래도 너는 그럴듯한 엄마가 되기 위해 엄청난 인내심을 발휘하며 버티는 중이었다. 그래야만 그나마 보통의 엄마로라도 살아갈 수 있기에. 하지만 언제까지 참을 수 있을까. 가끔 나는 죽자고 참고 있는 네가 몹시 걱정스럽다.

한때 너는 예쁘고 똑똑하고 용감했다. 이제 너는 나이가 들었고 똑똑하지도 용감하지도 않다. 하지만 나는 안다. 마음은 나이를 먹지 않는다는 것을. 그저 생각이 나이를 먹을 뿐. 나이든 너의 생각은 네가 예쁘고 똑똑하고 용감했던 그 시절처럼 무언가를 시도하지 않는다. 그저 생각만 한다. 너는 나를 생각하지만 더는 나를 부르지 않는다. 내가 가져온 결과들이 전혀 마음에 들지 않기 때문이다. 내게 실망했어도 어쩔 수 없다. 나의 등장으로 벌어지는 결과는 전적으로 내 의지가 아니다.

2

아침 일찍 잠에서 깬 너는 이부자리에 앉은 채 심호흡을 했다. 오늘도 잘 버텨보자고. 잠이 덜 깬 세포들은 너의 각오에 별 반응이 없었다. 너는 중얼거렸다.

"그래, 계속 그렇게 죽은 척 있어."

주방으로 들어가 음식 재료들을 꺼냈다. 고등학교 이학년인 너의 아들 송주는 요즘 학교급식이 마음에 들지 않는다며 도시락을 싸달라고 했다. 번거롭지만 너에게 음식 만드는 일은 어릴 때부터 손에 익은 터라 그리 어려운 일은 아니다.

너의 엄마는 네가 송주 나이였던 어느 날 오후, 여행을 가듯 가방 몇 개를 들고 집을 나갔다. 너는 그 이유를 알 수가 없었다. 그즈음엔 미금을 잃은 상실감과 죄책감도 극복했고 너의 아버지와도 별다른 문제 없이 잘 지내고 있었기 때문이다. 설사 네가 모르는 무슨 이유가 있다고 해도 너를 버린 것은 용납할 수 없었다.

엄마가 떠난 후 너는 아버지와 둘이 남겨졌다. 가끔 아버지가 밥상을 차리기도 했지만 어쨌든 주방을 맡을 사람은 너뿐이었다. 엄마가 있을 때는 손에 물 한 방울 묻혀본 적 없었던 너는 당시 모든 것이 서툴렀다. 하지만 남들보다 빨리 시작한 만큼 이제 너의 솜씨는 노련했다. 미리 해동시켜둔 닭고기를 우유에 담갔다가 굽고 있는데 중학교 이학년인 너의 딸 송하가 헤어롤러로 앞머리를 만 채 다가왔다. 긴장한 너의 몸 안쪽 어딘가에서 경고등 하나가 켜졌다.

너에게는 너만이 느끼는 경고등이 있다. 그것은 크리스마스트리에 두르는 꼬마전구들처럼 너의 내면을 감싼 채 빛과 열로 위험을 알렸다. 그러면 너는 심장박동이 빨라지고 뜨거운 것이 목구멍으로 치밀어 오르면서 근육이 움츠러들었다. 그럴 때마다 너는 자신을 달랬다. 진정해. 제발 진정하라고.

송하가 너의 말꼬리를 잡기 시작하면 너는 절대 벗어날 수 없었다. 화가 난 송하의 입에서 막말이 쏟아지면 너의 가슴에서는 불이 지펴졌다. 이어 안면 하부가 굳으면서 말문이 막히고 머릿속이 뻐근했다. 그때마다 너의 경고등은 후퇴의 신호를 보내며 미친 듯이 깜박였다.

감정이 폭발하면 싸움닭처럼 달려드는 송하를 두고 너와 너의 남편 주환은 전혀 다른 태도를 보였다. 주환은 송하를 대놓고 없는 사람처럼 무시했지만 너는 그러지 못했다. 네가 받아주기 때문에 송하도 너에게만은 악착같이 달라붙어 끝장을 보려고 했다. 그러고 나면 너는 송하가 휘두른 잔인한 말의 칼날에 가슴이 쪼개졌다.

오늘도 너는 평소처럼 송하의 살얼음판 위에 섰다. 엄마니까 그래야만 한다는 의무감과 진심 어린 애정으로 무장한 채. 나까지 외면하면 저 아이는 누구에게 의지할 수 있을까. 그러니까 나는 절대 저 아이의 손을 놓지 않을 거라고 다짐하면서.

"스타킹 없어."

송하가 선전포고 하듯 말했다.

"아무거나 신고 가."

"아무거나 없다고."

"아무거나는 있잖아."

"없다니까."

송하는 짜증을 냈다. 너는 손을 멈추고 송하를 돌아보았다. 역력한 멸시의 눈초리. 너의 뱃속 어딘가에서 두 번째 경고등이 켜졌다. 송하는 늙은 어른들을 경멸했다. 거기엔 너도 포함됐다. 그렇다는 것을 알았을 때 너는 당황했다. 시간이 언제 그리 흘렀을까. 정신을 차려보니 지하철에 붙어 있는 시구처럼 너는 늙어 있었다.

손으로 아무렇게나 쓸어 묶은 푸석한 머리카락, 이마와 미간과 입가에 잡힌 침울한 주름들. 눈 밑에 내려앉은 그늘은 출산 후부터 어렴풋이 생겨난 기미와 연결되어 광대에 거뭇하게 찌그러진 원을 그렸고 검버섯도 조금씩 보태지고 있었다.

송하는 네가 삼십대였을 때도 늙었다고 했다. 송하 나이 때는 십대가 아니면 다 늙은 나이다. 그러니까 송하에게 너는 언제나 늙은 여자였다. 너도 송하 나이 때는 그렇게 생각했다. 스물다섯 살을 넘긴 사람들을 보며 대체 무슨 재미로 사나 싶었다. 그런데 스물다섯 살을 넘기고 서른다섯 살을 넘기고 또 마흔다섯 살을 넘기고 보니 알겠다. 재미가 아니라 그냥 사는 거라는 것을.

너는 송하의 옷장 안에 스타킹 아무거나가 몇 장 있는지 알고 있다. 살구색 스타킹 아홉 장과 커피색 스타킹 한 장. 얼마 전에 송하는 그 살구색 스타킹을 신고 학교에 갔다가 집에 돌아오자마자 벗어 던지며 너를 타박했다.

"스타킹 색이 너무 밝아. 내 다리 색만 다르다고. 거기다 광채도 난대. 운동장에 섰는데 내 다리만 허옇게 튀었어. 쪽팔려 죽는 줄 알았다고. 하여간 엄만 뭘 사 와도 꼭 이상한 걸 사 온다니까. 짜증 나게."

"뭐가 이상하다는 거야? 그거 원래 네가 신던 색이야. 같은 거라고."

"아니라니까. 커피색으로 다시 사다 줘."

"열 장 묶음으로 샀어. 그러니까 그거 다 신고 새로 사."

"싫어. 창피하다고."

"창피할 게 뭐 있어? 학교에서 금지한 색도 아닌데. 것도 개성이지."

"개성이 아니라 개웃긴 거야. 학교에서 남과 다른 건 틀린 거야. 특별하면 안 된다고."

너에게 특별하다는 우월하다는 것으로 기억한다. 하지만 송하에게 특별하다는 이상하다는 것인가 보다. 너는 피곤해졌다. 개성이고 나발이고 저 혼자 다른 색 스타킹 좀 신으면 어때. 늘 가던 데서 같은 걸 샀다고. 근데 왜 갑자기 트집이야. 말해봐야 씨알도 먹히지 않을 터였다.

"알았어. 그럼 지금 네가 가서 커피색이든 뭐든 사 와."

"내가 왜? 싫어. 스타킹을 잘못 사 온 건 엄마잖아. 그러니까 엄마가 책임져야지. 그리고 엄만데 그 정도도 못 해줘?"

너는 그 밤에 부랴부랴 편의점으로 가서 커피색 스타킹 한 장을 사다 줬다. 그렇게까지 해줄 필요는 없었지만 그렇게라도 끝내지 않으면 밤새도록 송하와 다퉈야 했다. 그런데 기껏 사다 줬더니 이번엔 또 살구색 스타킹을 샀던 데서 파는 커피색 스타킹과 색이 다르다고 난리였다.

송하는 살구색 스타킹을 파는 가게에 있는 커피색 스타킹을 신겠다고 고집을 부렸다. 너는 곧 폭발할 별처럼 깜빡이는 네 안의 모든 경고등을 간신히 끄고 집을 나섰다. 가게 주인은 자기가 판 살구색 스타킹의 색이 어떻게 달라지고 광채가 보태

졌는지 전혀 모르고 있었다. 그날 너는 커피색 스타킹 열 장 묶음을 송하에게 사다 주었다.

너는 가스불을 줄이고 닭고기가 타지 않도록 뒤집으며 말했다.

"정 급하면 세탁물 바구니 뒤져서 신던 거 다시 신고 가든가."

"없어. 한 번 신고 다 버렸어. 내 의자에 뭔가 있어서 앉으면 무조건 올이 나가."

"뭐가 있는데?"

"몰라."

"왜 몰라? 뭔지 안 봤어?"

"모른다고. 모르는 걸 모른다고 하는데 자꾸 물어봤자 나도 모른다고."

송하는 화를 발칵 냈다. 너는 한숨을 삼켰다. 그래, 뭐 틀린 말은 아니네. 저가 봐서 모르면 모르는 거니까. 그래서 더 물어볼 수가 없었다. 사실을 말하자면 더 물어보는 것이 무서웠다. 계속 이런 식으로 말을 나누다간 보나 마나 스타킹 올이 나가는 것과는 비교할 수도 없는 깊은 상처를 입게 될 테니까. 너는 상처투성이가 된 마음으로 하루를 시작하고 싶지 않았다.

"알았어. 일단 방석이라도 깔고 앉아."

"방석 없어."

"그럼 무릎 담요 가져가."

"싫어."

"왜 싫어?"

"무늬가 구려. 새로 사 줘."

"있는데 뭘 새로 사? 그리고 오늘 신을 스타킹이 없으면 어제 들어올 때 사 왔어야지. 지금 나보고 어쩌라고?"

"몰라. 스타킹 없다니까. 나 맨다리로 나간다."

송하의 협박에 너는 어이가 없었다. 맨다리로 가면 저만 춥지. 하지만 엄마에게 그 말은 협박이었다. 아이는 그걸 잘 알고 있었다.

"아직 안 돼. 감기 들어."

"그러니까 스타킹 없다고."

너는 결국 한숨을 내쉬며 말했다.

"맘대로 해. 맨다리로 가든가 말든가. 어쩌겠니. 하루쯤 맨다리로 나간다고 얼어 죽진 않겠지."

"아, 씨. 짜증 나!"

송하는 스타킹도 뚝딱 만들어내지 못하는 엄마의 무능함을 비난하며 돌아섰다.

"아침부터 뭐가 이렇게 시끄러워."

송주가 방에서 나오며 말했다. 송화가 화풀이하듯 말했다.

"좋겠다, 오빠는 스타킹 안 신어도 되니까."

"바지 입어. 너넨 골라 입을 수 있잖아."

"오빠나 치마 입어."

"우린 선택권이 없다니까."

송주가 약 올리듯 말하며 욕실 문을 닫았다. 송하는 씩씩거리며 자기 방으로 들어가 방문을 쾅 닫았다. 조금 후에 송하는 차려둔 아침밥을 본척만척하고 나가버렸다. 너는 붙들어서 뭐라도 먹이고 싶었지만 포기했다. 잡으면 또 있는 대로 성질만 부리다가 어차피 안 먹고 갈 것을 알기 때문이다.

아이들이 모두 등교한 후에야 여유를 찾은 너는 커피를 마시려고 물을 올렸다. 그때 송주에게서 문자가 왔다. 어제 영어 수행평가 과제물을 깜빡 잊고 USB에 담아가지 않았단다. 오전 열시까지 제출해야 하는데 어떡하느냐고 문자에 신경질과 예민함이 자글자글했다.

그게 내 탓은 아니잖아. 너는 한숨을 내쉬며 가스레인지 불을 끄고 송주의 방으로 들어갔다. 송주가 시키는 대로 책상 위에 두고 간 태블릿을 켜고 과제물 파일을 찾아 메일로 보냈다. 잠시 뒤 다시 문자가 왔다. 문서가 다 깨져 있다고. 문자에서 폭발 직전의 김이 오르고 있는 것 같았다.

너는 겁에 질린 채 고물 노트북의 한글 프로그램을 열고 서둘러 태블릿에 담긴 송주의 과제물을 옮겨 치기 시작했다. 영문 타자가 익숙하지 않아 속도가 나지 않았다. 그러다 갑자기 노트북이 꺼져버렸다. 하필 지금. 진짜 가지가지 한다. 너의 머릿속이 빨갛게 달아올랐다.

너는 일찍이 이 고물 노트북이 이런 짓을 저지를 거라고 충분히 예상했다. 진작 새로 샀어야 했는데 여유가 없어 미뤘다.

갖가지 시도를 해보아도 노트북은 살아날 기미가 없었고 시간만 흘러갔다. 속이 바짝바짝 탔다. 아직 멀었느냐고 다그치는 송주의 문자가 계속 쏟아져 들어왔다. 너는 아직 세수는커녕 파자마 바람에 아침밥도 못 먹었다. 그때 누군가 현관문을 두드렸다.

"물 한잔 먹을 수 있을까요? 인정을 나눠주시면 천국으로 가는 길을 알려드릴게요."

너는 지금 천국으로 가는 길보다 더 급한 일이 있다고 말하며 돌아섰다. 그러자 바깥 목소리가 외쳤다.

"천국으로 가기 위해 하나님을 믿는 것보다 급한 일은 없어요."

틀렸다. 너에게는 이 고물 노트북을 빨리 부활시켜 열시 전까지 송주의 메일로 무사히 과제물을 쏘는 것이 세상 그 무엇보다 급했다. 네가 대꾸하지 않자 목소리가 장엄하게 다그쳤다.

"그러다 지옥으로 떨어집니다. 그땐 후회해도 소용없지요."

이 인간들이 어디다 대고 협박이야. 너의 경고등이 시뻘건 불꽃을 뿜었다. 너는 현관문을 확 열어젖히고 저들과 대판 싸우고 싶은 것을 꾹 참았다. 지금 당장은 어떻게든 노트북부터 살려야 했다. 너는 지옥행 예약 도장을 귀로 받은 채 방으로 돌아왔다. 노트북을 이리저리 쥐어박으며 흔들어 깨웠다. 아홉시 오십분이 막 넘어선 시각. 노트북은 간신히 정신을 차렸고 너는 마침내 메일을 보낼 수 있었다. 끝.

주방으로 돌아온 너는 식탁 위에 어질러진 것들을 대충 입에 욱여넣고 설거지를 했다. 다시 커피 물을 올려놓은 후 세수를 하려고 욕실로 들어선 너는 진동하는 지린내에 얼굴을 찌푸렸다. 변기 시트를 올리자 가장자리로 노란 얼룩들이 보란 듯 말라붙어 있었다.

송주는 깔끔한 성격이라 절대 이런 짓을 하지 않는다. 송하는 사용한 생리대를 보물처럼 꼭꼭 싸서 쥐도 새도 모르게 처리한다. 범인은 주환이다. 주환을 제외하고는 모두 변기 시트를 내려놓고 사용한다. 볼일이 끝나면 변기 뚜껑도 반드시 덮어놨다.

너는 가스레인지 불을 끄고 욕실로 돌아와 청소를 시작했다. 주환은 변기만 아무렇게나 사용하는 것이 아니었다. 건성으로 헹군 주환의 칫솔에는 언제나 마른 치약과 음식물 찌꺼기가 붙어 있었다. 그의 칫솔을 볼 때마다 너는 구역질이 났다. 보다 못해 칫솔 좀 잘 헹구라고 말했더니 그는 화를 내며 놔두라고 외쳤다. 그래서 여태 그냥 놔두는 중이다. 알게 뭔가. 제 입에서 나온 걸 다시 제 입으로 넣겠다는데. 칫솔은 그의 입으로 들어가는 것이니까 참지만 변기는 함께 쓰는 것이라 너는 계속 그에게 부탁했다.

"소변볼 때 신경 좀 써줘."

"그게 맘대로 되는 게 아니라고. 그냥 안 되는 건 좀 놔둬. 듣기 싫으니까 같은 말 자꾸 하지 말라고."

너는 지금 열심히 참는 중이라 웬만하면 놔뒀다. 하지만 이건 현관 앞에 놓여 있는 신발들이 흐트러져 있거나 신던 양말을 아무 데나 벗어 꿍쳐놓는 것과는 다른 거슬림이었다. 사람마다 좀처럼 극복되지 않는 것이 있는데 너에게는 주환의 오줌 자국이 그랬다.

나 때문이다. 나는 너의 극한 감정이 이끄는 생각과 그 감정을 느끼게 하는 대상과의 직접적인 접촉으로 등장한다. 그 접촉에는 종기의 핏자국이나 호랑거미의 거미줄처럼 분비물도 포함이다. 그래서 너는 그런 것들에 예민하게 반응하고 만다.

"나라고 좋아서 같은 말 반복하는 거 아냐. 요즘 젊은 남편들은 집에서만큼은 아내와 딸들을 위해 그 정도 배려는 한다던데."

"아, 진짜, 귀찮게. 지금 뭔 소릴 하는 거야? 난 못 해. 안 한다고."

주환이 버럭 소리를 질렀다. 너는 정신이 번쩍 들었다. 주환이 더는 젊은 남편이 아니라는 것을 잊었다. 한때 주환도 젊은 남편인 적이 있었다. 신혼집 내부공사가 끝나고 함께 보러 갔던 날, 주환은 소변이 마렵다며 화장실로 들어갔다. 소변을 누고 싶은 충동도 하품처럼 전염되는 것인지 아니면 그때 너와 주환의 마음이 너무 가까워 몸도 통한 것인지 너도 가고 싶어졌다. 주환이 화장실을 나온 후 네가 들어가려 하자 그가 머쓱한 얼굴로 말했다.

"너부터 쓸 걸 그랬다, 미안."

너는 아무렇지도 않았다. 주환이 사용하고 난 변기는 도자기처럼 하얬고 얼룩 한 점 없었다. 그때 주환은 다정했다. 하지만 지금 그는 흐늘거리는 알껍데기를 둘러쓴 사납고 못된 공룡이었다. 너는 신경이 곤두선 늙은 공룡의 괴로움을 이해한다. 주환은 지쳤다.

그리고 너도 지쳤다. 주환이 모든 것을 놔버린 것처럼 너도 이제 더는 애쓰지 않았다. 그땐 세월이 지나면 좋아질 줄 알았는데 지금은 세월이 지나도 좋아질 것이 없다는 걸 알기 때문이다. 아침마다 벌어지는 사소한 시비들은 내성이 생긴 독약 같았다. 그 순간에는 숨이 가쁘고 곧 죽을 듯 고통스러우나 생명에는 지장이 없다. 다만 남겨진 독성에 조금씩 망가져갈 뿐이다.

너는 서둘러 출근 준비를 시작했다. 대학에 강의를 나가는 선배가 가끔 생물학 서적과 논문의 초벌 번역 일거리를 주는데 그것이 고정 수입은 되지 않는다. 너는 졸업 후에 자연사박물관 같은 곳에서 일하고 싶었다. 죽은 생물과 심해 생물을 들여다보는 게 좋았다. 그것들이 현재가 아닌 과거에, 여기 밝고 가벼운 세계가 아닌 저기 어둡고 무거운 세계에 있는 것이 흥미로웠다.

하지만 너는 결국 전공과 관련 없는 작은 회사에 취업했고 결혼하면서 회사를 그만뒀다. 그땐 그래도 되는 혹은 그래야만 하는 시절이었다. 너의 친구들 대부분이 결혼과 동시에 직장을 그만뒀다. 너는 딱히 일을 그만두고 싶지 않았으나 그보다는 집을 지키고자 하는 사명감이 더 중요했다. 지금은 같은 이유로 다시 취업했다.

너처럼 집을 지키다가 사회로 나간 나이 든 여자들은 대개 집에서 했던 것과 비슷한 일을 했다. 너는 김밥을 잘 말았다. 송주와 송하도 너의 김밥만큼은 인정했다. 네가 만든 김밥은 모두가 감탄하는 대상이었다. 네가 썰어놓은 김밥에서는 팽창하는 나선형 우주가 보였다. 흰쌀은 별들이 모인 성운이었고 검은 김은 그 성운들을 휘감은 암흑물질이었다. 너는 네가 만든 김밥의 단면을 들여다보며 화석과 심해 생물 대신 시공을 초월한 우주의 다른 것들을 보려고 애썼다. 이제 너는 일요일을 제외하고 매일 정오부터 오후 여덟시까지 분식집에서 사람들 뱃속으로 들어갈 우주를 만들었다.

휴대폰이 울렸다. 너는 습관처럼 시간을 확인했다. 열한시 십분. 중학교 동창인 효진은 늘 이 시간에 알람처럼 전화했다.

"나 지금 바빠."

대개 바쁘다고 말하면 눈치껏 끊어주는 게 예의다. 하지만 효진은 끊지 않는다. 너의 말을 무시해서가 아니라 자기 말을 꼭 해야 하기 때문이다.

"야, 네가 바쁠 게 뭐 있냐? 하는 일도 없으면서. 근데 오후엔 전화하면 늘 안 받더라?"

"문자 남겨."

"혼자 뭐 배우러 다녀?"

"팔자 좋은 소리 하고 있다. 나이 들면 몸을 자꾸 움직여야 한다기에 산책도 다니고 도서관도 가고 그래."

너는 효진에게 분식집에서 김밥을 만다고 말하지 않았다. 말할 수 없었다. 그걸 아는 순간 효진은 매일 너의 일터로 찾아와서 김밥 한 줄을 시켜놓고 종일 자신의 이야기를 늘어놓을 테고, 너는 그걸 도저히 감당할 수 없을 것 같았다.

"진짜?"

"그럼 내 형편에 헬스하고 쇼핑하러 갈까 봐?"

"너도 부업 좀 해."

"그러려고."

"그래서 오늘은 어디로 나갈 건데? 나도 바로 준비할 테니까 같이 가자."

"몰라. 나가보고 내키는 대로 할 거야."

"어딘지 전화해."

"봐서."

물론 너는 전화할 생각이 없다.

"건 그렇고, 내 이야기 좀 들어봐."

너는 효진의 이야기를 별로 듣고 싶지 않았으나 그냥 이야기하도록 내버려뒀다. 효진이 매일 정해진 시간에 너에게 전화하는 이유를 알기 때문이다. 효진의 이야기를 끝까지 들어주는 사람이 너밖에 없어서다.

너는 중학교 이학년 때 효진과 같은 반이 된 이래로 삼십여 년이 넘는 시간을, 그러니까 얼굴의 솜털이 보송보송하고 가까이 있는 것이 지나치게 잘 보이던 그 시절부터 팔자주름이 입가를 맴돌고 바늘귀를 저만치 둬야 그럭저럭 보이는 지금까지 줄기차게 효진의 이야기를 들어주고 있다. 이제 효진이 하는 이야기는 듣지 않아도 다 아는 이야기고 다 알 것 같은 이야기다. 그래도 너는 듣는다.

가끔 전에 했던 이야기를 또 해도 그냥 듣는다. 굳이 따지지 않는 건 너의 말이 의도와 다르게 전해질 수 있다는 것을 이제 잘 알기 때문이다. 너의 입을 떠난 말은 너의 통제력을 벗어나 듣는 사람이 듣고 싶은 대로 들었다. 물론 효진과 함께했던 세월을 생각하면 효진만은 그러지 않을 것을 안다. 하지만 확신할 수 없다. 네가 너의 아이들과 보낸 시간을 생각하면 너의 아이들도 너에게 그러지 않아야 하지만 그러고 있으니까. 주환은 말할 것도 없고. 너는 이미 가족에게 이리저리 데인 터라 더는 누구에게도 입을 열고 싶지 않다.

너는 귀에 전화기를 대고 잠시 눈을 감았다. 자기가 주인공인 이야기를 하면서 살아 있음을 느끼는 효진이 쉼 없이 떠들었다. 그게 효진이 숨 쉬는 방법이었다.

*

"오빠가 신을 양말이 없다고 했으면 당장 달려 나가서 사다 줬을 거야. 그래, 이게 다 내가 오빠보다 공부를 못해서 그런 거지. 근데 어쩌라고. 엄마가 날 이렇게 낳았잖아. 그래놓고 맨날 오빠만 편애해. 에이 씨, 다리 시려서 부러질 것 같아."

송하가 너에게 온갖 성질을 내며 불평했다. 삼월의 꽃샘바람도 아이의 분을 식히지 못했다. 너는 송주를 편애한 적이 없었다. 송주는 첫아이라 그야말로 어설프게 키웠다. 그에 대한 미안함이 있어 송하 때는 정말 많이 안아주며 사랑을 표현했다. 하지만 송하는 그렇게 생각하지 않았다. 일단 송주는 너에게 양말 같은 자질구레한 심부름을 시키지 않는다는 것조차 인정하지 않으니까.

이럴 때 나를 불러내면 서로를 이해하는 데 도움이 될 텐데. 하지만 너는 섣불리 나를 부르지 않을 것이다. 나로 인한 위험을 다시는 감수하고 싶지 않기 때문이다. 미금의 죽음 이후 시도한 세 번의 결과 중 두 번은 네 의도대로 되지 않았다. 그 두 번의 결과는 끔찍하고 슬펐다. 그로 인해 너는 실망했고 두려웠다. 이해한다. 그래도 내 입장은 억울하다.

나를 불러냈던 몇 번의 경험으로 너는 중요한 한 가지를 알게 됐다. 종기 때는 처음이라 너와 종기가 동시에 바뀌었는데 이후 요령을 터득해서 한쪽만 바뀔 수 있게 됐다. 벤다이어그램을 그릴 때 겹쳐지는 부분에서 누가 얼마나 더 자리를 차지 하느냐에 따라 받아들이는 쪽과 들어가는 쪽을 조정할 수 있 게 됐다.

그림으로 보면 확실히 이해할 수 있다. 너와 미금의 경우를 예로 들면, 미금의 손바닥 모양의 원이 너의 바퀴 모양의 원 안에 거의 다 들어가 있었다. 이 공평하지 않은 형태에 따라 미금이 너에게 일방적으로 들어가게 되었다. 네가 들어가지 않은 미금의 몸은 그냥 자고 있는 것이다. 그렇게 하면 깨어날 때 더 자연스러워진다.

둘 중 들어가는 쪽이 조금 더 위험하다. 나가지 못하는 경우가 생기면 양자 모두 곤란하지만 어쨌든 들어가는 쪽의 몸이 물리적 무방비로 버려져 있기 때문이다. 물론 조건이 갖춰진 시간을 택하면 되지만 너는 이제 굳이 그런 위험을 무릅쓰고 싶지 않다. 무엇보다 더는 내가 내놓은 결과를 자신하지 않기 때문이다.

그런 이유로 송하가 너를 힘들게 할 때마다 너의 입장도 한 번쯤 이해해주기를 바라지만 감히 너에게 송하를 들일 수 없었다. 그렇다고 네가 송하에게 들어갈 생각도 없다. 시대가 바뀌고 많은 것이 달라졌지만 너 역시 송하의 나이를 거쳤다. 너는 충분히 송하를 이해하고 있다고 여겼다. 그건 네 생각이다. 아니, 모든 어른의 착각이다.

*

"김송하."

규민이 평소처럼 반가워하며 다가왔다. 송하는 그를 흘끔 노려보곤 무시한 채 그냥 걸어갔다. 규민은 영문을 모르겠다는 듯 송하를 따라가며 물었다.

"야, 왜 그래?"

"왜 그러냐고?"

송하는 걸음을 멈추고 사귄 지 한 달 된 남자 친구를 쳐다보았다. 금방이라도 저를 밟아 죽일 것 같은 송하의 기세에 규민은 한풀 꺾인 어조로 물었다.

"왜 그러는지 알아야 내가 뭘 어떻게 하지."

"너 어제 내가 인생네컷 찍으러 가자고 했을 때 피곤해서 집에 일찍 간다고 하지 않았어?"

"어?"

규민의 눈동자가 일순 흔들렸다. 그는 고민했다. 끝까지 부정할지 아니면 빨리 인정하고 변명을 만들어낼지. 송하의 태도로 보아 이미 들킨 듯했다. 근데 어디까지 아는지 모르잖아.

"집에 가다가 배가 너무 고파서 햄버거 먹으러 갔어."

일단 여기까지.

"누구랑?"

"혼자 갔는데 거기서 친구를 만났어."

"친구 누구?"

"누구라고 말하면 알아?"

"아마 알걸. 그리고 그 친구 사진에 찍힌 이 손이 누구 손인지도 알지."

송하는 휴대폰을 열어 지윤이 SNS에 올린 사진을 규민의 눈앞에 디밀었다. 햄버거 세트 사진과 함께 규민의 손이 찍혀 있었다. 엄지 마디 주름에 세로로 그어진 번개 모양의 미세한 흉터. 언뜻 봐서는 잘 보이지 않는 희미한 자국이지만 아는 사람은 알아볼 수 있었다. 규민은 어색하게 입을 움찔거리며 딴청 부리듯 말했다.

"엥? 거기 왜 내 손가락이 들어갔냐?"

"지윤이가 내가 모르는 친구야?"

"그냥 너 기분 나쁠까 봐 그랬지. 근데 어쩌라고? 지윤이 자기 햄버거 사진 올리는 것까지 내가 뭐 어떻게 해? 햄버거 먹고 나서 바로 집으로 갔어."

"지윤이네 집으로 말이지."

송하가 가소롭다는 듯 대꾸했다. 규민의 표정이 굳었다. 그걸 어떻게 알았지? 알 수가 없는데? 하지만 송하는 모든 걸 알고 있는 것처럼 눈을 번득였다.

"그 집에서 둘이 손은 왜 잡았어?"

"뭔 소리야?"

규민이 잡아뗐다.

“다음 주에 둘이 롯데월드 가기로 했지?”

“아니야.”

“그럼 꿈에서 그랬나.”

규민은 등골이 오싹했다. 롯데월드는 맹세코 그에게는 꿈이었다. 지윤의 집에서 놀다가 잠깐 졸았는데 그때 꿈에서 그런 약속을 했다. 꿈인 줄 알았는데 헤어질 때 지윤이 말했다. 그럼 다음 주에 롯데월드 가는 거지? 규민은 헛갈렸으나 굳이 확인하지 않았다. 놀러 가자는데 나쁠 거 없었다. 가뜩이나 홀린 듯 희한한 상황이었는데 송하의 입에서 꿈이라는 말이 나오자 규민은 살짝 겁에 질렸다. 그런 규민을 보며 송하는 통쾌함을 느꼈다. 누구든 저를 만만하게 여기는 것보다는 무서워하는 것이 나았다.

“왜, 또 아니라고 해보시지.”

규민은 저도 모르게 어깨가 움츠러들었다.

“야, 너, 너무 섬뜩하다.”

송하는 어제 규민에게 사진을 찍으러 가자는 제안을 거절당하고 촉이 발동했다. 그의 말을 믿어줄지 말지 고민했다. 요즘 들어 부쩍 지윤과 붙어 있는 것이 거슬렸다. 혼자서 머릿속으로 오만 상상을 하며 의심하는 것보다는 실제로 확인하는 것이 낫다고 여겼다.

“나야말로 너한테 정떨어졌거든.”

“그래서 어쩌라고?”

"뭘 어째? 여기서 끝이지."

"그래, 끝 하자."

규민이 상쾌하게 외쳤다. 그러곤 냉큼 돌아서서 도망치듯 걸어갔다. 송하는 심사가 뒤틀렸다. 뭐야? 나한테 할 말이 그게 다야? 미안하다는 사과는 어디로 갔어? 곱게 보내주려고 했는데 어쩌나. 이러면 내가 순순히 물러설 수 없는데.

사실 송하는 규민에게 딱히 떨어질 정이 없었다. 그냥 규민과 노는 게 재밌었을 뿐. 재미는 다른 데서 찾으면 그만이다. 세상엔 사람도 놀거리도 많으니까. 그리고 나도 있고.

송하에게도 내가 있다. 송하가 가진 나의 이름은 '원더'다. 나는 송하에게 원더가 있다는 것을 너에게 알려줄 방법이 없다. 그럴 수 있었다면 나는 진작 특별하다는 의미에 대해 너와 흥미진진한 대화를 시도했을 것이다.

복수로 존재하는 나는 우리이면서 동시에 우리의 일부지만 우리는 내가 아니다. 나의 너는 수우고, 원더의 너는 송하다. 내가 원더를 알고 있듯 원더 역시 나를 아는 건 무의식에 속하는 우리가 균사체 네트워크 형태의 집단의식을 공유하기 때문이다. 너희의 꿈도 그 영역에 속한다. 다만 물질세계에 존재해야 하는 너와 송하는 각자의 의식체로서 단절되어 있기에 꿈이라는 무의식을 통해서만 닿을 수 있다.

누누이 말하지만 나를 움직이는 것은 나의 의지가 아니다. 나는 너에 의해 불려 나올 때만 현재한다. 나는 네가 불러내지 않는 나머지 시간에는 사유의 깊숙한 너머, 무의식의 경계를 넘나드는 보이지 않는 티끌일 뿐이다.

송하가 규민을 향해 말했다.

"장담하는데 너, 그날 롯데월드 못 가."

"저주냐? 비 오라고 빌어봐야 소용없어. 실내에서 놀면 되니까."

규민은 놀리듯 대꾸하며 그대로 가버렸다.

송하가 중얼거렸다.

"놀 수 있으면 놀아보든가. 그날 내가 네 다리를 분질러버릴 거거든. 기대하고 있어. 끝내주는 고통을 맛보게 해줄 테니."

송하는 손에 쥐고 있던 연필을 손가락 사이에 넣고 돌리며 히죽 웃었다.

3

    일요일 오전, 너는 여느 때처럼 편두통에 시달리는 중이었
고 송주와 송하는 대판 싸웠다. 매일 아침 별일 아닌 듯 자연스
럽게 해가 뜨는 것처럼 송주와 송하 역시 매일 별것도 아닌 일
을 두고 서로 말꼬리를 잡으며 줄기차게 다퉜다. 독서실로 가
려던 송주가 제 성질을 이기지 못하고 가방을 집어 던지며 송
하에게 나가 죽으라고 말했다. 송하는 너나 나가 죽으라며 대
들었다.

    너는 생각했다. 여기서 송하가 대책 없이 송주에게 덤벼들
면 어떻게 될까. 아, 옛날 생각난다. 열두 살 때 너도 대책 없이
종기를 들이박아 코피를 터뜨렸지. 그걸 알기에 송하가 과연
그렇게 할지 생각하는 것이다. 그런 면에서 송하는 너를 닮았

다. 너는 싸움이 걷잡을 수 없어지기 전에 서둘러 송주의 가방을 집어 들었다.

"그만하고 얼른 독서실 가."

"이런 기분으로 어떻게 공부해?"

송주가 인상을 구기며 소리쳤다. 너는 송주의 등을 떠밀며 사정했다.

"그래도 해야지."

"또 오빠만 싸고도네. 또 오빠 편만 들어."

송하가 빈정거렸다. 너는 억울했다. 싸움을 끝내기 위해 송주를 밖으로 내몰고 있는데 이게 무슨 편을 든 거야? 너는 아픈 머리쪽 관자놀이를 꾹꾹 누르며 말했다.

"내가 언제 오빠 편을 들었어?"

"지금 오빠 가방을 들고 있잖아."

"그럼 네 가방을 들고 와서 너보고 나가라고 해? 그럼 넌 내가 널 내쫓는다고 할 거잖아."

정곡을 찔린 송하는 대꾸할 말을 잃었다. 그제야 송주는 너의 손에서 가방을 받아 들고 집을 나섰다. 타깃이 사라지자 송하의 화살이 바로 너에게로 향했다.

"엄만 나 없이 오빠만 있으면 좋겠지?"

"무슨 소리야? 너 없으면 엄만 죽어."

"거짓말."

송하는 눈을 흘겼다.

"진짜야. 너도 나중에 네 자식 낳아 키워보면 알 거야. 넌 엄마한테 둘도 없는 보물이야."

"드라마 대사 하고 있네. 완전 오글거려."

송하는 코웃음을 치며 제 방으로 들어가 방문을 쾅 닫았다. 저대로 두면 송하의 차별에 대한 밑도 끝도 없는 웅어리는 은하수를 건너가게 된다. 그 전에 붙들고 달래야 했다. 대화는 기적을 가져온다. 자녀에게 가장 큰 선물은 대화로 당신의 시간을 주는 거라고 했다. 너는 송하의 방문을 노크하고 들어갔다.

"송하야, 엄마랑 이야기 좀 하자."

"나가."

송하는 바퀴벌레를 보듯 혐오스럽게 너를 노려보았다. 그래도 너는 한 걸음 다가섰다. 송하가 자지러지는 비명을 내지르며 소리쳤다.

"나가. 나가라고! 이야기도 하기 싫고 그 얼굴도 보기 싫어. 목소리도 역겨워서 토 나와. 엄마 같은 건 확 죽어버렸으면 좋겠어. 차라리 없어져버리라고."

송하의 날 선 말 도끼질에 너의 머리통이 처참하게 쩍쩍 갈라졌다. 지끈거리는 고통이 사라지고 어마어마한 천둥이 머릿속을 뒤흔들었다. 너의 턱이 부들부들 떨렸다.

"너, 지금 그게 엄마한테 할 소리야? 어떻게 어른한테……."

충격이 심해서 말이 잘 나오지 않았다.

"어른이 뭐? 어른이래 봤자 나보다 빨리 늙어 죽는 거밖에 없는 주제에. 그게 뭐 대단한 거라고. 그냥 다 듣기 싫으니까 내 방에서 나가라고."

송하는 너를 거칠게 밀어냈다. 그 손이 어찌나 맵던지 너는 정신이 아득해졌다. 너야말로 두 번 다시 아이의 얼굴을 보고 싶지 않을 정도로 화가 났다. 그렇다고 아이와 머리를 쥐어뜯으며 싸울 수는 없었다. 이대로 물러나는 것도 옳지 않았다. 어쨌든 아이의 잘못을 가르쳐야 했다.

"송하야, 아무리 화가 나도 그런 식으로 말하면 안 되는 거야."

"왜 안 되는데? 솔직한 내 마음을 말한 거잖아. 난 누구처럼 거짓말 안 해. 속으로는 욕하면서 겉으로는 아닌 척 가식적으로 말하는 것보다 백번 낫지."

"그게 대체 무슨 소리야? 엄마가 너한테 그런다는 거야?"

"몰라. 나한테 말 걸지 마."

"더 말 걸 생각 없어. 앞으로 다시는 그딴 말 하지 않겠다고 하면."

송하는 입을 씰룩거렸다.

"대답 안 해?"

"했잖아."

"언제?"

"했어."

"대답 소리 작아서 들리지 않으면 대답하지 않은 것과 같다고 했지."

"그럼 귓구멍을 똑바로 열든가."

너는 기가 찼다. 아이의 분노가 너무도 뜬금없이 폭발해 당황스러웠다. 대체 송하는 언제부터 나를 저리 미워하게 됐을까. 아마도 경제적으로 쪼들리기 시작하면서부터일 것이다. 한때 송하는 너의 모든 것을 좋아했다. 네가 마셨던 컵으로 물을 마셨고 네가 덮었던 이불을 가져가 덮었으며 잠이 들 때까지 너에게 노래를 불러달라고 했다. 그러다 상황이 달라졌다. 친구들이 가지고 있는 물건들을 저는 갖기가 어려워지면서 불만이 조금씩 쌓여갔다. 송하가 느끼는 애정은 이제 부모가 자신에게 사주는 물건의 가격과 양에 비례했다.

"너, 한 번만 더 그런 식으로 막말하면 진짜 안 키울 거야. 가방 싸서 현관문 앞에 내놓을 테니까 어디든 너 가고 싶은 데로 가."

"어차피 지금도 안 키우잖아."

"먹여주고 재워주고 학교랑 학원까지 보내주는데 안 키우는 거야?"

"나도 내 친구들한테 먹을 거 사주고 우리 집에서 잠도 재워. 그럼 나도 내 친구들 키우는 거네."

송하의 궤변에 너의 입에서는 한숨이 나왔다.

"네가 친구들한테 먹을 것을 사주는 돈은 네가 번 돈이 아니라 엄마가 준 돈이잖아. 네가 말하는 우리 집은 엄마와 아빠의 집이고."

"아니거든. 명절 때 친척들이 준 돈이거든."

"명절 때 엄마와 아빠도 그 친척들의 아이들에게 용돈을 줘. 같은 거야."

"생색내지 마. 부모는 당연히 자식을 먹이고 입히고 돈을 주면서 키워야 하는 거야. 그것도 제대로 못 해주면서 뭘 키운대?"

"내 말은 부모에게 예의를 지키라는 거야."

송하는 기어이 손가락으로 귀를 틀어막는 시늉을 했다. 더는 대화가 되지 않았다. 너는 송하의 방을 나왔다. 부모와 다투지 않는 십대 아이들이 어디 있을까. 너도 어릴 때 너의 엄마와 자주 다퉜다. 사과는 언제나 네가 먼저 했다. 네가 잘했든 잘못했든 대들었고 그것은 어른에 대한 예의가 아니라고 배웠기 때문이다. 그러나 송하는 절대 먼저 잘못했다고 말하는 법이 없었다.

자존심을 지키려는 것이다. 아이는 어른을 미워하면서 어른이 되어간다. 당장은 무엇을 잘못했는지 인정하지 않으려고 한다. 그저 화가 날 뿐이다. 그러니 송하 역시 너에게 화가 난 것이지 싫어하는 건 아닐 거라고, 너는 애써 위안했다. 싫다고 말할 수 있는 사람이 너뿐이라서 그런 거라고.

오늘 대화는 당장 기적을 가져오지 못했지만 괜찮다. 언젠가 송하는 오늘 네가 있던 자리에 있게 될 것이다. 오늘 이 자리는 예전의 너의 엄마가 있던 자리였으니까. 그때가 되면 송하도 깨닫게 될 테지. 너는 그렇게 믿었다.

휴대폰이 울렸다. 이웃에 사는 최길영이었다.

"나야, 자기 오늘 일 쉬지? 우리 집에 만두 먹으러 와. 와서 동당이도 좀 봐주고."

너보다 세 살 위인 길영은 스무 살에 결혼해서 딸만 다섯을 두었다. 직장에 다니는 첫째와 둘째는 독립했고 셋째와 넷째는 연년생 중학생이고 이제 십오 개월 된 막내 동당이 있다. 너는 길영의 남편을 본 적이, 아니 아주 오래전에 딱 한 번 봤다.

길영은 동당을 낳고 남편과 몇 개월간 연락이 닿지 않았다. 그래서 길영이 동당의 이름을 지었다. 아기 욕조에서 물장구를 치며 동당거리는 모습이 너무 예뻐서 동당아, 동당아, 하고 부르다가 그리 정했다. 길영은 만족스러워했다. 애들 이름에 모두 '동' 자가 들어가니 딱이지 뭐야. 자기들끼리도 한 자매란 생각이 들 거고.

충청도 산골 출신인 길영은 너의 이름을 좋아했다. 듣자마자 아련한 표정을 지었다. 너는 그 얼굴에 어린 감정의 정체를 알기에 가슴이 뜨끔했다.

"자기 이름 되게 예쁘다. 로맨스 소설 여주인공 이름 같아. 내 이름은 아버지가 옥편에서 눈 감고 아무 글자나 찍은 거래. 첫딸이라고 실망해서 몇 날 며칠 술만 퍼마셨다는데 어떻게 그럴 수가 있어? 딸이기 전에 첫 자식이잖아. 그렇게 서럽게 태어나서 내 밑으로 줄줄이 낳은 동생들 뒤치다꺼리만 하며 살았어. 동생들이 어릴 때 이야기하는 거 듣고 있자면 내가 진짜 그러고 살았나 싶다니까. 학교 수업 끝나고 집에 와서 엄마 대신 동생들 보며 아궁이에 불 때고 저녁 짓고 소여물 주고 펌프 물에 빨래도 했대. 그러고도 모자라 야밤에 밭일까지 했다 더라.”

“진짜 남 이야기하듯 하네요.”

“지금의 나한테는 남의 이야기니까. 솔직히 기억 안 나. 그 촌구석이 얼마나 끔찍하게 싫었으면 이렇게 새까맣게 잊었을 까. 암튼 그 시절은 생각하고 싶지 않아. 가뜩이나 지금 사는 것도 팍팍한데 내 과거 정도는 내가 원하는 대로 채우려고. 거 짓말하겠다는 게 아니라 그냥 나만의 상상인 거지.”

“그래서 언니의 상상은 뭔데요?”

“그런 게 있어. 어쨌든 상상이 치밀해지면 진짜 기억처럼 느 껴져. 나쁘지 않아. 나 과거에 잘나갔어.”

“상상 속에서 말이죠?”

“이젠 진짜 같아서 나도 헷갈린다니까.”

“어째 상태가 병원 가야 할 것처럼 들려요.”

“놔둬. 머릿속에서만이라도 행복하게. 이름도 진작 바꿀 걸 그랬어. 자기 이름은 고르고 고른 글자겠지?”

“아버지가 고르셨어요. 용모든 재주든 뭐든 빼어나라고 빼어날 수秀에 빼어날 우優. 턱도 없는 이름을 지어주셨죠. 원래 사람보다 이름이 크면 삶이 박복하다고 그랬는데. 그래서 외할아버지의 반대가 좀 있었어요."

"자기 박복해? 그래봤자 나만큼은 아니잖아."

"크게 다르지 않을걸요."

"그래도 어린 시절은 유복하게 보냈잖아."

"어떻게 알아요?"

"척 보면 알아."

네가 이 동네로 이사 왔을 때 길영은 드러내놓고 관심을 보였다. 특히 송하를 눈여겨보았다. 몇 살인지 학교는 어디인지 물어본 후 셋째 딸 동초와 같은 학교 같은 학년인 것을 알고 친하게 지내기를 부탁했다. 동초에게는 송하를 기다렸다가 함께 등하교 하도록 했고 학교 숙제는 무조건 너의 집에서 하도록 밀어붙였다.

길영이 동초를 자꾸 너의 집으로 보내는 데에는 이유가 있었다. 동초와 동희는 눈길만 스쳐도 싸웠다. 폭언이 오갔고 때론 머리끄덩이를 잡아 뜯으며 육탄전을 벌였다. 길영이 아무리 바락바락 소리를 지르며 말려도 역부족이었다.

"연년생이라 그런가. 애들 다 싸우면서 큰다지만 쟤들 둘은 무슨 살이라도 낀 것 같아. 내가 듣기엔 아무것도 아닌데 자기들끼리는 뭘 그렇게 자극을 받는지 참지를 못해. 얼마 전에 내가 애들이랑 과자 한 봉지를 까서 같이 먹었거든. 그냥 그렇게 집어 먹으면 되는데 둘이 계속 툭탁거리는 거야. 그래서 싸움이 나기 전에 나눠줬어. 동초에게는 한 줌을 놓고 두세 개를 더 얹어주고 동희에게는 두세 개를 먼저 놓고 그 위에 한 줌을 올렸지. 그랬더니 동희가 울부짖으면서 그러더라. 왜 언니랑 차별 대우 하느냐고. 내가 과자의 양으로 애정의 양을 드러냈대. 기가 막혀서. 원숭이 뇌도 아니고. 학교 다닐 때 배웠던 조삼모사가 실제로 벌어지는 일이더라고."

"언니가 잘못했네. 그러게 과자 놓는 순서를 왜 바꿨어요. 똑같이 했어야지."

"그렇게 될 줄 내가 알았겠어?"

길영은 웃었지만 지친 기색이 역력했다. 동초와 친하게 지내달라는 길영 앞에서 송하는 시큰둥한 표정으로 네, 하고 대답만 했을 뿐 신경 쓰지 않았다. 동초가 집에 와도 송하는 본척만척했다. 송하에게 동초는 엄마 친구의 딸이지 자기 친구는 아니었다. 송하에게는 저 나름의 어울리는 무리가 있었고 거기에 동초를 끼워줄 생각이 없었다.

"동초랑 같이 다니면 나까지 왕따 돼. 이상한 애는 아닌데 그냥 좀 모자라. 친구도 없고 맨날 혼자 책만 봐."

나는 좀 헷갈렸다. 그렇다면 동초는 특별한가, 아닌가? 송하에게 이상하지 않다는 것은 특별하지 않은 것이다. 다른 사람과 같다는 뜻이니까. 하지만 모자란 것은 특별한 것이다. 다른 사람과 다르니까.

송하는 동초를 피해 등하교 시간과 등하굣길을 바꿔가며 학교에 오갔다. 너는 송하를 설득할 수 없었다. 송하는 자신의 영역에 영향력을 행사하려는 어른들의 말에 절대적으로 저항했다. 그래도 동초는 너의 집으로 왔다. 집에서 동희와 싸우는 것보다는 송하의 눈치를 보더라도 너의 집에서 조용히 책을 읽는 편이 낫기 때문이다.

네가 집을 나설 때까지 송하는 방에서 꿈쩍도 하지 않았다. 만두가 넉넉하면 늦은 점심으로 송하의 것을 싸 올 수 있을 것이다. 네가 현관에 들어서자마자 길영은 기다렸다는 듯 동당을 덥석 안겼다. 집 안은 어질러져 있었고 소파는 옷가지로 뒤덮여 앉을 구석이 없었다. 길영의 몰골이 엉망진창이었다. 머리는 죄 뜯겨 있었고 목덜미와 팔은 긁힌 자국과 멍투성이였다.

"또 동당이 업고 한바탕 돌았어요?"

"응? 아냐."

길영의 얼굴이 붉어졌다.

"아니긴, 내가 한두 번 보나. 그럼 동초랑 동희는 시댁에 있겠네요."

"응, 걔들은 눈치가 빠하잖아. 이런 꼴 못 보이지."

"그런다고 모르겠어요?"

"알아도 할 수 없고. 어쩔 거야. 내가 미치기 일보 직전인데. 생각할수록 열받아서 가만있을 수가 없었어. 능력도 없는 인간이 대체 몇 살림을 차린 건지. 그런 인간한테 꼬인 여자들도 제정신이 아니야. 나이도 먹을 만큼 먹은 여자들이 왜들 그러고 사는지. 물론 나도 그러고 살긴 하지만……."

그게 그 인간의 능력이다. 능력이 없어도 아무 문제 없이 이 여자 저 여자에게 기대 살 수 있는 것. 하지만 그 능력은 특별하지 않다. 나는 분명히 구분할 수 있다.

"근데 나는 달라. 어려서 그랬어. 뭘 잘 몰랐다고."

네가 묻지도 않았는데 길영은 변명하듯 말했다. 길영은 평소에는 그러려니 살다가 묵혀둔 분노가 한 번씩 폭발하면 남편의 여자들 집을 무작위로 쳐들어갔다. 부질없는 화풀이였다.

길영은 고향에서 고등학교를 졸업하고 읍내에 있는 마트에서 일하다가 서울에서 내려온 남편을 만나 짧은 연애 끝에 결혼했다. 그때 그는 사업 아이템을 찾는다며 지방 여기저기를 돌아다니던 중이었다. 길영은 그를 탈출구로 선택했다. 그로부터 삼십여 년이 지났다. 길영의 남편은 여전히 사업 아이템을 잡는다며 돌아다니고 있었다.

결혼하면 바람개비 같은 아들의 성정이 변할까 기대했던 부모는 포기했다. 길영의 큰딸과 둘째 딸이 왜 그러고 사냐며 이혼하라고 말했다. 하지만 길영은 꿈쩍하지 않았다. 누구 좋은 일 시킨다고, 어림없는 소리. 남편이 띄엄띄엄 집에 들를 때마다 아이가 생겼고 생기는 족족 낳았다. 아들을 낳으려는 이유는 아니었다. 독실한 기독교 신자인 길영은 환한 얼굴로 말했다. 아이는 하나님이 주신 축복이고 선물이야. 내 나이를 생각하면 무책임하게 보일 수도 있겠지만 그래도 난 걱정 안 해. 자기 밥그릇은 가지고 태어나는 거니까.

글쎄, 너는 회의적이었다. 자기 밥그릇이야 가지고 태어난다고 해도 언제든 뺏길 수 있다. 자기 밥그릇을 지키지 못하면 결국 없는 것이다. 그 밥그릇을 채우지 못해도 없는 것이고. 우리가 태어난 세상은 그런 곳이다. 하지만 너는 길영에게 그런 말을 하지는 않았다.

길영은 만두피와 만두소가 담긴 그릇과 쟁반을 식탁에 늘어놓으며 말했다.

"자기가 좀 빚어. 동당이 때문에 만두 빚을 새가 없었어. 가만, 만두피 모자랄 것 같지? 가서 좀 사 와야겠다."

"됐어요. 그냥 이거만 만들어 먹고 말죠."

그냥 사다 먹으면 될 것을 길영은 번거롭게 굳이 집에서 전부 만들어 먹는다. 그렇다고 딱히 사다 먹는 만두보다 맛있지도 않다. 하지만 너는 그런 말도 하지 않는다. 이게 길영의 방식이니까.

"그럴까. 모자라면 밥 먹자. 찬밥 남은 거 많으니까."

너는 동당을 내려놓고 만두를 빚기 시작했다. 길영은 너에게 만두 빚는 일을 맡기고 청소기를 꺼냈다.

"음식 만드는데 청소하려고요?"

"응, 좀 봐줘. 자기 온 김에 청소해놓으려고. 나갔다 왔더니

가 있어야지."

동당이 청소기를 향해 기어갔다. 너는 손을 털고 일어나 동당을 무릎 위에 앉혔다. 동당은 계속 엉덩이를 들썩이며 손을 뻗어 식탁 위를 어지럽히려고 했다. 할 수 없이 너는 포대기를 가져다 동당을 등에 업고 선 채로 만두를 빚었다. 한참을 그러고 있었더니 이제 나이가 있는지라 허리가 뻐근했다. 동당이 자꾸 칭얼거렸다. 제 엄마에게 가고 싶은 것인지 식탁 위의 것들을 헤집고 싶은 것인지 너는 궁금하지 않았다. 너는 너의 아이들을 키울 때 그랬던 것처럼 몸을 조금씩 흔들며 아기를 얼렀다. 정신이 하나도 없었다. 청소기의 소음이 너무 컸다.

길영은 저 구식 청소기가 먼지를 흡입한 만큼 뒤로 내뱉는 구조라는 것을 알려나. 모를 것 같았다. 말해줘야 하나. 변기 뚜껑을 닫고 물을 내려야 한다는 것도 모르는 사람에게. 그렇게 따지면 이 집에서 말해줘야 할 것이 얼마나 많은데. 그래서 너는 평소처럼 입을 다물었다. 먼지로 만두를 빚어 먹게 생겼네. 동당이 너의 머리카락을 움켜잡은 채 보챘다. 그제야 길영은 청소기를 끄고 동당을 받아 안으며 말했다.

"미안, 고생했어. 만두가 몇 개 안 되니 그냥 만둣국 끓이자."

네가 수저를 뜨는 둥 마는 둥 하는 동안 길영은 밥까지 말아 먹었다.

"먹고 같이 시장 가자."

너는 피곤함을 느끼며 말했다.

"나 바쁜 일 놓고 왔어요. 그만 집에 가봐야 해요."

"에이, 자기 바쁘지 않은 거 다 아는데 무슨 소리야."

"송하 집에 있어요. 가서 밥도 차려줘야 하고 송주도 곧 돌아와요."

"신경 쓰지 마. 배고프면 알아서 차려 먹겠지. 송주는 독서실 가면 열시 넘어서 오잖아. 자기 남편도 장거리 나가서 오늘 밤은 못 들어올 거고. 지금 집에 가봐야 뭐 별것도 없으면서 괜히 그런다. 장 봐서 내가 맛있는 거 해줄 테니 같이 저녁 먹자."

너는 할 말을 잃었다. 딱히 말해준 적이 없는데 저 이웃 여자는 어떻게 우리 집 사정을 저리 잘 알고 있을까. 일 년 내내 남편이 집을 비우는 길영의 집이나 며칠에 한 번 남편이 집에 들어오는 너의 집이나 반쪽짜리 집이긴 했다. 그렇다고 두 반쪽 집을 합쳐 한 집을 이루고 싶진 않았다.

"왜 그런 얼굴이야? 우리 집에 있는 거 불편해?"

너는 고개를 저었다. 하지만 길영은 너의 속내를 읽었다.

"그냥 편하게 생각해. 자기도 외롭잖아. 그만 먹고 일어나. 맛도 없는 거 억지로 먹느라 애쓰지 말고."

"괜찮아요. 그럭저럭 먹을 만해요."

"미안해. 손님 초대해놓고 만두 빚으라고 시켜서. 그럴 생각은 아니었는데 그렇게 됐네. 그냥 자기를 보니까 갑자기 마음이 확 풀려버렸어. 나 사실 자기 처음 봤을 때 기분 되게 이상했어. 분명 모르는 사람인데 아는 사람 같더라고."

너는 흠칫 놀랐다.

"아는 사람 누구요?"

길영이 마침내 뭔가 기억이 난 걸까? 너는 길영을 빤히 쳐다보았다.

"웃지 말고 들어봐. 대학 동기 중에 자기 같은 친구가 있었어. 이름도 같아. 근데 난 대학을 다니지 않았잖아. 자기 처음 봤을 때 놀랐어. 내 상상 속 친구가 실제로 눈앞에 나타났으니까. 그래서 자기랑 같이 있으면 기분이 좋아. 뭐랄까 내 구질구질한 현실이 저 멀리 떠내려가는 것 같아."

길영이 너를 보는 무지의 시선에서 너는 안도와 가책을 느꼈다. 사실 너는 오래전에 기차역 앞에서 길영을 본 적이 있었다. 그때 길영은 첫째 딸을 업은 채 방관자 남편을 옆에 두고 어떤 여자와 몸싸움 중이었다. 그 아이가 길영의 방패막이가 되어 상대 여자는 길영을 때릴 수가 없었다. 그래서 길영은 지금도 남편의 여자들을 만나러 갈 때 동당을 업고 움직였다.

그날 이후 너는 두 번 다시 길영을 만날 일이 없을 거라고 여겼다. 그런데 마치 여기서, 길영은 너를 기다리고 있었던 것처럼 나타났다. 불쾌하고 찜찜했다. 몇 번 피해보려고 했으나 길영은 미친 듯이 친근하게 다가와 너를 옥죄기 시작했다. 더는 뿌리칠 수 없었다. 너는 체념하며 자책했다. 네가 던진 공이 네게로 돌아올 줄 모르고 대책 없이 던졌다고.

"아 참, 자기 혹시 어디 돈 빌릴 데 좀 없을까?"

"저야 없죠. 맛있는 거 먹여놓고 저한테 돈 빌리려고 했어요?"

"자기한테 돈 있으면 당연히 빌리고 싶지. 근데 자기 사정은 빤하니까. 그래도 자기 친구들은 돈 좀 있을 것 같아서."

"제 친구들이니까 사는 형편도 다 저랑 고만고만해요."

"그냥 자기만 인생 꼬인 거 아니고?"

"왜 그렇게 생각해요?"

"자긴 뭐랄까, 웬만큼 사는 집에서 교육 잘 받고 자란 티가 나. 그러니까 당연히 주변에 잘 풀린 친구 몇 명은 있지 싶어."

"미안해요."

"아냐. 내가 쓸데없는 소릴 했어. 집주인이 월세 올려달래. 근데 이 동네보다 싼 데가 있을 것 같지도 않고, 자기랑 이만큼 가까워졌는데 헤어지기도 싫고. 은행에서 대출 좀 받으려고 했는데 은행 문턱이 생각보다 높더라고. 하긴 나 같은 여자한테 은행이 돈을 빌려줄 리가 없지."

"우리 같은 여자죠."

"됐어. 뭐, 어떻게든 되겠지. 일단 애들한테 부탁해보는 수밖에."

길영은 직장 생활을 하는 두 딸에게서 경제적으로 조금씩 도움을 받으며 살고 있었다. 동당을 맡고 일을 나가려 했지만 젊어서 혹사한 관절이 자꾸 속을 썩였다. 길영이 넋두리하듯 말했다.

"내가 미쳤지, 내가 돌았지, 내가 내 발등 찍었지. 근데 자기는 왜 그러고 살아? 대학 공부까지 하고 왜 김밥을 말아?"

"그러게요. 대학 괜히 다녔나 봐요. 배운 게 다 똥이 됐어요. 사는 데 도움이 되기는커녕 괴롭히기만 해요. 모르는 게 약이에요."

"그래도 아는 게 힘이지. 많이 배운 것이 좋아 봬. 내가 하는 말은 몽땅 그 나물에 그 밥 같은데 자기 이야기는 어딘가 깊은 산속 옹달샘의 돌멩이처럼 차갑고 도도해. 거기다 말할 때 목소리도 차분하니 예쁘고."

바로 그 점 때문에 주환이 너에게 반했더랬다. 그리고 이제 그 점 때문에 주환은 너를 피곤해했다. 심지어 좀 전에 송하는 너의 목소리를 두고 역겹고 토 나온다고 했다.

"송하는 제 목소리가 듣기 싫대요."

"걔가 나처럼 우악스럽게 소리 지르는 엄마한테 당해본 적이 없어서 그래."

장을 본 후 너는 바로 집으로 돌아가고 싶었다. 하지만 길영은 커피 한잔 마시고 가라며 또 붙들었다. 너는 귀찮았지만 거절하지 않았다. 너는 뜨거운 커피를 후후 불어가며 단숨에 마시곤 자리에서 일어났다.

"그만 가봐야겠어요."

"저녁은? 내가 고등어 맛있게 지져줄 테니 먹고 가."

"미안해요. 머리가 좀 아파서 쉬어야겠어요."

길영도 눈치가 없는 건 아니라 그쯤 되자 할 수 없다는 듯 장을 보며 산 고등어와 함께 묵은지 한 포기를 건넸다.

"가져가서 같이 넣고 지져 먹어. 왠지 모르겠는데 오늘 이상하게 자기한테 밥을 해줘야 한다는 생각이 들었어. 암튼 내가 자기를 너무 붙들고 있었지? 근데 나 다음에도 이럴 거 같아. 미안, 그래도 나 너무 미워하지 마."

이젠 미워하려고 해도 여력이 없었다. 더는 그럴 이유도 없고. 이 정도면 충분했다. 돌아서서 나오는 너의 가슴 한편이 시큰거렸다.

저녁 밥상 앞에서 내내 휴대폰만 들여다보던 송하는 수저를 놓자마자 자기 방으로 들어가버렸다. 너는 설거지를 하다가 문득 생각이 났다. 오늘이 네 생일이라는 것을. 주환은 올해도 너의 생일을 잊었다. 밤 열시가 넘어서 독서실에서 돌아온 송주가 너에게 작은 꾸러미를 건네며 말했다.

"아침에 송하랑 싸우느라 깜빡했어. 그러니까 엄마 생일에도 미역국 좀 끓여. 별건 아니고 그냥 카드랑 초콜릿이야. 아버지는 보나 마나일 거고 송하는 뭐 좀 챙겨줬어?"

"아니, 엄마도 방금 알았어."

송주는 송하의 방문을 두드렸다.

"야, 오늘 엄마 생일인 거 알아?"

"몰라. 알 바야."

"하여간……."

송주는 눈을 끔벅이며 주방 쪽을 훑고는 자기 방으로 들어갔다. 식탁 위에는 아무것도 없었다. 송주는 거기 케이크가 있어야 한다고 생각하는 눈치였다. 사실 송주는 케이크를 사 오고 싶었으나 돈이 없었다. 너는 카드를 펼쳤다.

엄마가 태어나서 내가 있음. 그러니까 엄마의 생일 선물은 바로 나임. 초콜릿은 덤.

너는 웃어야 했는데 울음이 터졌다. 너는 송주가 준 꾸러미를 들고 안방으로 들어가 낡은 장롱 문을 열었다. 신혼 때 해온 장롱 세 짝 중 두 짝은 부서져서 버렸고 이제 한 짝만 남았다. 너는 장롱 깊숙한 곳에 넣어둔 상자를 끄집어냈다. 그 안에는 아이들이 어릴 때 입었던 옷 몇 가지, 아이들이 어버이날과 너의 생일날 쓴 괴발개발의 서툰 편지들 그리고 하찮고 귀여운 이런저런 선물들이 담겨 있었다.

키티가 그려진 종이 손가방은 송하가 초등학교 일학년 때 너의 생일 선물로 만들어준 것이다. 그때 송하는 말했다. 키티는 유명한 거야. 내가 나중에 크면 이거보다 더 유명한 진짜 가방을 사줄게. 송하가 남겨준 예쁜 기억이었다. 너는 그동안 받아둔 것들을 하나하나 들여다보며 몇 시간 남지 않은 생일을 혼자 보냈다.

*

생일이 뭐? 어쩌라고? 일 년 365일이 따지고 보면 다 누군가
의 생일이지. 그리고 이제 생일 따질 나이는 지났잖아. 다 늙어
서 무슨 생일이야. 애처럼 생일잔치를 할 것도 아닌데. 송하는
너의 생일을 까먹었다. 하지만 네 앞에서 민망한 얼굴로 미안
하다는 말 따위를 하고 싶지는 않았다. 그럴 바에야 차라리 무
시하는 편이 나았다. 다음 날 아침 송하는 너를 보는 것이 어쩐
지 껄끄러워져 새벽같이 집을 나섰다.

쉬는 시간에 교무실에서 한바탕 소동이 벌어졌다. 이학년
여학생 박다현이 기술 선생님에게 대뜸 삿대질하며 쌍욕을 날
렸다. 너무 갑작스러운 상황이라 누구도 박다현의 입을 막지
못했다. 그래서 다들 고스란히 듣게 됐다. 그 시간에 송하는 자
기 자리에 엎드려 자고 있었다.

"다현이 왜 그랬대? 그 선생님 기술 수업도 안 듣는데?"

"그러니까. 그래놓고 본인은 지금 그런 적 없다고 계속 발뺌
하고 있어. 미치려 그러더라. 그거 다 꿈이라면서. 진짜가 아니
래."

"본 사람이 한둘이 아닌데 그게 변명이 되냐. 가관이다."

"찍힌 영상 보고 저도 놀랐는지 울고불고 난리도 아니야."

"어떡하냐. 영상 다 퍼져서 이미지 박살인데. 완전 전율이
야."

"진짜 살벌하긴 하더라. 다현이한테 그런 면이 있다니. 생각할수록 소름. 근데 기술은 언젠가 그렇게 당해야 했어. 솔직히 그 여자 입이 더하지. 저번에 기술이 송하한테 막말 쩔었잖아?"

"맞아. 강당에서 움직이는 애들 숫자 빨리 못 센다고 장애인이냐고 비하했어. 자기가 해보라지. 늙은 년이 남학생들만 좋아하고 완전 쓰레기야."

"오, 다현이가 욕하면서 딱 그렇게 말했는데."

"친구라고 다현이가 송하 대신 복수했네."

"친구 아니야."

잠자코 듣고 있던 송하가 말했다.

"아니야? 너 다현이랑 친하잖아."

"그런 줄 알았는데 아니더라고. 저번에 체험 갈 때 같은 버스 탔거든. 일부러 옆자리 비워놨는데 무시하더라. 대놓고 필요 없다면서 자기 친구들한테 갔어. 그래, 뭐 거기까지는 그럴 수 있지. 근데 걔 친구들이 내 쪽 보면서 쟤 누구냐고 물으니까 아, 그냥 옆 반에 아는 애라고 하더라. 친구가 아니라 아는 애래. 그러니까 친구 아니야. 그리고 걔 친구들이 그럼 네 꼬붕이야? 하는데, 아니라고 하기는커녕 우쭐거리더라고."

"와, 인성……. 너무했다."

"공부 잘한다고 오냐오냐하던 선생님들 이번에 완전 깼겠다."

송하는 친구들의 말을 뒤로하고 기지개를 켜며 자리에서 일어섰다. 내가 오냐오냐하며 너 좋다 하니까 날 아주 만만하게 봤지. 송하는 교실을 나가면서 손에 구겨 쥐고 있던 종이를 쓰레기통에 버렸다.

하굣길에 송하는 자기 무리 뒤를 조심스레 따라오는 동초를 보았다. 송하는 평소처럼 철저히 무시했지만 어쩌다 눈이 마주쳤다. 동초는 안경을 끌어 올리며 어색한 미소를 지었다. 송하는 좀 짜증이 났으나 자신을 선망하듯 좇는 동초의 시선이 딱히 싫지는 않았다.

동초는 방과 후에 자기 집이 아니라 너의 집으로 갔다. 그 전에는 길고양이들과 밖에서 시간을 보냈다. 동희와 같은 공간에 있기 싫어서였다. 길영의 부탁으로 너는 동초에게 집을 허락했다. 송하는 그게 불만이었다. 송하는 동초가 듣는 데서 대놓고 너에게 불평했다. 거지처럼 왜 자꾸 남의 집에 빌붙는데? 자기 집으로 가라고 해. 가서 동희를 밟아 죽이든가.

동초의 얼굴이 벌게졌다. 동생 하나도 이기지 못해 피신해 있다는 것을 들켰기 때문이다. 하지만 동초에게 다른 선택은 없었다. 못 들은 척 버티고 있는 동초를 향해 송하는 말했다. 넌 뺄도 없냐. 가뜩이나 집도 좁은데 짜증 나게. 경고하는데 내 방엔 절대 들어오지 마. 동초는 말없이 고개만 끄덕였다. 동초가 찍소리 못 하자 그다음부터 송하는 동초를 자리만 차지하는 가구쯤으로 여겼다.

송하는 친구들과 떠들며 집으로 가는 길을 지나쳤다. 동초는 멀어지는 송하를 잠시 바라보다가 어깨를 늘어뜨리고 걸음을 돌렸다. 날이 어둑해진 후 돌아온 송하는 집 건물 앞에서 꼬리가 잘린 삼색 아기 길고양이 한 마리와 놀고 있는 동초를 보았다. 이제 제집으로 돌아가야 하는데 가기 싫어서 저러고 시간을 보내는 것이다. 동초가 송하에게 알은척을 하려고 손을 들었다. 송하는 무시하고 건물 안으로 들어섰다. 그때 갑자기 동초가 물었다.

"넌 수학여행 가지?"

송하는 대꾸하지 않으려고 했다. 하지만 그 질문에서 동초는 가지 못한다는 것을 알아챘고 어쩐지 심술을 부리고 싶어졌다. 송하는 돌아보았다. 삼색 아기 길고양이를 품에 안은 동초의 눈망울이 기쁜 빛으로 반짝였다. 마침내 얻어낸 송하의 시선이 몹시 감격스럽다는 듯. 동초의 반응이 썩 마음에 든 송하는 조금 관대해진 어조로 말했다.

"당연히 가지. 왜? 넌 못 가?"

"응, 돈 없어."

"돈도 없는데 츄르는 왜 맨날 사? 용돈이 남아 썩어서 그런 거 아니었어?"

"그 반대야. 내가 쓰기엔 너무 모자라서 그냥 길냥이들이나 잠깐 좋으라고 베푼 거야."

"너 그러는 거 네 엄마한테 반항하는 거지?"

"어? 아냐."

"아니긴. 졸라봐, 웬만하면 그 정도 경비는 만들 수 있으니까."

"아니. 우리 엄마는 그 정도도 힘들어."

동초는 전혀 풀 죽지 않은 목소리로 말했다. 송하는 묘한 반발심이 생겼다. 찢어지게 가난한 우리 집보다 더 못사는 주제에 왜 저렇게 당당해?

"그렇게 없는 애들은 학교에서 보조금 내주지 않냐?"

"난 안 가도 괜찮아."

"착한 척은. 하긴 가봐야 불편하겠다. 어차피 같이 놀 친구도 없는데."

송하의 비아냥이 딱히 기분 나쁘지 않은 듯 동초는 담담히 인정했다.

"그렇지. 근데 넌 어떻게 그렇게 친구를 금방 사귀어? 나는 학년 바뀔 때마다 어려워."

"멍청한 얼굴로 가만있으니까 그렇지. 누가 다가오기를 기다리지 말고 친해지고 싶은 애들 사이로 들어가서 말을 붙여."

"그걸 실제로 어떻게 해야 할지 잘 모르겠어."

"그럼 계속 구경만 하든가."

대화가 한심하게 여겨진 송하는 재미없다는 듯 집으로 올라가려고 했다. 그러자 동초는 고양이를 놓아주며 얼른 말했다.

"하지만 나한테는 나만 들어갈 수 있는 다른 곳이 있어. 거기

선 친구뿐 아니라 내가 원하는 건 뭐든 찾을 수 있으니까⋯⋯."

동초가 말끝을 흐렸다.

"그래서 딱히 학교 친구들은 필요 없다? 거기가 어딘데?"

나만 들어갈 수 있는 다른 곳이란 말에 송하는 호기심이 생겼다. 동초가 머뭇거리자 송하가 비웃었다.

"거짓말하고 있네. 그런 곳이 있는데 왜 맨날 우리 집에 와 있어?"

동초가 옆구리에 끼고 있던 책을 손에 쥐며 말했다.

"여기에 있어. 수학여행으로 갈 수 있는 곳보다 더 굉장한 곳들이⋯⋯."

한층 자신감을 잃은 동초의 말끝은 이번에도 흐리멍덩했다. 송하는 동초가 들고 있는 책의 제목을 보았다. 『여름이야기』. 학교 필독서인 이 책은 미국 어느 농장 소녀의 소소한 일상 이야기였다. 송하도 읽은 책이었다. 그 농장은 굉장한 곳이 아니다. 그러니까 동초가 말하는 굉장한 곳이란 그냥 책이 주는 상상의 세계를 뜻하는 것이다.

"그래, 책으로 미국도 가고 아프리카도 가고 달나라도 가는 거지."

"그런 거 아냐. 나만의 방식이 있어. 너뿐 아니라 다른 애들도 이해할 수 없겠지만."

반발심 때문인지 동초의 목소리에 조금 힘이 실렸다. 송하는 방금 동초가 저만의 세계를 이해하지 못하는 다른 애들과 자기를 싸잡아 말했다는 사실에 발끈했다.

"너야말로 이해할 수 없을걸. 나한테는 진짜 나만 들어갈 수 있는 굉장한 곳이 있거든. 그런 책이나 상상 같은 거 말고 말이야."

"정말? 뭔데? 말해줘. 말해주면 난 이해할 수 있어."

"아니, 넌 절대 이해할 수 없어."

"그래. 뭐, 자기 세계란 건 다 그런 거지."

늘 거절만 당한 아이답게 동초는 더 조르지 않고 금방 단념했다. 송하는 뭔가 알 수 없는 오기가 생겼다.

동초가 말했다.

"우리 엄마도 내가 이해하지 못할 거라면서 늘 무시하지. 근데 난 다 알거든."

"뭘?"

"엄마가 무슨 짓을 하고 다니는지 말이야. 우리 엄마는 주기적으로 아빠의 다른 여자들을 손봐주고 있어."

송하는 침을 꿀꺽 삼켰다. 자신도 주기적으로 누군가를 손봐주고 있는데 그걸 들킨 것 같은 기분이었다. 송하가 대꾸하지 않자 동초가 시무룩하게 말했다.

"갈게."

하지만 동초가 가는 방향은 자기 집 쪽이 아니었다.

송하가 말했다.

"어디로 가든 네 세계는 실제로 너를 도와줄 수 없어. 가짜니까. 넌 여전히 구경만 할 수 있을 뿐이야."

"그건 네 세계도 마찬가지잖아."

"아니, 내 세계에서는 할 수 있어."

"그런 건 없어. 다 상상이야."

"너나 상상이지. 말해봐. 할 수 있다면 뭘 하고 싶어?"

"알잖아. 난 동희를…… 동희를 혼내주고 싶어. 다시는 나한 테 대들지 못하게. 내 앞에 납작 엎드리게 만들어줄 거야."

"너도 네 엄마처럼 누굴 손봐주고 싶은 거네. 그래, 다 그런 거지."

송하가 낄낄거리며 물었다.

"내가 너 대신 동희를 때려줄까?"

"그랬다가 네 엄마와 우리 엄마 사이가 틀어지면 나 정말 갈 데 없어져."

"그럴 일은 없어. 너만 혼나고 말 거야."

"네가 때렸는데 왜 내가 혼나?"

"때리고 싶은 건 너니까."

알쏭달쏭한 송하의 말에 동초는 고개를 갸웃거리며 말했다.

"어쨌든 넌 동희를 못 이겨. 뚱뚱하고 힘세고 고집불통이야."

"아니, 네 엄마가 네 편을 안 들어줘서야."

동초의 눈동자가 흔들렸다.

"너도 엄마가 네 편 안 들어줘?"

"그래도 난 오빠를 이겨. 동생보다는 오빠를 이기는 게 더

쉽지."

"오빠는 봐주니까."

"봐주지 않아도 내가 이겨."

송하는 동초의 손을 잡아 펼쳤다. 그러곤 주머니에서 매직 펜을 꺼내 손바닥에 글자를 썼다.

"뭐야?"

"부적. 지워지지 않게 해. 자주 들여다보고."

송하는 재빨리 동초의 머리카락 몇 가닥을 뽑았다. 동초가 깜짝 놀라 송하를 쳐다보았다. 송하는 피식 웃으며 계단을 올라갔다. 동초는 손바닥을 펼쳤다. 거기엔 두 글자가 적혀 있었다. 원더. 영어 스펠링이 적혀 있지는 않았지만 아마도 경이로운, 불가사의라는 뜻일 거라고 생각했다.

4

    주환이 집으로 돌아오는 주기가 점점 길어졌다. 이번엔 열흘 만이었다. 너는 주환과의 삶에 큰 기대를 하지 않았다. 네가 완벽한 사람이 아니기에 네가 꿈꾸는 완벽한 남자도 없다는 것을 알기 때문이었다. 그래서 너는 그의 단점을 장점으로 덮었다. 그러고 나면 그와 무난하게 살 수 있을 줄 알았다. 물론 남들도 다 이렇게 살고 있다면 이게 무난하게 사는 것이겠지만. 누구나 자기 삶에서 한 가지 고통은 있는 법이니까. 너와 주환은 십여 년 전까지만 해도 그럭저럭 괜찮았다. 새 아파트에 입주하던 날 너와 주환은 아직 어린 두 아이와 함께 치킨을 먹으며 앞으로의 행복을 다짐했다. 다짐했던가. 다 잘될 거라고. 잘되어야만 한다고 암시를 하고 있었을지도 모르겠다. 너는 행복하지도 불행하지도 않았다. 그저 늘 공허했다. 하지만 그런 느낌은 모든 삶에 붙어 있는 정상적인 현상이라고 생각했다.

주환이 무리하게 대출금을 받아 입주한 아파트에서 사 년을 버텼다. 배보다 배꼽이 더 큰 집이었다. 매달 갚아나가야 하는 대출금과 이자가 수입보다 많았다. 그는 새로 시작한 사업이 성공하면 한 번에 해결할 수 있다고 큰소리쳤다. 애초에 그는 실패를 염두에 두지 않았다. 남의 말만 듣고 덥석덥석 벌인 일들이 차례로 망하고 빚이 눈덩이처럼 불었다. 그는 결국 주저앉고 말았다. 머리가 복잡해진 그는 잠시만 쉬어 가자는 생각으로 텔레비전을 끼고 소파에 누워 시간을 죽이기 시작했다.

그때부터 모든 것이 변했다. 그는 웬만해서는 텔레비전 앞을 떠나지 않았다. 밥도 잠도 그 자리에서 해결했다. 집에 돌아오면 현관에서 소파까지 한눈팔지 않고 도착했다. 그 사이에 있는 두 아이의 방문에는 눈길조차 주지 않았다. 너 혼자 사용하게 된 안방도 그에게는 존재하지 않는 공간이었다.

아파트를 팔아 이리저리 빚을 정리하고 또다시 대출을 받아 다세대주택에 월셋집을 얻었다. 집이 너무 좁아 이삿짐을 모두 풀 수 없었다. 3층인데 모든 창문에 창살이 붙어 있어 감옥에 갇힌 기분이었다. 좁은 베란다 한쪽에 풀지 못한 짐이 차곡차곡 쌓였다. 화장실 세면대는 얼토당토않은 자리에 붙어 있었고 환기구 대신인 쪽창은 건물 계단을 오르내리는 사람이 작정하면 들여다볼 수 있는 위치라 함부로 열어놓을 수가 없었다.

방마다 아무렇게나 자리한 가구와 짐들은 금방이라도 이 집을 박차고 나갈 것처럼 성나 보였고 손바닥만 한 거실은 주환의 애착 소파가 통째로 차지했다. 그날 밤 너는 난장판이 된 살림살이 속에서 한숨도 자지 못했다. 아이들도 낯설고 초라한 자기 방에서 뒤척였다. 오직 주환만이 자기 소파에 파묻혀 신나게 코를 골며 안락한 잠이 들었다.

수년간 잠자는 소파의 백수로 지내면서 주환은 서서히 공룡 디플로도쿠스로 변신했다. 네 눈엔 그렇게 보였다. 원래 후리후리한 키에 얼굴이 작아 어딘가 닮아 보이긴 했었다. 디플로도쿠스는 쥐라기 용각류 중에서 가장 몸집이 길다. 모가지도 길고 꼬리도 길다. 초식 공룡 디플로도쿠스는 닥치는 대로 나무를 먹어치운다. 너는 그나마 다행이라고 여겼다. 자기만 빼고 바다에 있는 모든 것을 먹이로 삼는 중생대 해양 파충류인 리오플레우로돈이 아니어서. '자기만 빼고'는 무서운 말이다. 마누라와 자식도 결국 '자기'는 아니니까.

디플로도쿠스는 활동적인 공룡이지만 주환은 애착 소파에서 거의 움직이지 않았다. 먹을 때와 화를 낼 때 말고는 입도 잘 열지 않았다. 그런 날이 계속되자 너는 겁이 나기 시작했다. 너의 삶에서 중요한 무엇인가가 빠져나가려고 했다. 너는 그 무엇인가가 영원히 떠나버릴까 두려워 가끔 용기를 내어 그와의 대화를 시도했다.

"하루에 오 초나 십 초쯤은 우리가 어디로 가고 있는지 서로 이야기해볼 수 있잖아?"

오 분이나 십 분쯤이라고 말하고 싶었으나 주환에게는 긴 시간이 될 것 같았다. 너는 한때 너의 단짝이었고 앞으로도 평생의 동지가 될 그에게 그 무엇인가를 잡아달라고, 아니 함께 잡고 있자고 부탁하고 싶었다.

"뭔 개소리야?"

주환은 얼굴을 찌푸리며 화를 냈다. 그는 네가 열어놓은 대화의 장 속으로 들어가지 않으려고 완강히 버텼다. 그는 평일에는 종일 텔레비전을 보고 낮잠을 자며 애착 소파에 숨어 있다가 주말이면 낚시 동호회 사람들과 떠났다. 잡은 물고기를 집으로 가져온 적은 한 번도 없었다.

그렇게 몇 년을 지내다가 작년에 화물차 운전을 시작했다. 그러고는 석 달 만에 그만두고 자기 트럭을 샀다. 그는 그 트럭에 온갖 만물을 싣고 오지 시골을 돌았다. 만물 트럭에는 뭐든 있었다. 캠핑 도구와 낚싯대는 물론이고 빗자루나 수건, 이쑤시개와 비누, 신발과 옷, 컵라면까지. 집에 오면 생활비랍시고 몇만 원 주는 게 전부였다.

"밥값이랑 기름값 빼면 남는 게 없어. 알다시피 잘 팔리는 비싼 물건들이 아니잖아."

그렇게 말하지 않아도 그렇게 보였다. 그런데 왜 하필 만물 트럭이냐고 너는 묻지 않았다. 네가 보기에 주환은 그냥 집에 들어오기 싫어서 바깥을 뱅뱅 도는 것 같았다.

주환이 열흘 만에 집에 돌아온 이튿날 새벽, 송주는 외출하려는 주환을 붙들었다. 일찌감치 일어나 미리 준비하고 기다리고 있었는지 송주는 위에 뭐라도 걸치면 그대로 주환을 따라 나갈 수 있는 차림이었다. 송주는 주환이 이 시간에 일어나 어딜 가려는지 잘 알았다.

"아버지, 우리도 아버지랑 같이 놀러 나가고 싶어요."

송주는 언젠가부터 주환을 더는 아빠라고 부르지 않았다. 주환은 아들이 자신을 부르는 호칭이 바뀌었다는 것을 전혀 알아채지 못했다.

"놀러 가는 거 아니야. 일하고 왔으니 이제 쉬러 가는 거야."

"낚시하러 가는 거잖아요. 그럼 놀러 가는 거죠. 우리도 데려가요."

"어딜 데려가? 됐어."

주환이 신경질적으로 대꾸했다. 송주는 예상한 듯 한발 물러섰다.

"그럼 오늘 말고 다른 날 가족여행 가요."

"정신 나간 소리 하고 있네. 그럴 돈이 어딨어?"

"아빠 혼자 낚시하러 갈 돈 모으면 우리 같이 여행 갈 돈 만들 수 있잖아."

송하가 자기 방문을 열고 내다보며 송주 편을 들었다. 말소리에 너도 방에서 나왔다. 아침잠 많은 두 아이가 모두 어둑한 새벽에 옷을 차려입고 있는 것을 보았다. 송주가 좀 전에 왜 우리도 데려가라고 했는지 알았다. 송하와 맨날 싸우기만 하더니 이럴 때는 또 의기투합했다. 주환의 눈썹이 들썩이며 눈매가 뾰족해졌다.

"피곤하니까 너네는 너네대로, 나는 나대로 쉬자."

"아버지, 우리가 매번 이러는 거 아니잖아요. 가끔 하루쯤은 가족이 함께 나들이도 하고 맛있는 것도 먹고 그래야죠. 제 친구는 매주 자기 아버지와 등산 가요. 저도……."

"에이 씨, 사람 나가는데 어지간히 좀 해라. 기분 더럽게."

주환은 버럭 성을 내며 송주의 말을 단칼에 끊고 현관문을 나섰다. 쾅 소리와 함께 굳게 닫힌 현관문 뒤로 너와 아이들만 남았다. 이렇게 될 줄 알았다는 듯 송하는 미련 없이 제 방문을 닫았다. 송주는 입매를 산등성이처럼 구부린 채 코웃음을 쳤다.

"쳇, 역시 아버지와는 말이 통하지 않을 줄 알았어. 이제 아버지한테 다시는 같이 뭐 하자고 말하지 않을 거야. 하고 싶지도 않고."

지난 수년간 너와 아이들은 주환과 함께하고자 번갈아 시도했지만 모두 실패했다. 너와 아이들은 가족의 따뜻한 결속이 필요했다. 그러나 주환은 종일 애착 소파를 떠나지 않던 시절에도, 화물 트럭과 만물 트럭을 끌고 다니느라 며칠에 한 번 집에 들어오는 날에도 가족과 함께이기를 거부했다.

명절이면 그의 배낭은 진작 낚시 동호회 회원 중 누군가에게 미리 맡겨져 있었다. 친척 집에서 나오기 무섭게 가족에게서 등을 돌리는 그를 보며 송하는 말했다. 아빠는 왜 맨날 우리랑 빨리 헤어지고 싶어 할까. 그거 알아? 아빠는 걸어갈 때 단 한 번도 우릴 돌아본 적이 없어.

너는 주환이 적절치 않은 방식으로 드러내는 이 모든 분노의 원인이 자격지심이라고 생각했다. 주환은 가족의 비난을 지레 두려워하고 있다. 우리는 그가 직시해야 하는 현실이기에 부담스럽다. 그래서 그에게 어떤 요구도 하지 않는 텔레비전이 편한 것이다. 그렇게 이해하려고 했다. 하지만 너는 그걸 아이들에게 뭐라고 말해야 할지 몰랐다.

그때마다 너는 나를 생각했다. 정말 너의 생각이 맞는지 확인하고 싶었기 때문이다. 나야 불러주면 언제든 환영이지. 하지만 나를 향한 네 감정의 불은 이내 사그라졌다. 괜찮다. 나는 너의 인내심이 바닥을 드러내고 그와의 관계를 끝장내려는 복수심이 무르익을 때까지 차분히 기다릴 수 있다. 차분히? 그래야만 한다. 나는 감정이 없으니까. 근데 너무 오래 불러주지 않아서 좀 안달이 나긴 했다.

*

동초는 잠에서 벌떡 깼다. 입이 헤벌어졌다. 꿈에서 미친 듯

이 동희를 때렸다. 그저 꿈일 뿐인데 답답하던 가슴 한편이 뻥 뚫렸다. 근데 등짝이 왜 이렇게 욱신거리지? 동희와 동희의 이부자리가 보이지 않았다. 벌써 일어났나? 개어놓은 이부자리가 보이지 않는 걸 보니 통째로 들고 다른 방으로 간 듯했다.

한방을 쓰는 둘의 이부자리는 항상 최대한 떨어뜨려 양 벽에 붙였었다. 그래봤자 동초는 잠버릇이 사나운 동희의 발길질에서 벗어날 수 없었다. 아침에 일어날 때마다 동초는 동희 밑에 깔린 채 힘겹게 빠져나왔다. 동초가 제발 동희를 엄마 방에 재우라고 애원해도 소용없었다. 길영은 낮에는 싸우지 말라며 둘을 떨어뜨려놓고 밤에는 무슨 기적이 일어날 것을 바라는지 무조건 한방에 넣어놨다.

동초가 방에서 나오자 아침 밥상을 차리던 길영이 다짜고짜 물었다.

"어제 왜 그랬어?"

"뭘?"

"얘 봐라, 어제 동희를 그렇게 때려놓고 모른 척하네. 왜 그랬냐고?"

"어? 어떻게 알았어? 내가 동희 때리는 꿈 꾼 거?"

어제 밤늦게 깐죽거리는 동희와 말다툼을 하다가 뻗친 열로 머리가 익는 줄 알았다. 그때 갑자기 안에서 뭔가가 뚝 끊어졌다. 그다음엔 동희의 머리를 잡아 누르고 그 위에 올라탔다. 동초에게 한 번도 깔려본 적 없는 동희는 죽을 것처럼 발악했다.

울고불고 소리 지르는 동희를 내려다보며 동초는 기분이 째졌다. 방에서 비명이 터져 나오자 때마침 와 있던 너와 길영이 달려갔다. 너와 길영은 동초의 등짝을 수없이 후려치며 간신히 동희에게서 떼어냈다.

"무슨 헛소리야. 송하 엄마도 봤는데."

"알아, 송하 엄마도 나오는 꿈이었어. 엄마랑 둘이서 내 등짝을 사정없이 때렸잖아."

가만, 그래서 등짝이 이렇게 얼얼한 거라면?

"그게 꿈이면 네 말대로 엄마가 어떻게 알겠어? 정신 나갔니? 어쩌자고 애를 그렇게 때려?"

동초는 혼란스러웠지만 부정했다.

"아니라고. 엄마도 알잖아. 내가 동희한테 힘으로 못 이겨서 맨날 처맞는 거. 그게 꿈이니까 내가 때릴 수 있었던 거야."

"동생인데 뭘 힘으로 못 이겨? 그냥 네가 여태 봐준 거지. 그래서 기특하다고 생각했는데 좀 참지. 동희가 지금 충격이 커."

"언니한테 한 번 맞았다고 충격? 그럼 여태 동생한테 맞고 산 나는? 엄만 왜 맨날 나한테만 참으라고 해? 내가 얼마나 참았으면 그랬겠어? 그것도 꿈에서 말이야."

"얘가 아직 잠이 덜 깼나. 꿈 아니라니까. 그리고 한 살이라도 많은 언니가 참아야지. 뭐가 됐든 폭력은 나쁜 거야."

"그럼 엄마는 왜 안 참고 그러고 다니는데?"

"내가 뭘?"

"엄마도 폭력 쓰고 다니잖아."

길영은 말문이 막혔다.

"왜? 그 여자들은 당해도 싸다고 말하고 싶어? 그럼 나도 동희한테 당하는 게 싼 거야? 동희가 여태 나한테 한 짓도 폭력이야. 아, 둘이 같은 짓을 하니까 엄마가 동희 편을 드는구나."

동초는 송하가 했던 말을 떠올렸다. 엄마가 네 편을 안 들어 줘? 동초는 헛웃음이 나왔다. 와, 씨. 송하 말이 맞네. 엄마는 늘 동희 편이었어. 그래서 나는 동희를 이길 수 없었던 거야.

"엄마가 언제 동희 편을 들었어? 동희는 감당이 안 되는데 너는 말이 통하니까 믿었던 거지. 근데 거짓말을 해?"

"거짓말 아니라고. 진짜 꿈에서 그랬다고."

"그래, 그럼 직접 네 눈으로 봐."

길영은 안방 문을 열었다. 동초를 본 동희는 기겁하며 이불을 둘러쓴 채 구석으로 몸을 움츠렸다. 동희의 얼굴은 시퍼렇게 멍들었고 눈은 부어서 제대로 뜨고 있지도 못했다. 꿈이 아니야? 동초는 숨이 멎는 것 같았다. 어떻게 꿈이 현실이 됐지? 동초는 손바닥을 폈다. 송하가 매직펜으로 써준 '원더'라는 글자가 아직 남아 있었다. 정말 경이롭고 불가사의한 일이 벌어졌다.

동초는 아직 할 말이 잔뜩 남아 있는 길영을 뿌리치고 학교로 달려갔다. 평소 우물쭈물 눈치만 보며 말 붙일 기회만 찾던 동초가 거침없이 다가오자 송하가 슬그머니 자리에서 일어나

교실을 나갔다. 사람이 없는 곳으로 가려는 것을 알아챈 동초는 일단 따라갔다. 운동장 스탠드로 나간 송하가 계단에 앉아 다리를 꼬며 물었다.

"내가 제대로 때려줬는데 맘에 들어?"

흥분한 동초는 한 계단 내려가 송하의 눈앞에 제 손바닥을 펼쳐 보이며 물었다.

"어떻게 한 거야? 이거 때문이야?"

"뭐, 그렇다고 할 수 있지. 어떻게 하는 건지는 말해주기 어렵고. 말해줘도 어차피 넌 원더가 없어서 할 수 없어."

"원더가 뭔데?"

"있어, 내 눈에만 보이는 아주 작고 작은 것."

나와 원더는 복수의 나지만 원더가 나보다 할 수 있는 게 조금 더 많다. 그건 어떤 너를 만나느냐에 따른 차이다.

상대에게 들어간 상태에서는 자신이 아니라 상대가 된다. 그래서 깨어날 때 자신으로 다시 돌아오기 위한 자각 질문이 필요하다. 그런데 송하는 상대에게 들어갈 때 자신이 누군지 바로 자각할 방법을 찾았다. 들어갈 상대의 손바닥에 '원더'라고 쓰고 그걸 보는 순간 바로 자신을 자각하게 설정해둔 것이다.

어떻게 그런 걸 터득해냈는지 신통하다. 그래서 송하는 상대에게 들어갔어도 자신을 망각하지 않고 의도한 대로 행동했다. 덕분에 규민의 다리를 부러뜨릴 수 있었고 동희를 실컷 때릴 수 있었다. 자신을 상대로 인식한 상태에서 송하는 자신을 규민 혹은 동초라고 생각한다. 그러면 규민은 자기 다리를 분지를 수 없고 동초는 동희를 때릴 엄두를 낼 수 없다.

동초는 송하의 주변에 뭐라도 있는지 살피려는 듯 어지러이 시선을 휘두르며 물었다.

"다른 것도 돼?"

"또 뭘 원하는데?"

"아빠를 집에 오게 해준다거나."

"아빠가 집에 왔으면 좋겠어?"

송하가 흥미진진한 얼굴로 묻자 동초는 고개를 끄덕였다.

"신기하네. 난 아빠가 집에 없는 게 좋은데. 난 엄마면 돼."

"우리 엄마는 동희 편이잖아. 난 아빠가 필요해."

송하는 자신을 구원자처럼 바라보는 동초의 간절한 시선을 누리며 말했다.

"알았어. 너한테만 해주는 거야. 아무한테도 말하지 마."

"뭘 말해야 하는지도 몰라."

"일단 네 아빠의 머리카락이나 빨지 않은 옷 같은 거 있으면 가져와. 칼이랑 소독약이랑 밴드도."

동초는 지난번 송하가 머리카락을 뽑아 갔던 것을 기억했다.

"칼이랑 소독약이랑 밴드는 왜?"

"너 손목 그을 거야."

"뭐라고? 싫어."

"그냥 피 살짝 나오게 긋는 흉내만 낼 거야. 네 아빠 전화번

호도 알려줘.”

“그건 왜?”

“꼬치꼬치 캐물으면 안 할 거야.”

“알았어.”

어른을 불러내는 방법은 의외로 간단하다. 불길함. 그걸 심어주면 확인하려 드니까. 나는 송하가 뭘 어떻게 하려는지 알았다. 요즘 애들 생각은 너 때에 비해 정말이지 아주 과감해졌다. 그래서 이것저것 시도해본 원더가 나보다 할 줄 아는 게 많은 것이다.

*

방에서 공부하던 송주는 주환이 있는 대로 키워놓은 볼륨을 참지 못하고 거실로 나와 텔레비전 좀 꺼달라고 말했다. 주환은 화를 버럭 내며 쏘아붙였다.

“독서실로 가든가. 네가 산만해서 집중이 안 되는 거지 그게 왜 텔레비전 탓이야? 옛날에는 한방에 오글오글 모여 살면서도 잘만 공부했어. 작작 좀 해라. 네가 뭐 그리 잘났다고 유난이야.”

텔레비전은 주환의 성역이었다. 그는 잠을 잘 때도 텔레비전을 켜놨다. 텔레비전에서 흘러나오는 소리를 자장가 삼아 잠드는 것이다. 그때 그는 정신이 나른하게 풀리면서 천국으로 들어가는 기분을 느꼈다. 그가 잠이 든 후에도 알록달록 움직이는 텔레비전 화면은 마치 뱀의 여신인 마나사 데비(인도 신화에 등장하는 뱀의 여신. 부호 찬드 사우다가르의 꿈속에 들어가 자신을 경배하라 강요하며 끝없이 괴롭힌다)처럼 그를 밤새 천천히 돌돌 말아 감은 채 놓아주지 않았다. 내가 좋지? 그렇지? 내가 미치도록 좋다고 말해. 그는 알아들을 수 없는 잠꼬대로 그렇다고 대답했다.

주환의 비아냥거림에 송주는 분노의 숨을 들이켜며 그대로 밖으로 뛰쳐나갔다. 뭔가 심상치 않다는 생각에 너는 송주를 따라 나갔다.

"송주야, 잠깐만."

송주는 너의 손을 거칠게 뿌리치며 말했다.

"아버지라는 사람이 뭐 저따위야? 진짜 죽여버리고 싶어."

"무슨 그런 말을 해?"

"나보고 유난이라잖아. 다 때려치울 거야. 공부고 뭐고 다 포기할 거라고. 집 나가서 쓰레기처럼 살 거야. 아버지 보란 듯 아무렇게나 살 거라고. 유난이 뭔지 제대로 보여줄 테니까. 복수할 거야."

송주는 벌게진 얼굴로 눈가를 훔쳤다. 너는 생각했다. 이건 정상이 아니야. 수염이 거뭇하게 나기 시작한 열여덟 살 아들이 눈물을 쏟아내며 아버지를 죽이고 싶다고 외치는 것도, 자기 인생을 걸고 복수하겠다고 다짐하는 것도. 너는 길 한복판에서 약이 바짝 오른 채 숨을 헐떡이는 아들을 네 앞으로 돌려 세우며 말했다.

"송주야, 그러지 마. 그럼 엄마는? 엄마한테도 복수하고 싶어?"

"몰라. 나 이제 공부 안 해. 그냥 막살 거야."

아이는 금방이라도 절벽에서 뛰어내릴 것처럼 위태로워 보였다. 너는 겁에 질렸다. 주환이 동면에 든 공룡처럼 애착 소파에서 흐느적거리는 동안 너는 혼자서 어떻게든 해보려 애썼다. 그러다가 지쳐 슬퍼할 때마다 송주가 위로해주었다. 괜찮아, 엄마. 내가 있잖아. 그랬던 아이가 흔들리고 있다. 홧김이라고는 하나 집과 자기 인생을 버리겠다고 선포했다. 송주가 버리겠다는 이 집에는 너도 포함되어 있었다. 너는 발밑이 허물어지는 것 같았다.

"그럼 안 되는 거 알지?"

"왜 안 되는데? 그냥 엄마 아버지처럼 살 거라니까. 패배자로!"

송주가 허덕거리던 울음을 그치고 차갑게 말했다. 너는 뜨끔했다. 패배자라는 말이 너의 가슴에 못처럼 박혔다. 상처 부위에서 퍼져나간 균열이 네 마음을 갈가리 찢어놨다. 비참했다. 아이는 자신의 눈에 비친 부모의 모습을 정확히 짚어냈다. 그러니 네가 뭐라 말해도 위로도 희망도 되지 않을 것이다. 그래도 너는 뭔가 말해야 했다. 아이에게 위로가 되기는커녕 이해도 되지 않는 말을, 차라리 하지 않느니만 못하나 할 수밖에 없는 고루한 말을.

"네 아버지가 사는 낙이 텔레비전뿐이라서 그런다. 네가 좀 이해해주면 안 되겠니?"

송주의 표정이 굳었다. 네가 자신의 편을 들지 않자 배신감을 느낀 것이다. 하지만 너는 어쩔 수 없었다. 너마저 주환을 욕하면 아이는 아버지에게 더욱 적대적인 감정을 갖게 될 테니까. 봐, 엄마도 아버지가 나쁘다고 생각하잖아. 아버지는 나쁜 놈이야. 너는 아이가 그런 생각을 하도록 놔둘 수 없었다.

"왜 자꾸 나한테만 이해하래? 아버지가 날 좀 이해해주면 안 돼? 집에 텔레비전 없는 친구들 꽤 있어. 공부한다니까 걔들 부모님들은 기특하다며 없애줬대. 근데 우리 집은 왜 이래? 솔직히 시늉이라도 해줘야 하는 거 아냐? 누가 유난인지 모르겠네. 진짜 쓰레기 같은 집구석이야. 됐어, 다 필요 없어."

송주는 돌아서서 어딘가로 휘적휘적 빠르게 걸어갔다. 안타까운 마음에 몇 걸음 따라가던 너는 곧 멈춰 서서 생각했다. 따라간들 뭘 할 수 있을까. 그래, 네 말이 맞아. 진짜 쓰레기 같은 집구석이야. 나도 이 쓰레기 같은 집구석을 나가고 싶어. 모든 걸 다시 시작할 수만 있다면 얼마나 좋을까. 하루에 수백 번 그런 생각을 한다고. 하지만 난 절대 그렇게 하지 않을 거야.

그건 이미 오래전에 너의 엄마가 했던 선택이기 때문이다. 너의 엄마는 어느 날 갑자기 새 인생을 찾겠다며 집을 떠났다.

너의 아버지는 흥분했다. 돌았냐고, 당신이 십대 소녀도 아니고 그 나이에 무슨 재미난 삶이 더 기다리고 있을 거라고 새 인생을 찾느냐고. 제발 정신 차리라고. 급기야 그 점잖은 입에서 대체 어떤 놈팡이와 바람이 난 거냐는 말까지 나왔다.

너는 엄마 없는 텅 빈 구멍 속에서 내내 허우적거리며 살았다. 너의 아이들은 절대 그렇게 살게 하지 않겠다고 맹세했다. 그래서 악착같이 버티는 중이었다. 아니면 아이들을 잃어버리게 될 것이다. 네가 엄마를 그랬던 것처럼 아이들도 너를 빛바랜 기억 속으로 묻어버릴 테니까.

그렇게 떠난 너의 엄마는 오 년 후 다른 남자와 결혼했다. 엄마는 너에게 새 남편과 마주 보며 환히 웃고 있는 결혼식 사진을 한 장 보내주었다. 너는 의아했다. 엄마는 대체 왜 이런 사진을 내게 보냈을까? 이제 엄마는 행복하니 너나 잘 살라고? 아니면 엄마도 행복해지고 싶으니 이해해달라고? 대체 엄마가 말하는 행복이 뭔데? 너의 엄마는 평소 말했다. 언제든 내가 있고 싶은 곳에 있을 수 있다면 그게 행복이지. 내 우주라고 해도 내 마음대로 되진 않아. 붙박이 우주를 내가 보고 싶은 대로 보는 것일 뿐. 바꾸고 싶다면 내가 떠나야지.

네가 있는 곳이 엄마가 있고 싶은 곳이 아니라는 사실에 너는 배신감을 느꼈다. 독립은 엄마가 아니라 내가 해야 하는 거잖아. 너는 울분에 차서 그 사진을 박박 찢어버렸고 이후로 다시는 엄마를 찾지 않았다. 몇 달 후에 너의 엄마는 새 남편과 함께 인도네시아로 떠났다. 떠나기 전에 엄마는 너를 만나고 싶어 했지만 너는 거부했다. 수화기 너머에서 너의 엄마는 울고 있었다. 너는 화가 났다. 새 남편에게는 그토록 환하게 웃어놓고 나한테는 왜 이러는 거야?

"왜 우는데? 내가 죽었어?"

너의 엄마는 아무런 대꾸 없이 더 크게 울었다. 너는 심술궂게 말했다.

"그래, 그냥 날 죽은 사람이라고 생각해. 나도 엄마를 죽은 사람이라고 생각할 테니까. 그래야 서로 목구멍에 걸리는 것 없이 잘 살 수 있지."

그렇게 너와 너의 엄마는 서로에게 귀신과 다름없는 존재가 되었다. 주환은 다음 날 새벽 만물 트럭을 끌고 귀신처럼 사라졌다. 늘 그렇듯 이번에도 가족과 이런저런 갈등을 일으켜놓고 수습 없이 가버렸다. 너는 송주가 말했던 복수가 자꾸 마음에 걸렸다.

*

송하는 동초 아버지의 목도리를 쥔 채 원더를 불러냈다. 동초 아버지의 손바닥에는 원더를 쓸 필요가 없었다. 이번에는 동초 아버지가 송하에게 들어올 것이기 때문이다. 깨어난 후에 그는 송하에게 들어와서 본 것을 아주 불길한 꿈으로 기억해낼 것이다. 그렇게 생각하도록 먼저 동초 아버지와 통화해 두었다.

안녕하세요, 저는 동초 친구 김송하예요. 그렇게 말해놓고 송하는 동초 아버지가 자신의 이름을 기억하고 불러줄 때까지 잠깐 기다렸다. 그래, 무슨 일이니? 동초 아버지가 물었다. 저는 김송하인데요. 송하는 또 한 번 자기 이름을 말했다. 그래, 송하야. 동초 아버지가 말했다.

중요한 목적을 이룬 송하는 이제 동초를 둘러싼 애매한 불안감을 되는 대로 늘어놨다. 동초가 요즘 집에서 좀 힘든 것 같아요. 아빠한테 전화해서 이야기해보라고 했는데 싫다고 해서 제가 대신 전화드렸어요.

이 작업은 자각 질문을 만들기 위해서도 꼭 필요했다. 송하는 동초 아버지를 만난 적이 없었다. 자각 질문은 상대와의 공유 기억 중에서 서로에 관한 질문이어야 했다. 그런데 송하는 동초 아버지와의 공유 기억이 없었다. 그래서 공유 기억을 만들어야 했다.

송하는 늘 상대에게 들어가기만 했지 상대를 자기에게로 들인 적이 없었기에 조금 긴장했다. 그래서 동초 아버지에게 주는 자각 질문을 만들 때 꽤 고민했다. 반드시 맞혀야 하는 쉬운 질문이어야 했다. 맞히지 못하면 동초 아버지는 자신을 송하라 여기고 살게 될 테니까. 동초 아버지의 몸은 계속 잠들어 있을 거고 송하의 의식 역시 잠든 상태로 몸을 빼앗기게 된다. 그런 상황을 생각하자 송하는 끔찍해졌다. 송하는 가장 단순하고 쉬운 질문으로 자기 이름을 택했다.

송하는 원더의 그림이 완성된 후 동초를 불렀다. 방문 앞에서 대기하던 동초는 비장한 얼굴로 칼을 들고 망설이다가 송하가 보는 앞에서 과감하게 제 손목을 그었다. 흥분해서 생각보다 깊게 벴다. 후드득 떨어지는 피를 보며 동초는 아프기도 하고 무섭기도 해서 눈물을 글썽였다. 송하는 그걸 물끄러미 바라보면서 졸음을 느꼈다.

동초를 보내고 송하는 잠이 들었다. 꿈에서 횡단보도를 건너던 송하는 버스에 치였고 삼색신호등 불빛을 바라보며 죽어가는 자신에게 질문했다. 동초 친구 이름이 뭐더라? 그 이름만 알면 아무 일도 없었다는 듯 일어나서 집으로 돌아갈 수 있는데. 송하, 김송하. 그렇게 대답하고 동초 아버지는 꿈에서 깼다.

이튿날 하굣길에 교문 앞에서 서성이는 아버지를 한눈에 알아본 동초는 눈이 휘둥그레졌다. 기대하지 않은 것은 아니지만 기대했던 일이 막상 벌어지자 그저 놀랍기만 했다. 나는 멋쟁이라는 것을 온몸으로 보여주고 있는 동초 아버지의 요란한 옷차림에 송하는 웃음을 터뜨렸다. 동초도 인정했다.

"내 눈에도 웃겨."

동초는 아버지에게 다가갔다.

"여긴 어쩐 일이에요?"

"너 보려고. 괜찮냐?"

동초 아버지는 딸의 손목에 붙어 있는 밴드를 확인하곤 눈이 커졌다.

"왜 그랬어?"

"이거요? 그냥 넘어져서 까진 건데요."

"정말이야?"

동초는 고개를 끄덕였다.

"신기하네. 내가 어제 초저녁에 얼핏 졸다가 좀 뒤숭숭한 꿈을 꿨거든. 네 엄마한테 전화했더니 별일 없다는데 아무래도 신경이 쓰여서 말이야. 근데 내가 꿈에서 본 딱 그 자리에 상처가 났네."

"무슨 꿈인데요?"

"아니야."

동초 아버지는 고개를 저었다. 하지만 동초는 아버지가 무슨 꿈을 꿨는지 알고 있었다. 자신이 손목을 긋고 죽으려 했던 꿈이다.

"가자. 맛있는 거 사줄게. 동희도 부를까."

"싫어요."

"그럼 우리 둘이서만 먹자."

동초는 좋아서 입이 벌어졌다. 송하가 다가가서 인사했다.

"안녕하세요. 동초 친구 김송하예요."

"오, 네가 송하구나. 우리 지금 밥 먹으러 갈 건데 같이 갈래?"

"그래, 같이 가자."

동초가 졸랐다. 송하는 거절했다.

"아냐. 난 오늘 다른 약속이 있어."

아버지와 함께 신이 나서 걸어가는 동초를 보며 송하는 시샘이 났다. 송하는 주환과 둘이서는 고사하고 가족끼리 밖에서 밥을 먹어본 적이 언제인지 기억도 나지 않았다. 동초 아버지는 다른 여자와 살지만 자기 자식들한테는 다정하네. 우리 아빠는 다른 여자와 살지도 않는데 왜 그렇게 못됐지? 혹시 다른 여자랑 살고 있는데 엄마가 모르는 건가. 알고 있다 해도 엄마는 아닌 척 참겠지. 동초 엄마처럼 분풀이하러 다닐 주제도 못 되는 바보니까. 근데 기분이 왜 이래? 좋은 일을 한 것 같은데 완전 짜증 나. 그러고 보니 난 한 번도 아빠에게 원더를 시도해본 적이 없네.

주환이 만물 트럭을 끌고 나가면 송하는 그의 존재를 잊었다. 기다린 적은 더더구나 없었다. 밖에서 뭔가 대단한 일이라도 하는 것처럼 굴지만 그가 너에게 생활비를 제대로 가져다주지 못한다는 것쯤은 송하도 알고 있었다. 무책임하기로 말하자면 동초 아버지라고 다를 거 없었다. 하지만 송하는 다르다는 것을 깨달았다. 같이 밥을 먹자고 하는 것부터 달랐다.

송하는 원더로 주환에게 뭘 할 수 있을지 생각해보았다. 모르겠다. 하지만 주환이 혼자 뭘 하는지는 좀 봐야겠다는 생각이 들었다. 집에 아빠 물건이 뭐가 있더라? 뭐든 있었다. 집에

올 때마다 빨랫감을 잔뜩 내놓고 가니까. 엄마가 아직 아빠 옷을 세탁하지 않았어야 하는데. 송하는 서둘러 집으로 향했다.

5

아이들이 잠든 후 너는 주환의 애착 소파에 떨어져 있는 머리카락 몇 가닥을 주웠다. 이 소파는 주환 말고는 아무도 앉지 않았다. 주환이 집을 비우는 날에도 아이들은 이 소파에 앉으려고 하지 않았다. 너 역시 마찬가지였다. 그러니 여기 있는 머리카락은 주환의 것뿐이다. 너는 지금 나를 부르려 하고 있다. 드디어.

너는 미금의 죽음에 가책을 느꼈으나 한편으로는 욕심을 부린 미금의 잘못을 탓했다. 그래서 나를 버리라는 너의 엄마의 경고를 듣지 않았다. 하지만 신중한 성격의 너는 원래도 나를 함부로 불러내지 않았고 이후로는 더더욱 그랬다. 미금의 죽음을 겪고 나서 너는 나를 세 번 더 불렀는데, 그때마다 너만의 절박한 이유가 있었다. 그리움과 안타까움 그리고 복수심이었다.

그중에 복수만 성공했다. 그리고 그 복수는 또다시 가슴을 짓누르는 가책을 남겼다. 나는 네가 바라는 대로 너를 특별하게 만들지 못했을뿐더러 오히려 공포와 실망만 안겨주었다. 나로 인해 아무것도 변하지 않는다는 것을 깨달은 너는 오랫동안 나를 묻어두었다. 살면서 나를 부르는 일은 이제 없을 거라고 여겼다.

그런데 지금 문득 나를 다시 찾고 있다. 여태 잘 버티다가 왜 갑자기 마음이 바뀌었는지 너는 모르겠다. 원망과 분노에 찬 송주의 입에서 튀어나온 복수라는 말 때문이었을까. 아니면 너무 오래 참아서 발작적으로 시도하려는 걸까. 어쨌든 너는 지금 미치도록 나를 원했다. 사용하지 않으면 사라진다고 했기에 너는 내가 나타나지 않을까 불안했다. 걱정하지 마라. 나도 너만큼 인내심을 발휘하며 기다렸으니까.

네가 볼펜을 쥐자마자 나는 반갑게 뛰쳐나가 너의 손 아래로 똑 떨어졌다. 너는 오랜만에 나타난 나를 보고 안도했다. 동시에 두려움을 느꼈다. 이전에 너와 내가 벌인 일들의 결과를 떠올린 것이다. 나는 네가 펼쳐놓은 종이 위로 움직이기 시작했다. 너는 서둘러 내 꽁무니를 따라가며 홀린 듯 선을 그어나갔다.

너와 다른 모든 너는 각자 자기만의 우주를 가지고 있다. 그 우주는 네가 느끼는 감정과 생각, 행동과 인간관계, 그 밖의 기타 등등이 켜켜이 쌓인 구조물이다. 오직 너의 감각으로만 아는 세계, 너의 감정이 느끼고 이해하고 해석하는 방식으로 굴러가는 시공의 세계, 네가 주인인 세계, 너만의 우주다. 즉, 모든 주체에게 객관적인 세계는 없다는 뜻이다. 기억은 기억하는 자의 주관대로 저장된다. 그러므로 다른 사람의 우주는 너에게 진짜 세계가 아니다.

지금 나는 너와 주환의 우주가 내보내는 신호에 따라 움직여나간다. 각자의 우주가 가진 이 신호들의 형체는 개인의 인식 기호처럼 고유 형태를 가지고 있으며 우로보로스처럼 처음과 끝이 연결된 닫힌 구조를 보인다. 그래서 온갖 모양을 가졌으나 원의 형태가 된다. 하지만 자극을 받으면 확장 혹은 침범하려는 속성을 드러낸다. 내가 바로 그 자극이다.

그리고 나를 자극하는 것은 너의 감정과 생각이다. 나는 너와 주환의 신호체가 닫히기 전에 두 신호체가 겹쳐진 영역에 연결 통로를 만든다. 바퀴를 닮은 너의 신호체가 공룡의 뒤꿈치처럼 생긴 주환의 신호체로 깊숙하게 더 많이 파고들어 자리를 차지했다. 네가 주환에게로 들어간다.

이제 너는 잠들고 주환의 눈과 귀를 통해 보고 듣는다. 너는 아직 송하가 가진 자각 요령을 터득하지 못했다. 그래서 주환을 차지한 그 시간 동안 너는 철저하게 주환이다. 주환처럼 말하고 느끼고 생각한다. 하지만 너로 돌아왔을 때 그 기억은 너에게도 고스란히 저장되어 있다. 그것으로 너는 주환을 조금은 이해할 수 있게 되기를 바랐다.

*

주환은 차에서 내려 저수지의 까만 수면을 바라보며 옷깃을 추켰다. 낚시터의 밤은 쌀쌀하고 고적했다.

"오늘은 혼자시네요."

낚시터 사장 임 씨가 주환을 반갑게 맞았다. 주환은 동호회 사람들과 자주 이곳을 찾았다. 그래서 임 씨와 제법 친했다.

"지나가던 길이에요. 잠도 안 오고 할 것도 없고 해서 와봤어요."

"늙어서 그래요."

"계속 늙어갈 테니 더 좋아지진 않겠네요."

"더 나빠지지만 않아도 괜찮죠. 어쩌면 좋아질 수도 있고요."

"긍정적이시네."

"어차피 달라지는 것도 없는데 마음이라도 그리 먹어야 살죠. 안 그래요?"

임 씨는 하릴없이 웃었고 주환은 고개를 끄덕였다.

"임 사장님 시간 되시면 저랑 한잔하실래요? 수육이랑 족발이랑 뭐 이것저것 좀 사 왔는데."

"어쩌나. 지금 손님 픽업 나가야 하는데 차가 고장 나서 이

옷에 빌리러 가야 하거든요."

"제 차로 도와드려요? 근데 저거 몰고 나가면 좀 웃기려나."

주환은 자신의 만물 트럭을 가리켰다. 임 씨는 고개를 저었다.

"아뇨. 저야 빌리는 수고를 더니 무조건 고맙죠. 근데 괜찮겠어요? 시간도 늦었고 왕복 사십 분은 걸릴 텐데요."

"잠도 안 오고 할 것도 없다니까요. 대신 다녀와서 같이 한잔하는 겁니다."

"아이고, 차에 술에 고기에 다 내신다는데 저야 마다할 이유가 없죠."

주환과 임 씨는 만물 트럭을 타고 밤낚시 손님으로 온 이 씨와 한 씨를 픽업해 왔다. 네 사람은 돌아오는 길에 시답지 않은 대화를 나누며 금방 친해졌다. 자정이 넘어서 낚시터로 돌아온 주환은 만물 트럭에서 이것저것 끄집어 내렸다. 비닐하우스에 마련된 테이블 위에 주환이 늘어놓은 먹거리가 산더미였다. 임 씨는 눈이 휘둥그레졌다.

"뭐가 이렇게 많아요? 십인분은 되겠네. 혹시 오늘 동호회 모임 빵꾸 났어요?"

"아니에요. 그냥 제가 먹으려고 샀는데 사다 보니 혼자 먹기엔 좀 많더라고요."

주환은 이 씨와 한 씨도 불렀다.

"아, 나 다이어트 중인데."

임 씨는 두둑한 뱃살을 문지르며 입맛을 다셨다. 그러곤 부러운 듯 주환을 향해 말했다.

"김 사장님은 이리 먹어도 살이 안 찌는 체질인가 봐요. 전 삼시 세끼 밥만 먹는데도 자꾸 몸이 불어 죽겠어요."

"제가 집밥을 제대로 얻어먹지 못해서 그래요. 뭣 좀 먹으려고 하면 괜히 마누라 눈치가 보이더라고요. 애들도 밖에서 일하고 어쩌다 한 번 집에 들어가는 저한테 절대 양보 안 해요."

"다 그렇죠, 뭐. 그래도 애들 있으면 냉장고에 먹을 거라도 있지, 저처럼 애들 다 독립해 나가면 텅텅 비어요. 마누라한테 나는 입도 아니야."

임 씨의 말에 주환은 맞장구쳤다.

"우리 집도 그래요. 가장으로서 체면이 안 선다니까요. 어느 날인가 식탁 위에 크림빵이 하나 보여서 이따 자기 전에 먹어야지 하고 찜해뒀는데 아들놈이 독서실 가는 길에 먹겠다며 휙 집어 들더라고요. 그래서 내가 먹을 거라고 그냥 거기 두라고 말했죠. 그랬더니 아들도 자기가 먹을 거라고 우기더군요. 그래서 제가 빌었어요."

"뭘 빌기까지 했어요? 그냥 공부하러 가는 아들한테 양보하지."

"나이 들면 뜬금없이 단게 당기고 그러잖아요. 걔는 나가는 길에 사 먹으면 되는데 뭘 그렇게 욕심을 부리는지. 그놈이 저한테 그러더라고요. 부모는 자식의 입으로 먹을 것이 들어가는 것만 봐도 배부르다던데 아버진 아니에요? 하, 기가 차서."

"틀린 말은 아닌데요. 애가 똑똑하네."

"뻔뻔한 거죠. 공부만 잘하지 인성은 글러먹었어요. 또박또박 말대꾸를 얼마나 잘하는지."

"공부 잘하는 자식이랑 말싸움하면 못 이겨요. 아주 부모를 신발짝의 때로 본다니까."

"누가 아니래요. 그러니 거기서 제가 져주면 교육상 안 좋을 것 같았어요. 그래서 말했죠. 그래, 그런 말도 있지. 근데 부모 봉양하는 효자 이야기는 모르냐. 먹을 것이 하나가 더 있거나 하나뿐이면 당연히 아버지인 내가 먹는 게 옳다. 그게 예의다."

"아이고, 김 사장님도 만만치 않은데요. 부전자전이네. 그래서 아들이 예의를 지켰어요?"

"그럼요. 할 말 많은 얼굴로 조용히 내려놓더라고요. 어쩌다 집에 들어가는데 그 정도 대접은 받아야죠. 안 그래요? 이 사장님, 한 사장님?"

"그렇죠. 아비가 먹고 싶다는데 무조건 양보해줘야죠. 어디서 아들놈의 새끼가 바득바득 우기고 말이야."

한 씨의 말에 그들은 낄낄거리며 소주잔을 주거니 받거니 하며 이런저런 이야기를 나눴다. 새벽 두시가 넘어가고 사방은 어둠으로 고요했다. 얼큰하게 취한 이 씨가 게슴츠레한 시선으로 멍하니 수면을 바라보았다. 임 씨가 물었다.

"무슨 생각 하세요?"

"그냥요, 이러고 있다 보면 가끔 그런 생각이 들어요. 대체 내 인생은 어디로 흘러가는 걸까."

"그러게요. 알고 싶네요."

주환은 이 씨의 시선 끝을 따라가며 고개를 끄덕였다. 임 씨가 하품하며 일어났다.

"전 그만 집으로 가볼게요."

"그럼 우린 이제 슬슬 뭐 좀 낚아볼까요."

주환이 말했다. 이 씨와 한 씨는 낚시 도구를 챙겨 반대편으로 갔다. 주환은 늘 자신이 앉던 자리를 찾아 내려갔다. 물가에 이르렀을 때 갑자기 눈앞이 환해졌다. 새까맣던 저수지 수면이 빛을 품은 온갖 색들로 물들었다. 수면에서 반사된 빛이 허공을 비췄고 사방이 빛으로 어른거렸다. 주환은 지금 무슨 일이 벌어지고 있는지 알 수 없어 당황했다.

한편으로는 처음 보는 광경에 눈이 휘둥그레졌다. 반대편으로 간 이 씨와 한 씨도 보고 있을까. 주환은 그들을 찾았지만 보이지 않았다. 그때 주환의 눈에 수면을 가로질러 펼쳐진 횡단보도가 보였다. 무지개다리 같았다. 횡단보도 끝에 삼색신호등이 있었다. 주환은 그 횡단보도를 건너기 위해 홀린 듯 수면으로 한 걸음 내디뎠다. 취해서 헛것을 보고 있다는 것을 알았지만 그 유혹을 뿌리칠 수가 없었다.

주환은 발밑을 내려다보았다. 그는 물 위를 걷고 있었다. 중간쯤에서 그는 사거리 교차 횡단보도처럼 다른 방향으로 뻗어나간 또 다른 횡단보도를 발견했다. 그는 가던 방향으로 갈지,

새로 나타난 방향으로 갈지 고민했다. 새로 생긴 횡단보도 끝에도 삼색신호등이 있었다. 갑자기 그의 심장이 불길하게 뒤틀렸다.

송하가 그 신호등 아래 서 있었다. 그는 본능적으로 그쪽으로 가야 한다는 것을 알았다. 동시에 가면 안 된다는 것을 알았다. 그는 혼란스러워졌다. 어느새 그의 발밑으로 물고기들이 몰려들었다. 물결이 일렁이더니 탄탄하던 수면 장력이 무너졌다. 그는 저수지 한가운데에서 물에 빠졌다. 온갖 물고기들이 날카로운 이빨을 드러내며 그의 살을 물어뜯었다. 통증과 혼란 때문에 그는 정신이 아득해졌다. 머릿속에서 소용돌이가 쳤다.

송하가 왜 저기 있지? 이러면 안 되는데. 그는 죽어가면서 자신에게 물었다. 그날 당신이 무슨 말을 했지? 그걸 기억하면 나는 아무렇지도 않게 일어나서 집으로 돌아갈 수 있어. 여기서 저수지의 물귀신이 되지 않아도 된다고. 그러니까 기억해내야 해. 그날 당신이 무슨 말을 했는지.

너는 그 말에 너무도 깊은 상처를 받았기에 한순간도 그 말을 잊은 적이 없었다. 너는 울면서 대답하고 금방 잠에서 깼다. 가슴이 벌렁거렸다. 너는 뭐가 잘못됐는지 미친 듯이 생각했다. 왜 거기에 송하가 있었던 거지? 너는 주환과 송하의 물건을 동시에 접촉한 상태에서 나를 불렀는지 확인했다. 하지만 너의 손에 감겨 있는 건 주환의 머리카락뿐이었다. 송하와 주환의 머릿결은 눈으로 보아도 확연히 차이가 날 정도로 색과 굵기가 달랐다.

내가 실수한 게 아니라면 가능성은 하나뿐인데. 설마? 너의 심장이 철렁 내려앉았다. 그제야 송하가 나를 가졌을 가능성이 떠올랐다. 너는 당장 송하를 깨워 묻고 싶었지만 참았다. 어떻게 해야 할지 너는 알 수 없었다. 오래전에 너의 엄마가 너와 같은 상황을 맞았을 때도 아무런 대비가 없었다.

너는 머리가 복잡해졌다. 게다가 방금 저장된 주환의 기억이 너를 화나게 했다. 집밥을 제대로 얻어먹지 못했다고? 먹을 때마다 내 눈치를 봤다고? 너는 어이가 없었다. 주환은 만물트럭 운전을 시작하고부터 생긴 기묘한 식탐을 인정하지 않았다. 그는 집에 올 때마다 집에 있는 먹을 것들을 닥치는 대로 쉬지 않고 뱃속으로 집어넣었다. 그러곤 텔레비전 앞에서 불평했다. 우리 집 애들은 왜 나를 챙기지 않느냐고. 다른 집 자식들은 그렇지 않더라고. 애들이 참 이기적이라면서 그게 다 너 때문이라고 탓했다.

네가 인생이 어디로 흘러가는지 하루에 오 초나 십 초쯤은 서로 이야기해볼 수 있잖아, 하고 말했을 때 주환은 무슨 개소리냐고 했다. 하지만 다른 사람이 그런 말을 하자 몹시 감상적인 표정으로 고개를 끄덕였다. 그 사람에게는 화를 내지 않았고 심지어 그 사람의 시선까지 따라가며 이야기를 들어주었다. 너와 아이들에게도 그리 대하면 될 것을. 왜 그러지 않았을까. 너는 주환이 너와 아이들에게만 변했다는 것을 깨달았다.

*

"송하야, 어젯밤에 엄마가 네 꿈을 꿨거든."

"그게 뭐? 나도 가끔 엄마가 꿈에 나와."

"그래서 너도 어젯밤에 엄마 꿈 꿨어?"

"아니."

송하는 결백한 눈으로 너를 보았다. 그러니까 너의 질문은 잘못됐다. 정정하고 너는 그 자리에서 정확하게 다시 물어야 했다. 어젯밤에 아빠 꿈 꿨어? 하고. 꿈에서 깨기 전까지 너는 주환이었으니까. 하지만 너는 뭐가 잘못됐는지 깨닫지 못했다.

너는 너의 엄마가 미금이 꾼 꿈이 너 때문이라는 것을 안다고 말했을 때 바로 털어났다. 엄마가 이미 알고 있다면 숨길 이유가 없었다. 그래서 너는 꿈이라는 단어만으로 송하 역시 너처럼 바로 알아듣고 사실을 말해줄 거라 여겼다.

너도 참 답답하다. 상대의 진실을 듣고 싶다면 너부터 진실을 말했어야지. 아니면 그 꿈에 횡단보도나 삼색신호등이라는 단어라도 덧붙이든가. 하지만 너의 질문이 송하의 의심을 잠깐 불러일으키긴 했다. 혹시 엄마한테도 원더가 있나? 아니야. 엄마에게 원더가 있다면 왜 저러고 살겠어? 송하는 곧 의심을 거뒀다.

"뭔데? 불길한 꿈이야? 나 오늘 뭐 조심해야 해?"

"아냐, 늦었다. 얼른 학교 가."

너는 불안감에 휩싸인 채 현관문을 나서는 송하의 뒷모습을 물끄러미 바라보았다. 너는 만에 하나 송하가 나를 가졌다면 알려줘야 할 것이 있었다. 내가 사람을 죽일 수도 있다는 것을. 꿈이라는 무의식의 영역에서뿐 아니라 실제로도 죽인다는 것을. 하지만 너는 송하가 나를 갖고 있지 않은 것 같다고 생각했다. 그렇다면 말할 필요 없다. 괜한 짓을 했어. 너는 나를 불러낸 것을 후회했다.

너는 이제 너의 엄마가 말했던 나에 대한 경고를 인정한다. 나는 언제든 감정의 살인 도구가 될 수 있고 실제로 심각한 문제를 일으킨 적이 있다. 누차 말하지만 내 의지는 아니었다. 네가 내 탓을 하는 것은 가책 때문이다. 너는 너의 단짝인 효진에 대한 안타까운 마음에 나를 불러냈다가 의도하지 않은 끔찍한 결과를 초래했다.

너는 또 그 같은 일이 벌어질까 두려웠다. 그래서 송하에게 내가 있는지 더 캐물을 수가 없었다. 이미 벌어진 일은 돌이킬 수 없고 너는 그에 대한 해결 방법을 가지고 있지 않았다. 그렇다는 건 결국 나는 답 없는 말썽꾼이란 뜻인데, 그건 좀 아니지 않나.

*

　너와 효진은 중학생 때부터 절교와 화해를 거듭하면서 서로의 습관으로 자리 잡았다. 각자 다른 고등학교에 진학해 잠시 소원해졌던 시기도 있지만 같은 대학에 합격해 다시 만났다.

　효진은 대학 일학년 첫 학기 교양 수업에서 삼학년 복학생 용재를 보고 한눈에 반했다. 효진은 틈만 나면 용재에게 다가갈 기회를 노렸지만 끝내 말 한마디 못 해봤다. 용재는 효진이 누군지도 몰랐다. 어쩌면 한 번쯤 봤을 수는 있겠다. 그가 학교에서 테니스를 칠 때마다 넋 놓고 구경하는 여학생들 사이에 꼭 끼어 있었으니까.

　너는 이해할 수가 없었다. 도대체 용재의 어디가 좋다는 건지. 효진은 머리부터 발끝까지 다 좋다고 했다. 심지어 자주 깎지 않는 긴 손톱과 목덜미에 항상 같은 형태로 붙어 있는 곱슬머리까지 사랑스럽다고 했다. 너는 아무래도 효진의 눈에 뭐가 씌었다고 생각했다. 효진의 용재 타령은 점점 중증이 되어갔다.

　용재가 졸업을 앞둔 마지막 학기에 효진은 거의 반줌비가 되었다. 공기 중에 남아 있을지도 모를 용재의 땀 냄새라도 맡겠다는 건지 틈만 나면 텅 빈 테니스장 주변을 서성였다. 보다 못한 너는 수업이 끝나면 효진을 챙기러 매번 테니스장으로 달려갔다.

"멍청아, 그러고 있지 말고 그냥 찾아가서 고백해."

효진은 푹 꺼진 눈으로 너를 돌아보았다.

"다짜고짜? 남 일이라고 아무렇게나 말한다. 너라면 그렇게 할 거야? 임자 있는 남자에게 어떻게 그래?"

"결혼한 것도 아닌데 뭔 상관이야. 게다가 그 임자는 서너 달에 한 번씩 바뀌잖아. 정 마음에 걸리면 임자 없는 타이밍을 노려."

"그게 말처럼 쉽냐고. 너도 봐서 알잖아. 용재 선배 주변은 항상 고백하려는 여자들로 바글거려. 고백 말고 뭔가 자연스럽게 선배 눈에 띄고 싶어. 있잖아, 너라면 어떡할 거야?"

"뭘 어떡해? 내 취향 아니야."

"그러니까 네가 나라면 말이야. 좋아하는 사람이 나를 보도록 어떻게 할 거냐고?"

"지금 나한테 유혹 기술을 묻는 거야? 내가 그딴 걸 어떻게 알아? 하지만……."

여운을 남긴 너의 말에서 효진은 뭔가 여지를 느꼈는지 기대에 차서 쳐다보았다. 그때 너는 나를 떠올렸다. 꿈에서 효진과 용재의 옷깃을 스치게 만들면 되지 않을까. 꿈에서 만난 그 얼굴을 현실에서 다시 보면 운명이라 느낄 수도 있다. 아니, 안된다. 너는 효진과 생양아치인 용재가 잘되기를 절대 바라지 않았다.

"포기해."

"그게 안 되니까 이러지."

"왜 안 되는데? 난 용재 선배를 둘러싼 소문만으로도 정이 뚝뚝 떨어지는데."

"소문일 뿐이야."

"근거 있는 소문이야. 욱하는 성질에 맨날 시비가 끊이질 않잖아. 지난주에도 누굴 패서 지금 고소당한 상태래."

"나도 알아. 어떤 새끼가 용재 선배 여자 친구한테 집적거려서 막아주느라 그랬대."

"집적이 아니라 그냥 지나다가 어깨만 살짝 스친 거래. 용재 선배가 말보다 주먹이 먼저라는 거 너도 알잖아. 눈 돌아가면 앞뒤 가리지 않고 사람 팬 적이 어디 한두 번이야."

"용재 선배가 후배들한테 좀 무섭게 굴기는 하지. 근데 체대는 원래 그렇게 군기를 잡는다면서? 진짜 폭력적인 사람이면 여자 친구도 때렸겠지. 근데 여자 친구한테는 세상 다정하고 낭만적이잖아."

"효진아, 뭐가 됐든 마음 접어. 우리 같은 애들은 감당 못 할 선수야."

"그건 용재 선배가 아직 진짜 사랑을 못 만나서 그래."

"그래서 네가 진짜 사랑이 되어보겠다고?"

효진은 대답 대신 얼굴을 붉혔다. 미치겠네. 너는 가슴이 답답해졌다.

"정신 차려. 허구한 날 클럽과 술집을 돌며 싸움질이나 해대는 인간 말종이라고."

"야, 잘 알지도 못하는 사람한테 말이 심하다."

효진은 눈을 부라렸다.

"잘 알지도 못하는 사람한테 미쳐 있는 게 누군데."

너야말로 성질이 났다.

"너 지금 날 미쳤다고 했어?"

"그러니까 내 말은, 아, 진짜 이게 뭐냐고? 그 인간이 뭐라고 우리 우정에 금을 내는데. 지금 우리가 남자 때문에 이러고 있는 거 웃기지 않냐. 네 눈엔 내가 미치도록 너 걱정하고 있는 거 안 보여? 됐다, 말해봐야 내 입만 아프지. 네 인생이지 내 인생이냐. 네 마음 고달프지 내 마음 고달픈 거 아니니까. 이제부터 난 확실한 방관자로 물러날 테니 네 맘대로 해."

네가 씩씩거리며 돌아서자 효진이 슬그머니 네 팔을 잡았다.

"화났어?"

"네가 먼저 화냈잖아. 용재 선배 때문에 자꾸 너랑 싸우기 싫어."

"마찬가지야. 그러니까 용재 선배를 나쁘게 말하지 마."

"이게 아직도 뭐가 잘못됐는지 모르네."

"그만하고 기분 풀어. 가자, 내가 맛있는 거 사줄게."

효진은 너를 끌고 학교 근처 주점으로 갔다. 효진은 풀린 혀로 끝도 없이 용재 이야기를 했다. 너는 시계를 보며 그만 가자고 열 번도 넘게 말했지만 소용없었다. 포기하고 창밖만 하염

없이 바라보며 이야기를 들어주었다. 너는 속으로 생각했다. 언제 저 이야기가 끝날까. 저 이야기를 끝내려면 어떻게 해야 하지.

답은 이미 알고 있었다. 고등학생 때 너는 효진과 똑같은 마음의 병을 앓았다. 특별한 친구를 잃고 너는 끔찍한 그리움에 빠졌다. 죽을 것 같았다. 그 친구를 생각하면 숨이 막히고 가슴이 조여들었다. 너는 이미 끊어진 관계를 억지로 이어 붙이기 위해 나를 끌어냈고 소망의 끝에서 절망했다. 그러고 나서야 그 친구를 네 우주 밖 아득히 먼 곳으로 떠나보낼 수 있었다. 그렇게 간신히 그리움의 고통에서 벗어났다.

"수우야, 내 말 듣고 있어?"

"듣고 있어."

"나도 알아, 용재 선배 나쁜 놈인 거. 그래도 미치도록 좋은 걸 어떻게 해."

너도 안다. 사람 좋아하는 데 무슨 이유가 있을까. 그러니 그 마음이 식을 때까지 그저 기다리는 수밖에. 이루어지지 않은 사랑을 제외하고, 또 그래야만 한다는 강박관념으로 무장한 사랑이 아닌 이상 누구도 일평생 한 사람만을 좋아할 수는 없다.

"있잖아, 이거 웃기게 보이겠지만⋯⋯."

효진이 꿈지럭거리며 가방 속 안주머니에 달린 지퍼를 열고 뭔가를 꺼냈다.

"이게 뭐냐면 내가 용재 선배에게 말은 못 걸어봤지만 나름

노력했다는 증거야."

효진이 보여준 것은 붉은 주머니에 든 부적이었다.

"상대의 근처를 맴돌고 있으면 어느 시점에 인연을 만들어 줄 거라고 했는데…….."

효진은 부적을 북북 찢었다.

"야, 그거 태워야지 그렇게 버리면 안 되는 거 아냐?"

"상관없어. 어차피 효력도 없는 거. 비싼 부적인데 돈만 버렸어. 가서 따질까 봐."

"비싼 부적이 안 듣는 걸 보면 진짜 인연이 아닌 거지."

"나한테 사기 친 걸지도 모르고. 내가 너무 절박해 보이니까. 나쁜 것들…….."

효진은 취기로 무거워진 눈꺼풀을 치뜨며 허공에 대고 삿대질을 했다.

"누가 결혼하재? 일단 사귀어나 보자고. 그때 가서 인연이 아니면 헤어지겠지. 그냥 한 달, 아니 일주일만이라도…….."

용재는 여자를 바꾸기 전에 여자가 스스로 떨어져 나가도록 조종하는 데 선수였다. 주로 여자와 다투고 난 후 작업에 들어 갔다. 여자는 용재가 먼저 연락해서 달래주기를 기다리나 용재는 오히려 그사이에 다른 여자와 양다리를 걸치고 누군가의 입을 통해 그 사실이 여자의 귀에 들어가도록 했다.

그다음엔 자신이 다른 여자와 함께 있는 것을 여자가 목격하도록 만들었다. 그럼 결국 화가 난 여자가 먼저 용재에게 연

락해서 따졌다. 나한테 왜 연락 안 해? 다른 여자 생겼어? 용재
는 기다렸다는 듯 말했다. 연락하지 않은 건 너 머리 식히라고
내가 잠시 물러나 있었던 거야. 그 여자랑은 그냥 같이 영화 봤
어, 영화표가 있다기에. 답례로 내가 술을 샀고. 술자리에서 이
것저것 고민을 털어놓기에 상대해주다가 몇 번 더 만났어. 별
거 아니야. 알지? 난 너밖에 없어.

　용재는 그런 식의 널려 있는 핑계를 댄 후 우스갯소리를 하
면서 상황을 애매하게 넘겼다. 그럴 때마다 그의 귀 뒤에 새겨
진 작은 해골 문신도 함께 웃었다. 마지막에 그는 가볍게 덧붙
였다. 아, 나 다음 주에 그 여자 또 만날 건데. 거기서 여자는 그
에게 더는 자신이 아무것도 아니라는 사실에 비참함을 느끼며
헤어지자고 말할 수밖에 없었다.

　물론 여전히 매달리는 여자도 있었으나 오래가지 못했다.
용재는 그런 식으로 언제든 자신이 내킬 때 다른 여자에게로
옮겨 갔다. 웃기는 건 용재와 사귀다 헤어진 여자들이 "용재 선
배 어때요? 이야기 좀 해주세요" 하는 질문 공세를 받는 선망
의 대상이 된다는 것이다. 그러니까 본인이 감정 극복만 해내
면 용재와의 연애는 학창 시절 잘나가는 남자와의 그럴듯한
경험으로 남을 수도 있다. 너는 진지하게 물었다.

　"진짜 그러고 싶어?"

　"그러고 싶다. 어쩔래?"

　효진은 울먹였다. 눈물이, 짜디짠 샘물이 목구멍을 채웠다.

"그냥 좀 참으면 안 돼? 시간이 지나면 다 지나갈 거야."

"너무 힘들어. 너도 예전에 웬디 때문에……."

너는 자신도 모르게 손을 뻗어 효진의 팔을 꽉 움켜잡았다. 효진은 움찔했다.

"미안. 다시는 그 이름 말하지 말라고 했는데 깜빡했어. 내가 좀 취했네. 그래도 넌 이젠 괜찮아 보인다."

효진은 자신의 팔을 잡은 너의 손 위에 자기 손을 얹었다. 효진의 따뜻한 체온이 닿자 너는 갑자기 눈물이 날 것 같았다. 이젠 괜찮다고 생각하며 사는 중이었지만 심장은 여전히 그 이름에 반응했다.

효진이 물었다.

"시간이 그렇게 만들어준 거야?"

너는 대답하지 못했다. 시간이 아니라 내가 해줬다. 시간은 느리기도 하고 빠르기도 하지만 기다리는 사람에게는 내내 고통이다.

"나, 어떡하지? 죽을 것 같아."

효진은 테이블에 엎드려 숨죽인 채 울었다. 너는 난감했다. 이렇게 나오면 나보고 어쩌라는 거야. 너는 망설였지만 결국 효진을 지옥에서 꺼내주기로 마음먹었다. 시간이 약이지만 마냥 그 시간을 기다리다가는 고통이 효진을 망가뜨릴 것이다. 더는 나쁜 놈이 사랑받는 이야기도 듣기 싫었다. 효진이 빨리 예전으로 돌아갔으면 좋겠다.

너는 용케 용재의 땀내 절은 운동복을 훔쳐냈다. 효진의 머리카락과 손수건도 슬쩍했다. 너는 용재를 효진에게 들어가도록 할 생각이었다. 용재의 꿈에 효진의 모습을 남기는 것이다.

효진이 용재에게 들어가서 용재가 어떤 인간인지 제 눈으로 봐봤자 어차피 소문도 무시하는 효진에게는 별 효과가 없을 터였다. 게다가 그건 효진이 원하는 바가 아니었다. 효진은 단 며칠만이라도 용재와 사귀어보고 싶다고 했다. 그렇게 해줄 생각이었다. 못 해봐서 아쉬운 거지 막상 해보면 별것도 아니라는 걸 저도 알겠지. 그게 네 생각이었다.

너와 상대가 아닌, 삼자들끼리만 연결해본 적은 없었지만 할 수 있을 것 같았다. 너는 용재가 깨어날 때 받아야 하는 자각 질문을 설정하는 것에서 잠깐 막혔다. 자각 질문은 연결자들 간의 공유 기억에서 서로에 관해 묻는 것이어야 했다.

용재와 효진은 한 학기 수업을 함께 들었다. 하지만 이는 효진의 일방적 기억이고 두 사람은 직접 접촉한 적이 없었으므로 용재는 효진을 모른다. 용재로서는 지구 반대편에, 그러니까 에펠탑 앞이나 에콰도르 밀림에 누군가 있다는 것은 알지만 그게 누군지 모르는 것과 같았다. 그래서 너는 편법을 써야만 했다.

연결 당사자들에 관한 것이 아닌 그들이 같이 들었던 교양 수업의 교수님 이름을 묻는 것으로 정했다. 서로에 관한 질문은 아니지만 일단 깨어날 수는 있을 것이다.

이제 내가 용재의 신호체를 효진의 신호체 안으로 밀어 넣기만 하면 된다. 하지만 그건 내 의지대로 되는 게 아니다. 너와 상대를 연결할 때는 나를 가진 네가 상대보다 신호가 강한 쪽이라 네가 원하는 대로 갈 수 있었다. 하지만 삼자들만의 신호체를 연결할 때는 그들의 우주가 가진 성격대로 그려질 것이기 때문에 어떤 변수가 작용할지 나도 모른다.

어쨌든 나는 네 손 아래로 떨어졌고 움직이기 시작했다. 너는 네가 생각한 형태로 내가 가지 않을 때마다 억지로 멈췄다. 나는 어쩔 수 없이 방향을 수정해서 다시 나아갔다. 너와 나의 섬세하고 치열한 기싸움이 시작됐다. 극도로 진이 빠지는 일이었다.

순리를 꺾어 방향을 트는 것. 일어날 일을 막거나 일어나지 않을 일을 일으키는 것. 이 은밀한 행위가 매우 위험한 짓임을 너는 어렴풋이 깨달았다. 하지만 상관하지 않았다. 어리고 젊은 너에게는 그조차도 도전으로 여겨져 매력적이었다. 내 꽁무니를 따라 그려낸 효진과 용재의 신호체들이 종이를 메워갔다. 그것을 보고 있자니 너는 네 안의 공허함도 채워지는 것 같아 기묘한 성취감을 느꼈다.

드디어 네가 원하는 형태로 둘의 신호체가 연결되었다. 그림이 완성됐지만 나는 내가 남긴 흔적 속으로 자연스럽게 사라질 수가 없었다. 내 몸이 점점 불어났다. 어느새 손톱만큼 자란 나는 네가 그린 신호체가 마음에 들지 않았다. 이건 비틀리고 어그러졌다. 나는 너에게 잘못됐다는 신호를 보냈다. 나는 둘의 신호체가 겹쳐진 영역 위를 뱅글뱅글 돌았다. 효진에게 완전히 잡아먹힌 용재의 일그러진 원 위에서 미친 듯이 나갈 길을 찾았다. 젠장, 여기서 무슨 일이 벌어질 거야.

너는 나를 어떻게 멈추게 해야 할지 몰라 그저 지켜볼 수밖에 없었다. 광란에 빠져 폭주한 나는 결국 자폭했다. 먹물 같은 얼룩이 둘의 연결 영역을 뒤덮었다. 너는 이런 식의 마무리는 처음이라 불안해졌다. 하지만 돌이킬 수 없었다.

너는 용재에게 효진의 꿈을 꿨는지 물어볼 수 없기에 효진에게 용재의 꿈을 꾼 적이 있는지 물었다. 효진은 꿈에서라도 좀 볼 수 있으면 좋겠다고 불평했다. 아무래도 실패한 듯했다. 너는 그 불쾌했던 마무리가 그런 의미라면 차라리 다행이라고 생각했다.

하지만 결과는 며칠 후 꿈이 아니라 네 눈앞에서 벌어졌다. 학교 앞 사거리에서 너는 효진과 횡단보도 앞에 서 있었다. 맞은편에 용재가 있었다. 그는 이쪽 횡단보도 신호등이 아니라 교차로의 횡단보도 신호등을 보고 있었다. 용재가 보고 있던 횡단보도 신호등의 황색등이 켜지자 용재는 바로 걸음을 내디뎠다. 동시에 삼 초 만에 교차로를 돌파하려던 승용차가 속도를 올렸다. 쾅 소리와 함께 용재가 튕겨 나갔다. 차들이 멈춰섰고 효진은 비명을 지르며 사람들을 헤치고 달려갔다.

"용재 선배, 괜찮아요?"

바닥에 뻗은 용재의 눈동자가 꿈을 꾸듯 느른하게 자기 이름이 들리는 곳으로 움직였다. 귀 뒤의 해골 문신은 피를 뒤집어쓴 채 더는 웃지 않았다. 용재가 효진을 처음 제대로 본 순간이었다.

용재는 다행히 목숨을 건졌으나 머리를 다쳐 바보가 됐다. 인지능력이 네 살 수준으로 떨어진 용재는 자신이 남긴 운동 성적과 연애 방면의 화려한 전적을 전혀 기억하지 못했다. 효진은 제 남편이라도 죽은 것처럼 식음을 전폐하고 여러 날 울었으나 병문안을 가지는 않았다.

시간이 지나자 효진의 눈물은 줄었고 동정심이 슬픔을 대신했다. 어느 날 용재의 부모님이 아들을 학교로 데려왔다. 그의 망가진 머리에 뭐라도 도움이 되기를 바라는 마음에서였다. 테니스장 안에서 프로선수처럼 날렵하게 공을 쫓던 그는 라켓을 쥔 채 우왕좌왕했다. 몸의 기억마저 사라진 아들을 보며 용재의 부모는 주저앉아 흐느꼈다.

그때 예상치 못한 일이 벌어졌다. 용재는 테니스장 밖에 서 있던 효진을 보고 입이 헤벌쭉 벌어졌다. 순식간에 눈이 뒤집힌 그는 침을 질질 흘리면서 미친 듯이 효진을 쫓아갔다. 기겁한 효진이 울면서 도망쳤다.

뇌가 곤죽이 된 용재는 머리를 다친 순간에 마지막으로 본 효진만을 선명하게 기억했다. 이게 드라마나 영화라면 효진은 죽도록 사랑하는 용재의 곁을 지켜야 했다. 지극한 정성으로 사고의 후유증을 극복하고 기억을 회복시켜나가는 것이다. 아니면 자신과 함께하는 새로운 기억을 만들어가거나. 하지만 효진은 자신을 희생할 생각이 없었다. 용재는 그렇게 효진의 삶에서 사라졌다. 그날 이후 네가 바란 대로 효진은 두 번 다시 용재 이야기를 꺼내지 않았다.

너는 하필 신호등이 있는 사거리에서 용재에게 그런 일이 벌어진 것이 우연이 아니라는 것을 알았다. 꿈에서 벌어져야 했을 사고가 실제로 일어났다. 꿈의 영역이, 나의 영역이 물리적 실체를 이룬 것이다. 너는 내가 너를 살인자로 만든 것을 알았다. 다시 한번 말하는데 나의 의지가 아니다. 나는 너의 깊고 깊은 무의식의 저장소를 떠도는 먼지일 뿐이니까.

*

길영이 너에게 전화했다.

"저기 있잖아, 애들 심리 상담받는 데 비용이 많이 들까?"

"갑자기 왜요?"

"동초 때문에. 그날 자기도 봤잖아. 눈 돌아서 동희 때린 거 말이야."

"그동안 동초가 동생한테 맞고 살았으니 눌린 게 많았을 거예요."

"알아, 그건 이해해. 근데 얘가 자꾸 거짓말을 해. 자기가 동희를 때린 건 꿈에서 그랬다는 거야. 자기 눈으로 동희 얻어터진 걸 뻔히 보면서 말이지. 다음에 또 그래놓고 꿈이었다고 우길까 봐 걱정돼."

꿈이란 말에 너의 가슴이 두근댔다.

"동초가 거짓말을 하는 것도 문제지만, 진짜 꿈과 현실을 구분하지 못하는 거라면 그게 더 큰 문제니까."

길영은 벅찬 한숨을 내쉬었다. 너는 직감적으로 동초의 문제가 아니라 송하의 문제라는 것을 알아차렸다. 동초를 본체만체하던 송하의 시선이 요즘 들어 누그러졌다. 한 번씩 말도 나누는 것 같아 이제야 슬슬 사이가 좋아지려나 싶었는데 그게 아닐지도 모르겠다.

"너무 걱정하지 말아요. 동초가 그냥 잘못을 회피하려고 핑계를 댔는데 한 번 그러고 나니 말을 뒤집기가 곤란해진 걸 거예요. 그 나이 때 애들은 부모한테 자기 잘못을 인정하면 지는 거라고 여기잖아요. 일단은 자꾸 다그치지 말고 내버려둬요. 그걸로 마음이 풀렸다면 다시는 안 그럴 거예요. 동초 순한 애잖아요."

"그런가?"

"그럼요, 시간이 지나면 분명 동초도 잘못을 인정할 거예요."

"그래, 자기 말이 맞는 것 같다. 원래 순한 애가 한번 돌면 무섭지. 애들 키우기 참 힘드네. 고마워. 자기 말 듣고 나니까 마음이 좀 편해졌어."

대신 네 마음이 복잡해졌다. 동초는 죄가 없다. 동초는 어쩌다 끌려든 것이다. 너는 송하에게 내가 있는지 제대로 확인해야 했다. 너는 진심으로 송하에게 내가 없기를 바랐다. 너의 엄마는 네 인생이 무탈하고 평화로웠으면 좋겠다고 말했다. 너는 그 무료하기 짝이 없는 평범함을 거부했다. 나를 가져서 얻게 될 특별함을 원했다.

그 특별함이 나만이 벌일 수 있는 능력으로 무슨 일이 벌어지는 것이라는 것을 깨달은 지금, 너는 더는 그런 일이 일어나지 않기를 바랐다. 그러니 너의 엄마가 너에게 그랬듯 너도 송하를 설득해야 했다. 하지만 잘되지 않을 거라는 것을 너는 이미 알고 있다.

6

    송하가 집으로 돌아오자마자 너는 방으로 따라 들어갔다. 송하는 영문 모를 표정으로 너를 흘끔거리며 귀찮다는 듯 말했다.

    "뭔 소리를 하려고? 내 방에서 나가."

    "어젯밤에 너 혹시 아빠 꿈 꿨니?"

    그렇지, 진작 그렇게 물었어야지. 나는 존재하지 않는 고개를 끄덕였다. 송하는 흠칫 놀란 얼굴로 너의 눈을 바로 보았다.

    "그랬으면 뭐?"

    "그 꿈에서 낚시터 저수지 물 위를 가로지른 횡단보도와 삼색신호등을 봤지?"

    송하의 눈동자가 흔들렸다.

"뭐야? 혹시 엄마한테도 원더가 있어?"

송하가 반신반의하며 물었다.

"걔 이름은 원더야?"

너의 자연스러운 반문에 송하는 적잖이 충격을 받은 듯 입이 벌어졌다.

"응, W. A. N. D. E. R."

송하는 네가 묻지도 않은 스펠링까지 또박또박 댔다. 그 단어는 '돌아다니다' '있어야 할 곳에서 다른 데로 가다' '무리에서 떨어져 나가다'라는 뜻이다. 너는 참 그럴듯한 이름이라고 생각했다. 내가 봐도 우리의 속성과 잘 맞는다. 그래도 나는 내 이름인 찰나가 훨씬 더 좋다. 네가 찰나라고 소리 낼 때마다 나는 내가 되기 때문이다.

"엄마는 뭔데?"

"찰나."

오랜만에 너의 목소리로 내 이름을 들었다. 나는 가슴이 벅차올랐다. 물론 나에게 가슴은 없지만. 그냥 말이 그렇다는 것이다. 송하는 웃음을 터뜨렸다. 너는 웃지 않았다. 웃기긴 했지만 웃을 수가 없었다. 뭐가 웃긴 건지 모르겠는데 진심으로 웃음이 나오려 하는 것이 의아했고 지금은 웃을 때가 아니었다. 하지만 송하가 왜 웃는지는 궁금했다.

"뭐가 웃겨? 찰나란 이름이 웃겨?"

그럴 리가. 송하의 원더만큼 찰나도 내 속성을 잘 말해주는 이름인데. 나를 가진 모든 너는 어쩌면 그렇게 우리의 이름을 잘 짓는지. 우리가 그 이름들을 얼마나 마음에 들어 하는지 모든 너는 모를 것이다.

"아니. 우리가 같은 것을 가지고 있다는 게 신기해서."

송하는 저가 왜 웃는지 잘 알고 있었다. 송하의 말을 듣고서야 너도 웃고 싶었던 이유가 그거라는 것을 깨달았다. 나를 두고 너와 송하가 처음으로 소통을 시작했다. 거기서 알 수 없는 기쁨을 느꼈다.

"왜? 엄마한테는 그런 게 없을 것 같았어?"

"있다면 도저히 그렇게 살고 있을 수 없지."

"그럼 어떻게 살고 있어야 하는데?"

"찰나가 있다면서? 뭐라도 할 수 있잖아."

송하는 너를 한심하다는 듯 쳐다보았다.

"너는 원더로 뭐라도 하니 달라지는 게 있든?"

"지금은 소소한 성취감뿐이지만 나중엔 달라질 거야. 난 아직 어른이 아니니까."

"얼마나 자주 했어?"

"가끔."

"하지 마."

"역시 그렇게 말할 줄 알았어."

송하는 새삼스러울 것도 없다는 듯 말했다. 너는 움찔했다. 방금 송하에게 너의 엄마처럼 말했다는 것을 알았다.

"달라지는 게 있다 해도 그게 네 계획대로 되지만은 않아. 잘못 다루면 돌이킬 수 없는 결과를 가져오게 돼. 그러니까 버려."

"엄마도 여태 안 버렸잖아."

"버린 줄 알았어. 근데 아직 나를 떠나지 않았더라고."

너의 엄마는 씨앗을 버렸고 씨앗은 정말로 사라졌다. 그건 너의 엄마가 씨앗을 마음에서, 생각에서, 의식에서 그리고 무의식에서조차 버렸기 때문이다. 하지만 너는 언제나 나를 마음에 뒀고 생각했으며 의식했고 더 나은 꿈으로 만들지 못해 아쉬워했다. 그래서 나는 아무 데도 갈 수 없었다.

"그래서 결국 사용했잖아. 필요한 순간이 왔던 거지."

송하의 말에 너는 할 말을 잃었다. 떠나지 않았어도 사용하지 않으면 그만이다. 사용하지 않았다면 떠나지 않았는지도 몰랐을 테니까. 송하의 질책에 너는 잠깐 민망해졌으나 얼른 마음을 다잡았다. 지금 그게 문제가 아니었다.

"아빠한테 들어가려고 했어?"

"응, 우리를 버려두고 대체 혼자 뭘 그렇게 즐기나 보려고 했어. 엄마도 그랬던 거 아냐? 달라질 것도 없고 달라져봐야 계획대로 안 되고 돌이킬 수 없는 결과를 가져온다면서? 근데 엄마는 왜 찰나를 불렀어?"

"매번 나쁜 결과만 가져오는 건 아니니까."

"난 한 번도 나쁜 결과를 본 적이 없어서 모르겠어."

"이번엔 문제가 좀 있어."

"왜? 나를 만나서?"

"그래. 널 보고 식겁했어. 찰나는 나와 상대, 원더는 너와 상대. 이렇게 둘만 연결돼야 해. 그런데 셋이 엮였잖아."

"셋이 엮이면 어떻게 되는데?"

"꿈에서의 사고가 현실로 넘어오게 돼."

"있었던 일이야?"

"그래. 예전에 나를 빼고 상대 두 사람을 연결한 적이 있었어. 난 둘을 엮는다고 생각했는데 나중에 보니 찰나를 가진 내가 있어야 두 사람을 엮을 수 있으니까 결국 셋이 엮인 거였어. 그때 두 사람 중 한 사람이 진짜 횡단보도 사고로 죽었어."

용재는 어린애인 채로 십삼 년을 더 살다가 교통사고로 죽었다. 그때와 똑같이 신호등이 바뀌는 것을 기다리지 못하고 횡단보도로 걸음을 내디뎠고 차는 조급하게 통과하려 했다.

"이번에도 셋이 엮였어. 이게 어떤 결과를 가져올지 걱정돼."

"이번엔 좀 다르지 않을까? 원더와 찰나가 모두 끼어 있으니까. 어쨌든 아직 아무 일도 생기지 않았잖아. 이제부터 다 같이 조심하면 될 거야."

송하는 긴장한 표정이었으나 낙관적 태도를 보였다. 정말이지 이럴 때 보면 역시 아이다. 하마터면 너까지 덩달아 밑도 끝도 없는 애매한 희망을 품을 뻔했다.

"조심한다고 될 일이 아니야. 찰나와 원더는 결국 문제를 일으켜. 하나든 둘이든 말이야. 송하야, 내 말 잘 들어. 버려야 해. 엄마도 이제 다시는 찰나를 부르지 않을 거야."

너는 아직도 너를 이해할 수가 없었다. 갑자기 뭐에 씐 건지 모르겠다. 왜 뜬금없이 찰나를 불러냈을까. 도대체 무슨 마음으로? 찰나만 불러내지 않았다면 이런 일은 일어나지 않았다. 그랬다면 송하가 원더를 가지고 있는 것도 여전히 모르고 있었겠지. 그건 더 곤란한 상황이네. 너의 마음이 갈팡질팡했다.

"싫어. 원더는 내가 사는 낙이야. 원더가 있어야 당하지 않는 삶을 살 수 있다고."

"다른 사람들은 원더 없이도 그냥 살아. 아니, 엄마를 봐. 네 말대로 찰나가 있어도 당하지 않는 삶은 아니었어."

"그거야 엄마가 여태 찰나를 부르지 않아서 그런 거지."

"송하야, 원더는 네 시간을 뺏어가. 원더를 사용하고 잠드는 시간이 길어지면 언젠가 결국 깨어나지 못하게 될 수도 있어."

"알았어, 좀 줄일게. 그럼 되잖아."

"누군가 원더의 존재를 알게 되면 널 이용하려 들 거야."

"누가 알겠어?"

"세상에 영원한 비밀은 없어. 송하야, 버려."

"엄마가 뭔데 버려라 마라야? 나한테 주어진 거라고. 버리고 싶으면 엄마나 버려."

너는 문득 이 대화에 기시감이 들었다. 오래전 어느 무더운 여름날, 공터의 뙤약볕 아래에서 미친 듯이 땀을 흘리며 너와 너의 엄마가 나눴던 대화였다. 이런 기분이었구나. 너는 지금 그때 너의 엄마였다. 나를 버리라고 말할 수밖에 없던 엄마의 절박했던 심정이 지금 너에게 고스란히 있었다. 너는 눈물이 쏟아질 것 같았다. 그때 너는 송하와 같은 말을 너의 엄마에게 했다. 있는 능력을 왜 안 써? 의미 있게 쓰면 돼. 이유가 있으니까 나한테 주어진 거야.

너는 이제 그렇지 않다는 것을 안다. 나는 그냥 주어진 것이라는 것을, 의미 따위는 없다는 것을, 의미는 송하나 과거의 너처럼 사람이 부여하는 것일 뿐 세상 모든 것에는 반드시 의미가 있지 않다는 것을 너는 송하에게 어떻게 설명해야 할지 모르겠다. 너는 너의 엄마가 그랬듯 먼 곳으로 시선을 보냈다. 저기 멀리서 그것을 설명할 수 있는 답이 어서 도착하기를 기다리는 것처럼.

"송하야, 엄마는 원더 때문에 사람이 다치는 사고가 일어나길 바라지 않아."

"난 한 번도 누굴 다치게 한 적이 없어."

"동희가 다쳤잖아."

"걘 좀 맞아야 해. 맨날 자기만 때리니까 맞는 게 어떤 건지 좀 알아야 한다고. 원더는 역지사지용으로 안성맞춤이야."

너는 놀랐다.

"그러니까 동희를 때리려고 작정하고 동초한테 들어갔던 거야? 어떻게 그게 가능해? 동초에게 들어가면 너는 동초야. 깨어날 때까지 너를 자각할 수 없어."

"그건 자각 질문이 깨어나는 꿈에 들어 있기 때문이잖아. 그걸 앞으로 당기면 돼. 들어가자마자 나를 자각해야 내가 하고 싶은 걸 할 수 있으니까."

너는 입이 벌어졌다. 너는 한 번도 그런 생각을 해본 적이 없었다.

"자각 질문을 만들면 무조건 깨어나는 꿈에서 받게 되어 있어. 근데 어떻게 들어갈 때 꿈으로 당겨 넣어?"

"들어갈 때는 사실 우리한테 꿈이 아니잖아. 그래서 자각 질문 대신 자각 표식을 남겼어. 들어갈 상대의 손바닥이나 손등에 '원더'라고 미리 적어두면 보자마자 내가 누군지 바로 알 수 있거든. 아, 이거 꿈 아니지, 하고 말이야. 안 그랬으면 내가 들어가도 동초는 동초잖아. 동초가 어떻게 동희를 때려? 평소처럼 처맞았지."

송하는 우쭐거리며 이어 말했다.

"뭐, 한 번에 성공한 건 아니고 반복해서 하다 보니까 요령이 생기더라고. 처음엔 상대에게 들어가서 '원더'라고 쓴 글자를 봤는데 이게 뭐지 했다니까."

"대체 얼마나 많이 했기에?"

"아이 진짜, 엄마는 셋의 연결에 성공한 적이 전혀 없었어?"

"한 번 있었어. 하지만 두고두고 후회해. 하지 말았어야 했어.”

"그건 엄마 감정이고. 어쨌든 결국 성공했잖아. 그건 찰나와 원더가 오류를 수정하고 진화한다는 뜻이야. 어쩌면 이번 아빠의 꿈도 성공했을지 몰라.”

진화. 어쩌면 그럴 수도. 너는 깨달았다. 효진과 용재의 일은 비참한 사고로 끝났으나 그다음 시도는 확실히 성공했다. 그때는 또다시 실패하든 말든 상관없었다. 너무나 화가 나서 그저 복수할 마음뿐이었다. 어리석게도 그 미움이 천년만년 갈 줄 알았다.

*

상미는 남자 친구 하나를 위해서라면 여자 친구는 몇이라도 버릴 수 있었다. 여자 친구와 싸우면 상대가 사과할 때까지 삐진 채로 말을 하지 않다가 결국 절교를 하지만 남자 친구와 싸우면 무조건 먼저 사과하고 관계를 회복하려 했다. 남자는 저가 숙이는 한이 있더라도 놓지 않았고 여자는 저한테 숙일 사람만 받아들였다.

그런 식의 관계를 이어가면서 상미는 늘 제대로 된 여자 친구가 없다며 하소연했다. 게다가 자기와 같은 짓을 하는 여자를 보면 자신을 되돌아보기는커녕 더할 나위 없이 객관적인 잣대로 비난을 퍼부었다. 보다 못한 네가 몇 번 조심스레 돌려 말해줬다. 너도 그렇다고.

상미는 인정하지 않았다. 오히려 자신을 터무니없는 사람으로 만든다며 너에게 서운해했다. 그러고 나서 상미는 남자 친구들에게 네가 했던 말을 전하며 슬퍼했다. 남자 친구들은 모두 상미의 편에서 위로해주었다. 걔가 널 오해한 거야. 네가 얼마나 괜찮은 친구인데.

당연히 남자 친구들 입장은 그럴 테지. 여자 친구들과의 약속은 언제든 쓰레기통에 버릴 수 있고 남자 친구들 부름에만 정성을 다해 챙겼으니까. 그래서 상미는 남자 친구들에게 인기가 많았다. 그런 남자 친구들 눈에 너와 다른 여자들은 상미를 질투하고 견제하는 것으로밖에는 보이지 않았다.

상미는 남자 친구들이 자신에게 호감을 느끼도록 말하고 행동하는 데 숙련된 재능을 발휘했다. 아주 자연스럽게, 가끔은 미묘하게 선을 넘기며. 이를테면 겨울에 손이 시리다며 장난처럼 남자 친구들의 점퍼 주머니에 손을 슬쩍 넣는다거나, 역시 장난처럼 자기 목도리를 남자 친구들의 목에 감아준다거나. 상미의 천진난만한 가벼운 스킨십과 호의를 받은 남자들은 애매한 착각 속에서 그녀를 따뜻하고 편안하고 친절하고 다정한 여자라고 여겼다. 그리고 한편으로는 각자 자신들에게 어쩌면 다른 호감이 있을지 모른다고도 생각했다.

너와 상미와 기욱은 같은 과 동기로 입학 때부터 어울렸다. 통학 거리가 제법 멀었던 기욱은 일학년을 마치고 집에서 독립해 자취방을 얻었다. 그때쯤 너는 기욱과 사귀기 시작했다. 너는 그와의 관계를 비밀로 하자고 했다. 기욱은 왜 그래야 하는지 이해하지 못했다.

"너하고 오래가고 싶어서 그래. 우리 사이 오픈하면 금방 깨질 거야."

너는 상미 때문이라고 말하지 못했다. 보통의 여자 친구라면 너와 기욱의 교제를 축하해주고 한발 물러나겠지만 상미는 달랐다. 기욱이 너와 더 가까워진다는 사실을 상미는 절대 받아들이지 못할 것이다. 상미는 기욱에게 애인인 너보다 더 친밀한 친구로서 군림하고자 이전보다 공을 들일 것이다.

그동안 너와 다른 여자 친구들은 남자 앞에서 달라지는 상미에게 수없이 뒤통수를 맞았다. 그때마다 네가 놀랐던 건 상미는 그런 짓을 아무런 자각 없이 본능적으로 한다는 것이다. 그러니 너로선 그저 방어하는 데 급급할 수밖에 없었다.

기욱이 자취방을 얻자 상미가 당연하다는 듯 열쇠를 복사해달라고 했다. 너는 기욱에게 절대 안 된다고 말했다. 기욱은 이번에도 뭐가 문제인지 이해하지 못했다.

"친구끼리 편하게 드나들겠다는 건데 뭐가 문제야? 그깟 복사 열쇠 하나로 우리 친구 관계가 망가지면 네가 책임질래?"

"우리가 아니라 상미와 너의 관계가 망가질까 걱정하는 건 아니고? 분명히 말하는데 열쇠를 복사해주지 않았다고 걔가 너와의 관계를 망가뜨리진 않아. 망가지면 또 어쩔 건데? 그렇게 상미와의 관계를 신경 쓰면서 나랑 어떻게 연애를 해?"

"그건 다르지. 네 말대로 너와는 연애하는 거고 상미와는 그냥 친구니까. 너와 둘이서 쌓아가는 감정이 있듯 나한테는 상미와 쌓아가는 감정이란 게 있어."

"너와 상미가 쌓아가는 감정은 뭔데?"

기욱은 뭐라고 대답해야 할지 곤혹스러워했다. 너는 어이가 없었다. 그럴 줄 알았다. 우정이라고만 하기엔 미묘한 뭔가가 있을 테니 어렵겠지. 남자들은 그 미묘한 것에 대해 구체적으로 설명할 수 없기에 아무것도 아니라고 말하곤 했다. 하지만 여자들은 확실히 볼 수 있고 알 수 있다.

기욱은 사귀는 여자 친구와는 다른 그리고 그냥 여자 친구와도 다른 아슬아슬하게 선을 넘나드는 상미의 친밀함을 그저 조금 더 특별한 우정이라고 말하고 싶어 했지만 입을 다물었다. 본인의 결백과는 상관없이 너의 기분을 상하게 할 것을 알기 때문이다.

"암튼 네가 오해할 만한 그런 건 아니야."

"그런 오해 안 해. 네가 상미와 바람이 날 거라는 생각 따위 안 한다고."

"그럼 뭐가 문제야?"

"다른 여자는 누구라도 상관없어. 근데 상미는 안 돼."

"그러니까 왜?"

너는 결국 그동안 상미에게 당한 일들을 털어놓을 수밖에 없었다. 상미는 네가 알고 지내는 모든 남자를 저도 알아야 직성이 풀렸다. 몇 달 전 네가 동아리 남자 선배와 이야기하고 있는 것을 상미가 봤다. 상미는 누구냐고 집요하게 물고 늘어졌다. 네가 정식으로 인사를 시켜준 적이 없는데 상미는 멋대로 그 선배를 찾아가 네 이름을 대며 알은척을 했다. 그러곤 가벼운 도움을 구하며 연락처를 얻었다. 그다음엔 고맙다는 인사로 밥을 사고 다시 술을 사며 관계를 이어나갔다. 너는 모르는 사이에 상미는 그의 생일까지 챙겨주면서 둘만의 친분을 쌓아갔다.

거기까지는 본인의 인맥을 만드는 것이니 그러려니 했다. 문제는 애초에 상미가 너를 팔아 시작한 관계이기 때문에 두 사람의 대화 내용이 주로 너에 관한 이야기라는 것이다. 그런 상황에서 상미는 그의 관심을 자신에게로 돌리고자 너를 깎아내리는 말을 자주 했다. 그래야 자신이 돋보이니까. 상미는 그의 앞에서 노골적으로 네 험담을 하지는 않았다. 하지만 두 사람이 너를 두고 하는 대화는 항상 너에게 불리하게 흘러갔다. 그래서 상미가 끼어든 후부터 그는 점차 너를 멀리하기 시작했다. 뭔가 이상하다 싶어진 너는 그에게 물었다.

"요즘 동아리 행사에 저를 자꾸 빼고 연락도 잘 주지 않는데, 왜 그러세요?"

"너 요즘 바쁘다며."

"누가 그래요?"

"네 친구 상미가 그러던데. 동아리 활동에 바쁘다는 핑계 대며 열심히 하지 않는 놈들은 어차피 떨어져 나가니까. 자발적 활동을 강요할 수는 없잖아?"

너를 보는 그의 시선이 예전과 달랐다. 그에게 네가 알지 못하는 오해가 생겼고 그건 상미 때문이었다. 너는 상미에게 따졌다.

"내 동아리 선배한테 왜 없는 말을 해? 내가 바쁜지 아닌지 네가 어떻게 알아?"

상미는 그게 뭐 대수라고 성질을 내느냐는 듯 천연덕스러운 얼굴로 말했다.

"아, 그거. 너 어떻게 지내냐고 묻기에 그냥 한 말이었어. 할 일 없이 지낸다는 것보다는 바쁘다고 해주는 게 낫지 않아? 왜? 내가 뭐 크게 잘못했어?"

거기에 대고 네가 뭐라 더 말할 수 있을까. 그런 식으로 상미는 너의 남자 선배와 남자 동기와 남자 후배들을 전부 자기 어장으로 가져갔다. 심지어 너와 알고는 지내지만 별로 친하지 않은 이들까지 남자라는 이유만으로 어느새 상미의 어장에서 관리를 받고 있었다. 너는 어처구니가 없었다.

"네가 걔들을 어떻게 알아?"

"네가 안 챙기는 사람들이라 내가 대신 좀 챙겨줬어. 나한테 고맙지?"

상미는 학교 축제에 놀러 왔던 너의 초등학교 남자 동창에게도 같은 방식으로 접근했다가 거절당한 적이 있었다. 그때 고리타분하고 융통성 없는 성정의 그가 너에게 충고했다. 상미라는 애, 걔 좀 이상해. 친구 하지 마. 하지만 너는 상미의 편을 들었다. 네가 오해한 거야. 네가 내 친구니까 잘해주려고 그랬던 거지. 그는 상미가 너에게서 가져가지 못한 유일한 남자였다.

하지만 그날 이후로 너를 대하는 그의 태도가 달라졌다. 너, 대학 가더니 달라졌더라. 너만은 그렇지 않을 줄 알았는데. 너는 대체 무슨 소리냐고 물었다. 하지만 그는 명확하게 대답하지 않았다. 원래 그게 그가 말하는 방식이긴 했다. 입이 무겁고 험담할 줄 모르는. 그는 네가 알지 못하는 이유로 너에게 실망했고 이후로 천천히 너를 밀어냈다.

나중에서야 너는 이유를 알았다. 상미가 늘 하던 대로 그와 친해지려고 꺼낸 너에 관한 이야기는 가관이었다. 너는 알바하는 일터에서 만난 모든 남자에게 끼를 부리고 늦은 밤 유부남 사장과 데이트하는 여자였다. 샌님 같은 너의 동창에게 얼마나 충격적인 이야기였을지.

너는 억울했다. 너는 그저 모든 손님에게 친절한 알바생이었다. 알바하는 가게 사장님이 유부남인 건 사실이지만 그날은 일이 늦게 끝나 버스가 끊기는 바람에 너의 귀가를 걱정한 사장님이 자기 차로 데려다준 것일 뿐이었다. 그걸 어떻게 이야기했기에 그가 그런 식으로 알아들은 건지. 네가 뒤늦게 따지자 상미는 고개를 갸웃거렸다.

"글쎄, 그날 내가 걔랑 무슨 이야길 했는지 기억이 잘 안 나. 내가 보기엔 걔가 어릴 때부터 널 죽 좋아했던 것 같더라. 네가 대학 가서 계속 다른 남자들과 사귀니까 열받아서 내 말을 멋대로 오해한 게 아닐까. 암튼 난 별말 안 했어. 뭔가 말했어도 없는 말을 하진 않았을 거고. 너 나 알잖아?"

알고 있다. 상미는 없는 말을 하지 않는다. 다만 상대가 오해하도록 말하는 재주가 있다. 상미의 입을 통해 너의 뒤에서 네가 모르는 네가 만들어지고 있었다. 너는 뭘 어떻게 수습해야 할지 알 수 없어 그저 손 놓고 있을 수밖에 없었다. 너의 두서없는 이야기를 듣고 있던 기욱이 공감한다는 듯 말했다.

"네가 많이 속상했겠다. 이해해."

네가 하는 말이 그저 상미에 대한 험담으로만 들리지 않기를 바랐기에 너는 기욱의 위로에 안도했다.

"상미가 원래 오지랖이 좀 있잖아. 여기저기 이런저런 말을 하다 보면 오해가 생길 수 있지. 그래도 걔가 대놓고 뭘 크게 잘못한 건 아니잖아? 악의가 있어 그런 것도 아니고. 단점 없는 사람이 어디 있냐. 상미 괜찮은 애야. 네가 조금만 너그럽게 봐주면……."

실망감이 거대한 쓰나미처럼 밀려들었다. 너는 순식간에 마음이 얼어붙었다. 기욱이 너의 이야기를 전혀 이해하지 못했다는 것을 알았다. 언제나 상미의 배려를 받기만 한 그의 입장은 너의 입장과 달랐다. 앞으로도 계속 그와 너 사이에 상미를 너그럽게 봐주란 말이 벽처럼 버티고 있을 것을 생각하니 숨이 막혔다.

"우리 셋이 계속 함께 친구인 것은 괜찮아. 하지만 내 뒤에서 너와 상미가 우정을 빙자해 둘만의 특별한 사이가 되겠다는 건 받아들일 수 없어."

"네가 이렇게 예민하게 나오면 나는 앞으로 너한테 상미 이야기를 솔직하게 할 수 없어."

"그러니까 앞으로는 나한테 말하지 않고 둘만의 관계를 유지하겠다는 거야?"

"꼭 그렇게 말해야겠어?"

그는 화가 났고 너는 슬펐다.

"너한테 이런 유치한 선택을 강요하게 될 줄 몰랐네."

"지금 헤어지자는 거야? 고작 이런 일로?"

"너한테는 이게 고작 이런 일이라서 내가 물러나는 거야."

"너 혹시 상미를 핑계 삼아서 나랑 헤어지고 싶었던 거 아냐?"

"네가 상미를 놓지 못해서 이러는 거잖아."

대판 싸우고 너와 기욱은 헤어졌다. 기욱은 자취방 관리를 상미에게 맡기고 군 복무를 하러 가버렸다. 상미도 그때 같이 네 앞에서 꺼져줬다면 너는 평온을 되찾았을 것이다. 하지만 상미는 졸업할 때까지 잊을 만하면 기욱을 들먹이며 네 곁에서 떨어지질 않았다.

"왜 그랬어? 기욱이 얼마나 괜찮은 애인데. 네가 좀 너그럽게 봐주지."

어쩌면 기욱과 저렇게 똑같은 대사를 뱉는지. 너는 진저리를 치며 말을 돌렸다.

"넌 네 애인 언제 보여줄 거야?"

"나중에."

너는 아니꼬웠다. 남의 애인은 악착같이 소개해달라고 해서 기어이 둘 사이를 찢어놓거나 버젓이 그 남자를 제 어장에 가져다두는 주제에 자기 남자는 누가 뺏을까 악착같이 철벽을 쳤다. 그러면서 한편으로는 여전히 어장의 남자들을 열심히 챙겼다. 그 모든 남자와 결혼을 할 것도 아니면서 대체 왜 남자들을 그렇게 모아두려는 걸까. 상미가 가진 결핍은 네 알 바 아니었다. 이해하고 싶지도 용서하고 싶지도 않았다. 네 안의 사악함이 발동했다.

상미의 애인이 누군지 몰라도 너에겐 둘을 찢어놓을 방법이 있었다. 상미도 한번 당해봐야 한다고 생각했다. 그래야 공평하다고. 어쩌면 더 가혹할 수도 있겠다. 연결에 실패하면 용재처럼 사고를 당하거나 죽을 수도 있으니까. 그래도 네 알 바 아니라고 생각했다. 혹여 연결에 성공한다면 영원히 깨어날 수 없게 만들 작정이었다. 죽어도 답이 생각나지 않는 자각 질문을 던져둘 테니까.

상미야, 너도 네가 가해한 사람의 입장이 되어봐. 그때도 뻔뻔한 얼굴로 별말 하지 않았어, 없는 말 하지 않았다고 따위의 한심하고 무책임한 말을 뱉을 수 있는지.

어느 날 너는 기차역 앞에서 많은 여자와 살림을 차리고 싶은 남편 때문에 속 썩는 어느 박복한 여자의 비참한 부부 싸움을 보았다. 말리는 척 끼어들어 그 박복한 여자의 머리카락을 얻었고 연결에 성공했다.

*

그러므로 너는 송하의 말대로 주환과 셋의 연결도 어쩌면 괜찮을 거라고 믿고 싶다. 그러나 이 믿음은 너에게 전혀 위안이 되지 않았다. 그래서 너는 지금 주환의 꿈에서 본 저수지 낚시터로 가는 중이었다. 오늘 주환이 집에 돌아온다니 그 전에 확인하고 싶었다. 뭘 확인하고 싶은 건지는 너도 모른다.

송하 앞에서는 애써 침착한 모습을 보였지만 사실 너는 불안해서 미치기 일보 직전이었다. 만에 하나 문제가 생긴다면 용재 때처럼 셋 중 하나가 사고를 당하는 것이다. 송하에게 그런 일이 일어날까 봐 너는 무서웠다. 사고가 일어나는 것을 막을 방법은 없을 것이다. 하지만 그 사고를 미리 일으킨다면? 아직 일어나지도 않은, 확실히 일어난다는 보장도 없는 사고를 생각하는 너의 노파심이 하늘을 찔렀다. 덕분에 나는 좀 흥분했다.

　너는 다시 너를 탓했다. 내가 왜 그랬을까? 여태 잘 버티고 있다가 왜 갑자기 찰나를 부르고 싶은 충동에 사로잡혔을까. 찰나만 부르지 않았더라면 이 사달이 나지 않았을 텐데. 이게 다 당신 때문이야. 이번에는 주환을 탓했다. 당신이랑 도통 대화가 되지 않아서 이렇게 된 거라고. 내 말이 무슨 독화살이라도 되는 듯 피해 다니니까. 차라리 독화살이면 당신이 먼저 내게 해독제를 내놓으라고 말을 붙였을 텐데.

　너는 버스에서 내려 계속 걸었다. 도착하고서야 차 없이 목적지까지 가기에는 꽤 먼 거리라는 것을 알았다. 낚시터에 전화하면 픽업을 나온다고 했다. 하지만 너는 낚시를 하러 가는 손님이 아니었다. 택시라도 타려고 했으나 한 대도 보이지 않았다. 그래서 그냥 걸어가는 중이었다. 오후에 출발했기에 어느새 해가 지고 있었다. 막연하게 찾아가는 그곳에서 제발 뭐라도 이 문제를 해결할 단서를 얻을 수 있기를 바랐다. 한참을 걷던 너는 문득 멈춰 섰다. 내가 지금 어딜 가고 있는 거지?

　갑작스레 의문과 함께 너의 머릿속이 돌처럼 딱딱하게 굳었다. 하늘이 뱅뱅 돌고 몸 안의 경고등들이 깜빡였다. 심장 뛰는 소리가 전신을 울리고 숨이 잘 쉬어지지 않았다. 이대로 죽을 것 같았다. 큰일 났다. 너는 진정하려고 애를 썼다. 이런 적이 처음은 아니었다. 동네에서도 길을 가다가 몇 번 이런 순간이 불현듯 찾아와 길을 잃곤 했다. 조금만 버티면 돼. 금방 생각날 거야. 너는 호흡을 고르며 눈을 감았다. 아, 생각났다. 저수지 낚시터.

너는 눈을 뜨고 사방을 둘러보았다. 표지판을 보고 바른 길로 들어섰다고 생각했는데 어느새 길이 없어졌다. 이리저리 수풀을 헤치고 간신히 길을 찾아 나왔지만 도통 어디가 어딘지 알 수가 없었다. 너는 방향을 잃었다. 어디에도 인가의 불빛은 보이지 않았다. 막막해진 너는 주환에게 전화를 걸었다. 그는 저수지 낚시터 근방의 지리를 잘 안다. 그러니 길을 알려줄 수 있을 것이다. 근데 내가 왜 여기 있는지 물어보면 뭐라고 하지? 전화를 받자마자 주환이 말했다.

"왜? 지금 집으로 가고 있어."

"저기, 나 길을 잃었는데,"

"애냐. 끊어."

주환은 귀찮다는 듯 전화를 끊었다. 네가 이런 식으로 동네에서 처음 길을 잃었을 때도 주환의 반응은 이랬다. 그땐 그냥 그러려니 했는데 지금은 낯선 곳이라서 그런지 좀 서러웠다. 너의 빰을 타고 굵은 눈물이 뚝 떨어졌다. 왜 갑자기 눈물이 나는지 너는 의아했다.

너는 이제 울지도 웃지도 않는다. 네가 자신의 감정 상실에 의문을 품었을 때 주환은 말했다. 남들도 다 그래. 우리 나이에 기쁘면 얼마나 기쁘고 슬프면 또 얼마나 슬프겠어. 무뎌져서 그래. 그냥 나이 탓이야. 그래서 너는 또 그런가 보다 여겼다.

하지만 주환은 텔레비전을 보면서 웃었다. 남들이 웃긴 말을 해도 웃었다. 저수지 낚시터에서는 내내 대화하며 웃었다. 너는 웃어본 적이 까마득했다. 아이들도 말했다. 엄마는 웃지 않는다고.

울기는 많이 울었다. 말을 하려고 들면 눈물부터 쏟아졌다. 울음에 막혀 말이 또박또박 나오지 않아 소처럼 울부짖은 적도 있었다. 그래서 일단 울고 나중에 다시 이야기하려고 했다. 하지만 그 상황이 지나자 다시 말할 기회는 주어지지 않았다. 말을 꺼내면 주환은 질린다는 시선으로 끝난 문제를 왜 다시 끄집어내느냐고 화를 냈다.

너는 눈물이 대화를 방해한다는 것을 알았다. 그래서 울지 않으려고 참았다. 그러다 보니 어느 순간 눈물이 말라버렸다. 슬픈 장면을 봐도 눈물이 나오지 않았고 어렵게 모인 눈물은 아무 때나 샜다. 바로 지금 같은 때에.

너는 길가에 주저앉아 통곡하며 울기 시작했다. 왜 우는지 모르겠다. 그냥 눈물이 쏟아졌다. 사방으로 소리를 질러댔다. 늘 그랬듯 나는 기다렸다. 울지 마, 그런다고 해결되는 건 없어. 뭐, 그런 말이라도 해주고 싶지만 나는 입이 없다.

너는 어둑하고 한적한 길에서 목이 쉬도록 한참을 울다가 머쓱하니 눈물을 그쳤다. 새까만 하늘, 밤바람에 나뭇잎 스치는 소리, 평온한 공기. 너는 문득 그런 생각이 들었다. 문제를 해결할 단서가 아니라 그저 실컷 울부짖을 장소를 찾아왔나

보다. 하지만 너의 속은 전혀 시원해지지 않았다. 해결된 건 아무것도 없고 이제 제자리로 돌아가야 하니까. 그러게, 내가 그렇다고 했잖아.

그때 순찰차 한 대가 네 앞에 멈춰 섰다. 헤드라이트 불빛이 너를 비추고 경찰 한 명이 내렸다.

"여기서 뭐 하고 계세요? 도와드려요?"

"저수지로 가는 길 아세요?"

경찰은 너의 얼굴이 눈물범벅인 것을 보았다.

"거긴 왜 가시려는데요?"

"그냥요."

네가 우물거리자 경찰은 시간이 늦었으니 다음에 가시는 편이 좋겠다며 너를 순찰차에 태워 파출소로 데려갔다. 파출소장이 너에게 따뜻한 차를 내주며 이런저런 질문을 했다. 그리고 조심스럽게 물었다. 혹시 드시는 약 있어요? 없다고 대답하니 보호자를 부르라고 했다. 너는 그제야 상황을 파악했다. 저들 눈에 네가 몹시 위험해 보였다는 것을. 하긴 밤에 여자가 울면서 저수지로 가는 길을 물었으니.

"괜찮아요. 그냥 길을 잃은 거예요."

"네, 압니다. 보호자분이 오시면 귀가하세요."

너는 주환에게 다시 전화를 걸어야만 했다. 집으로 가고 있다고 했으니 여기서 멀지 않은 곳을 지나고 있을 것이다. 너는 네가 어디 있는지 말하고 좀 데리러 와주면 안 되느냐고 물었다.

"거기 왜 가 있는데?"

주환의 어조에 의심이 깔렸다.

"이쪽에 누구 만날 사람이 있어서 왔는데 길을 잘못 들었어."

"그렇게 말하고 보내달라고 해."

주환은 네가 만날 사람이 누군지 묻지 않았다. 너의 말을 믿어서가 아니라 딱히 관심이 없었다.

"안 된다잖아. 불안하대."

"뭐가 불안하다는 거야? 바꿔봐."

주환은 경찰과 통화했다. 그는 말했다. 지금 지방에 멀리 있어 너를 데리러 갈 수 없고 대신할 사람도 없다. 아무 일도 없을 테니 너를 그냥 보내달라. 그가 책임지겠다고 했다. 경찰은 주환의 확답을 받았고 통화 내용도 녹음했다. 너는 다시 전화기를 건네받아 주환에게 물었다.

"아까 집으로 가고 있다고 했잖아?"

"가고 있어. 그러니까 더는 사람 피곤하게 하지 말고 끊어."

경찰은 네가 버스 타는 것까지 확인하고 돌아갔다. 네가 집에 돌아왔을 때 주환은 애착 소파에서 텔레비전을 보고 있었다.

"언제 왔어?"

"한 시간 전에."

지방에 멀리 있다더니. 주환은 너를 데리러 가기 귀찮아서 거짓말을 했다. 너는 주환이 저수지 낚시터에서 자발적으로 손님 픽업에 나서주었던 것이 생각났다. 그들에게는 기꺼이 그렇게 해주고 싶은 마음이 있었고 너에겐 없었다.

"하여튼 정상이 아니야."

주환이 너를 쳐다보지 않은 채 중얼거렸다. 그는 너에게 아무것도 묻지 않았다. 아무것도 궁금하지 않기 때문이다. 그러니까 어디쯤 오고 있는지 묻는 문자 한 통 보내지 않은 것이다.

"그러는 너는 정상이야?"

네가 물었다. 주환이 돌아보았다. 그는 언제부터인가 너에게 무심했고 너는 그런 그가 미치도록 미웠다. 너의 가정을 망가뜨린 그를 죽이고 싶을 때마다 너는 애착 소파에서 잠든 그의 머리를 프라이팬으로 내리치는 상상을 했다. 아무리 때려도 그의 머리는 두더지 머리처럼 계속 튀어 올라와 뻔뻔하게 너를 쳐다보았다. 뭐, 어쩌라고?

그래, 이제 와 뭐 어쩌겠어. 너는 참았다. 그때 너는 인내는 쓰고 결과는 달다는 말을 아무 데나 적용하는 멍청한 짓을 했다. 너는 힘들 때마다 주환과 좋았던 기억을 떠올렸다. 하지만 기억에만 기대 살기엔 남은 시간이 너무 길었다. 그래도 주환과 대화를 하고 그가 사과하면 받아주고 용서하려고 했다. 용서라니, 그조차 인내하겠다는 뜻이 아닌가. 그에게 받은 모든 상처를 가슴에 묻고 살아보겠다는. 하지만 그가 뱉은 말과 행동은, 그게 치명적일수록 죽을 때까지 너를 괴롭힐 것이다.

너는 이미 주환에게 대화의 기적이 일어나지 않을 것을 알고 있었다. 알면서 내내 참았다. 너는 한때 주환과 헤어지려고도 했다. 너의 아버지를 떠난 너의 엄마처럼 길을 바꾸려고 했다. 그때 너는 생각했다. 엄마는 지금 어떤 길을 가고 있을까. 어떤 길이든 무슨 상관일까. 엄마의 답이 내 답은 아닌데. 너는 다시 참기 시작했다. 하지만 네가 아무리 애를 써도 주환은 계속 네 탓이라고 했다. 그때마다 억울한 너는 나를 생각했고 나는 너의 손에 불려 나갈 기대에 꿈틀거렸다.

너는 나라는 무기를 든 손가락으로 주환을 가리키며 말했다.

"너한테 나는 아무것도 아닌데 너는 왜 나한테 존재하려고 해?"

"뭐?"

"너한테 내가 벽이면 나한테 너는 그냥 소파라고."

너는 그를 사랑해서 여태 참고 있었던 게 아니었다. 너의 집을 지키려고 했을 뿐. 하지만 너는 방금 애착 소파가 그를 대신할 수 있다는 것을 깨달았다. 그리고 그래야만 했다. 거의 바닥을 보이던 너의 인내심이 방금 깨끗하게 비워졌다.

셋의 연결에 문제가 생긴다면 나를 가진 너와 원더를 가진 송하보다는 주환이 사고를 당할 가능성이 크다. 하지만 장담할 수 없다. 이미 연결이 끝난 너와 주환의 영역에 송하가 뒤늦게 개입했기 때문이다. 송하에게 변수가 작용할 수 있다. 그래서 네가 이렇게 송하에게 무슨 일이 벌어질까 안달복달 걱정하는 것이다.

꿈의 장소였던 저수지 낚시터에서 뭔가 방법을 찾아보려 대책 없이 나섰으나 빈손으로 돌아왔다. 이제 어떡하지? 사고가 일어난다면 막을 수 없다. 그렇다면 그 사고를 미리 가져와 손을 보는 수밖에. 저수지 낚시터로 출발하던 시점부터 시작된 너의 그 생각이 머릿속을 떠나지 않았다. 아무리 생각해도 그것 말고는 방법이 없었다.

너는 주환을 노려보며 말했다.

"그냥 네가 다 뒤집어써."

"밖에서 대체 무슨 사고를 치고 나한테 미루는 거야?"

주환의 표정이 일그러졌다.

"어쩌면 내가 다 뒤집어쓰게 되는 걸 수도 있고. 생각하기 나름이겠지. 어차피 마찬가지야."

너의 생각은 이랬다. 셋의 연결에서 주환이 사고당할 가능성이 가장 크다. 그런 불안정한 상태의 주환을 다시 한번 너와 연결한다. 주환을 일단 송하로부터 떼어내어 너에게 더 가까이 붙이는 것이다. 그렇게 하면 주환에게 벌어질 사고의 확률이 조금 더 확장되므로 송하에게 작용할 변수가 제어된다.

꿈의 사고가 현실로 나오지 않으면 다행이지만 만에 하나 현실이 되면 그 사고는 주환과 네가 오롯이 덮어쓸 수 있다. 그때까지 그렇게 하자. 위험 부담은 똑같다. 들어가는 쪽이 조금 더 위험하지만 실제로 사고가 일어나면 받아들인 쪽의 몸이 죽는다.

예전에 주환이 너에게 죽고 싶다고 말했던 적이 있었다. 그건 더는 자신으로 살고 싶지 않다는 뜻이다. 그 말 때문인지 너는 지금부터 벌일 일에 전혀 가책을 느끼지 않았다.

너는 다만 주환이 자각 질문에 대답하지 못할 것이 마음에 걸렸다. 하지만 그 위험도 감수하기로 했다. 너는 알고 싶었다. 주환이 그때 너에게 했던 말을 기억하고 있는지. 아마 잊었을지도. 그렇다면 더더욱 그는 기억해내야 한다. 그때 그가 했던 말이 너를 얼마나 처참하게 상처 입히고 망가뜨렸는지 알아야 하니까. 그러므로 이건 네가 주환에게 주는 기회이기도 했다.

잠시 나로 살아봐. 그동안 당신으로 있는 한 절대 하지 않을 것들도 좀 해보고. 늦었지만 송하를 무릎에 앉히거나 송주와 낚시하러 간다거나. 나쁘지 않네. 당신이 내가 되면 내 이야기 듣기 싫어하는 당신에게 나는 구구절절 말하지 않아도 되고.

훌륭한 결정이다. 나는 찬성이다. 그동안 너 때문에 나의 인내심은 바닥을 드러내고 말라붙은 정도가 아니라 균열로 쩍쩍 갈라져 부서져내릴 판이었다. 숨을 참은 채 생을 허우적거리는 너를 지켜보기만 하느라 답답했다. 그래서 네가 잡은 것은 지푸라기라고 알려주고 싶었다. 그러니 그만 참고 뭐라도 하라고, 지키는 것만이 최선은 아니라고, 가끔은 좀 버리라고, 그래도 된다고.

사실 나는 조마조마했다. 내 나름대로 계획은 치밀하게 세웠지만 네가 따라와주지 않으면 어쩌나 걱정했다. 그러니까 이게 어떻게 된 거냐면 실은 모두 내가 벌인 짓이다.

먼저 나는 송하가 주환을 들여다보기 위해 원더를 부르려는 바로 그 시점에서 너를 충동질했다. 그래서 너는 뜬금없이 갑작스럽게 나를 불러내고 싶어진 것이다. 나의 이 충동질이 과연 먹힐지 의심스러웠으나 기대해볼 만했다. 내가 보기에 너의 인내심이 거의 다 되었기에 타이밍만 맞으면 충분히 가능했다.

내가 기다린 보람이 있었다. 덕분에 셋의 연결 상황이 만들어졌다. 한 번 성공했고 한 번 실패했으니 확률은 반반이다. 다른 사람이었다면 너는 이렇게까지 전전긍긍하지 않았을 것이다. 하지만 사고 대상이 송하가 될 수도 있다는 사실에 그때부터 너의 위기의식이 발동됐다.

다음 단계로 나는 너를 저수지 낚시터로 밀어냈다. 거기에 무슨 해결 단서가 있을까. 하지만 너는 뭔가 있을 것 같다는 막연한 생각에 사로잡혀 그곳으로 갔다. 그건 무의식적 생각이었고 무의식은 나의 영역이므로 내가 그렇게 유도했다. 그러니까 낚시터에 꼭 도착할 필요는 없었다. 네가 닿아야 할 목적지는 낚시터가 아니라 네 마음이었다.

나는 네가 주환을 향한 마지막 인내심을 비우기를 그리고 길 잃은 너를 대하는 그의 텅 빈 마음을 깨닫고 진실을 인정하기를 바랐다. 거기서 돌아온 후 너는 마침내 애착 소파에 있는 것이 정말로 그의 껍데기뿐이라는 것을 깨달았다.

그동안 네가 불편했던 만큼 주환도 불편했다. 그러나 그는 그 불편함을 해소할 일말의 노력도 하지 않았다. 그런 정성을 들일 만큼 너에게 마음이 쓰이지 않았기 때문이다. 그에게는 집에 돌아오면 애착 소파가 너를 대신했다. 너에게는 낡은 장롱이 그를 대신했다. 네가 장롱 문을 열고 그 안에 머리를 박은 채 우는 동안 그는 애착 소파에서 잠을 잤다. 이제 그에게 너는, 너에게 그는 더는 특별하지 않다. 그러므로 여기까지다. 너는 더는 이 상태를 유지한 채 참으려고 하지 말아야 한다. 그게 나의 바람이었다.

그러니까 이 일에 나의 감정과 의지가 개입됐다. 나는 감정에 반응하는 존재이나 감정을 느끼지는 않는다. 하지만 나를 반응하게 하는 너의 감정을 속속들이 안다. 너만큼 나도 오래 참았다. 그렇다 보니 그동안 저장된 너의 누적된 감정 정보가 나에게 약간의 변화를 제공했다. 인간 사이에서 오래 산 악마 크롤리는 인간에 동화되어 성수에 소멸하지 않았다. 나도 그런 거라고 할 수 있다.

내가 왜 이렇게 됐을까. 너라서 그랬겠지. 끝내 네가 나를 사용하지 않는다면 결국 나는 너에게서 떨어져 나갈 것이다. 그러고 나면 나에게 너는 또 생길 것이다. 하지만 그렇게 생긴 너는 수우 네가 아니다. 너는 너라서 나한테 특별하다. 하나뿐이라서. 너의 존재는 복수인 내 안에서 나를 구분해준다. 와, 이 정도면 나 거의 인간인데.

네가 나를 이렇게 만들었다. 이건 오류다. 나의 오류는 좀 더 너의 의도에 가까워지는 방향으로 계속 수정되고 있다. 그러므로 이건 진화다.

분명히 말하지만 너는 나와 대가를 치르는 거래를 한 것이 아니다. 나는 네가 싸우는 방법이다. 나는 너의 의지가 아니라 현상이다. 그렇기에 나는 내 영역에서 벌어지는 결과를 예측할 수 없다. 진화의 방식대로 네가 바라는 바를 향해 나아가게 되길 진심으로 응원한다. 진심이라니, 나한테 그런 게 있을 리가. 그건 의식의 영역이잖아. 나는 그저 무의식의 먼지 한 톨일 뿐인데.

2부

원더의 너

7

눈이 잘 떠지지 않았다. 눈두덩을 짓누르는 압박감이 있었다. 손을 움직이자 손가락 끝에 뭔가 물려 있는 것이 느껴졌다. 낯선 공기, 익숙한 냄새. 너는 여기가 어딘지 알았다. 병원이다. 힘겹게 눈을 떴다. 머리가 지끈거렸다. 몸을 일으키려는 순간 극심한 두통이 밀려들어 하마터면 정신을 놓을 뻔했다. 너는 도로 누운 채 생각했다. 내가 왜 여기 있는 거지?

뒤엉킨 기억들이 구름처럼 둥둥 떠다니며 까마득한 저편으로 물러났다가 되돌아오길 반복했다. 너는 묘한 상실감을 느꼈다. 긴장한 세포들을 다그치는 별빛 같은 것들이 있었던 것같은데 지금은 사라졌다. 그래, 너만의 경고등이 있었지.

너는 머릿속을 떠다니는 생각의 구름을 헤치며 마지막 기억을 떠올렸다. 어젯밤, 어쩌면 어젯밤이 아닐 수도 있겠다. 여덟시에 퇴근해서 집으로 돌아온 시간이 밤 열한시 이십칠분. 응? 집에서 일터까지 도보로 십 분 거리인데? 대체 난 세 시간 넘게 뭘 하다가 그렇게 늦게 집에 들어간 거지? 전혀 생각나지 않았다. 갑자기 선명한 공포가 몸 안 가득 차올랐다. 네가 왜 여기 누워 있는지 생각났다.

현관문을 열고 텅 빈 집 안으로 들어섰을 때 너는 평소와 달리 긴장했다. 송주는 독서실에 갔고 송하는 친구 집에서 자고 온다고 했다. 현관 센서 등이 없어 문을 닫자 집 안이 캄캄해졌다. 너는 어둠 속으로 손을 뻗어 거실 등의 스위치를 눌렀다. 실내가 환해지자 재빨리 집 안을 살폈다. 소파 뒤로 비죽 튀어나온 주환의 신발이 보였다. 다가가 보니 주환이 신발을 신은 채 바닥에 엎드려 있었다. 취해서 자는 건가? 너는 그를 깨우려 손을 뻗었다.

그 순간 둔중한 충격이 뒤통수를 가격했다. 너는 눈앞이 캄캄해지면서 비명 한 번 지르지 못한 채 쓰러졌다. 너의 심장이 쿵쿵 뛰었다. 무슨 일이 있었던 거지?

커튼이 걷히고 간호사가 나타났다.

"깨어나셨네요. 일어나지 말고 잠시 누워 계세요."

간호사는 곧 젊은 의사를 데리고 돌아왔다. 의사는 너의 동공에 펜라이트 불빛을 들이댔다. 그는 손가락 하나를 들어 보이며 물었다.

"몇 개예요?"

"한 개요."

"이름과 생년월일을 말해보세요."

네가 대답하자 그가 고개를 끄덕였다.

"머리가 좀 아픈데요."

"네. 후두부에 외상을 입었어요. 부어 있어서 당분간 통증이 있겠지만 좋아질 거예요. 일어나서 앉아보시겠어요?"

간호사가 너를 부축했다. 고개를 기울이자 뇌가 쏟아져 나올 것 같았다. 허리를 세우고 바로 앉자 뒤통수가 묵직해지면서 머리가 울렸다.

"어때요?"

"견딜 만해요."

"예, 그럼."

의사가 나가자 간호사가 말했다.

"지금 환자분 담당 선생님이 계시지 않아 다른 선생님이 봐드렸어요. 이따가 담당 선생님 돌아오시면 다시 진료 보실 거예요. 힘들면 누우시겠어요?"

"괜찮아요. 저한테 무슨 일이 있었던 거죠? 집에 누가 침입한 것 같은데. 범인은 잡혔어요? 우리 애들은요?"

"범인은 경찰이 찾고 있고요, 집 안에 쓰러져 계신 것을 아들이 발견하고 신고했어요. 애들 이름이 송주와 송하죠? 어제 종일 둘이서 병상 지켰어요. 오늘은 학교에 갔고요."

"애들 아버지는요?"

간호사가 유감스러운 표정으로 말했다.

"상태가 좋지 않아요."

"얼마나요? 남편을 지금 좀 볼 수 있을까요?"

"담당 선생님 먼저 뵙고요. 담당 선생님이 자세한 설명 해주실 거예요."

"언제 뵐 수 있는데요?"

"오후 회진 때까지는 들어오실 거예요. 지금은 환자분도 안정을 취하셔야 해요. 애들부터 생각하세요."

간호사는 진심 어린 응원의 시선으로 너의 어깨를 다독였다. 너는 지금 안정을 취하지 않아도 충분히 안정적이었다. 이토록 평화로웠던 적이 없었다. 근데 이 상황에서 이러면 안 되는 거 아닌가. 갑자기 닥친 상황이라 실감이 나지 않아 그런 걸지도. 그래도 이 기분은 뭔가 이상했다.

*

오후에 담당의보다 형사가 먼저 왔다. 가무잡잡한 피부에 눈이 부리부리한 사십대 초반의 남자는 유도 헤비급 선수처럼 체구가 컸다. 병실 사람들의 시선이 모이자 형사가 밖에서 이야기할 수 있겠느냐고 물었다. 너는 침상에서 내려왔다. 어지러웠다. 간호사가 진통제를 주고 간 지 얼마 되지 않아 뒤통수의 통증은 뭉근한 정도였다. 거추장스러운 링거도 없고 막 점심을 먹은 뒤라 커피 한 잔 마시고 싶던 참이었다. 이 와중에 커피 생각이 간절하다니. 몸에 들인 습관이란 건 정말 무섭기 짝이 없다.

형사는 이미 오전 중에 커피를 한 주전자 들이켰지만 네가 원내 카페 쪽으로 걸어가자 그냥 따라갔다. 카페 안에 들어서고서야 너는 환자복을 입었고 커피값을 계산할 카드가 없다는 것을 알았다. 형사가 지갑을 꺼내며 말했다.

"제가 사죠. 뭐 드세요?"

너는 사양하지 않았다. 커피가 절실히 필요했다.

"아메리카노 따뜻한 거요. 미안해요."

너는 진한 드립커피를 마시고 싶었으나 메뉴판에서 제일 가격이 낮은 것을 말했다. 너와 형사는 커피를 들고 병원 건물 뒷마당 벤치에 나란히 앉았다. 너는 그에게서 당시 상황과 주환의 상태를 대강 들었다. 네가 기억하지 못하고 있는 세 시간에 대해서도.

너는 친정아버지를 보러 갔다고 했다. 왜 그게 기억이 나지 않는 걸까? 너는 의아했다. 그리고 깨달았다. 그 이전에 아버지를 보러 갔던 기억도 전혀 없다는 것을. 너는 평소에도 자주 아버지를 보러 갔다. 하지만 갔다는 것만 알고 있을 뿐 가서 뭘 했는지에 대한 구체적인 기억이 없었다. 뭐지? 머리에 가해진 충격으로 생긴 일시적인 기억상실 같은 건가.

"김주환 씨의 트럭은 서울 외곽 도로 갓길에서 발견됐습니다. 차량 상태는 멀쩡해요. 운전 중에 갑자기 용변이 급해서 차를 세우고 내린 게 아닐까 생각합니다."

황당하게 들렸다. 그 트럭은 주환의 또 다른 집이었다. 그런 트럭을 도로에 버려두고 용변을 보기 위해 집으로 왔다고? 그럼 집까지 뭘 타고 온 거야? 그냥 차를 몰고 가까운 휴게소로 가면 될 것을?

"수긍하기 어렵네요."

"추측입니다. 차를 갓길에 대고 멈추는 경우 보통 졸음 아니면 용변이거든요. 물론 용변이라고 보기엔 확실히 너무 멀리 갔어요. 그 점이 좀 의심스러운데 일단 강제로 끌려간 흔적은 없어요. 누군가 김주환 씨를 노리고 계속 따라다니다가 그가 차에서 내려 무방비 상태로 있을 때 공격했어요."

"뭘로요?"

"두 분을 공격한 흉기는 둥글고 넓은 면적을 가진 쇳덩이로 보입니다."

"누군가 프라이팬으로 남편과 저의 머리를 부수려 했던 거군요."

"하지만 충격의 강도는 확연히 달랐어요. 요령껏 휘둘렀단 거죠. 그래서 안수우 씨는 하루 반나절 만에 깨어났지만 유감스럽게도 김주환 씨의 뇌는 죽어버렸어요."

뇌사상태.

형사가 너의 굳어진 표정을 살피며 말했다.

"타깃은 김주환 씨고 주변 사람인 안수우 씨에게는 위협만 가한 거죠. 그래서 말인데요, 김주환 씨와 원한 관계에 있는 사람이 있습니까?"

"글쎄요, 없을 것 같은데요. 누구와 다투거나 시비를 만드는 성격이 아니에요. 밖에서는요."

"안에서는 좀 다릅니까?"

"가족과의 대화가 서툴러요. 그래서 화를 잘 내는 편이죠. 우리한테만 그래요. 원래는 안 그랬어요. 사업에 실패한 후 우리한테 미안해서 그러는 거죠."

너는 주환을 감쌀 생각이 없었지만 어쩌다 보니 그러고 있었다. 형사는 이해한다는 듯 고개를 끄덕였다. 너의 말에 동의한다는 뜻은 아니다. 이런 일이 생기면 피해자의 배우자는 대부분 이런 반응이다. 그 양반이 좀 못됐고 술 좋아하고 말도 함부로 하지만 누구를 해칠 만한 사람은 아니라고.

"사소한 것에 앙심을 품는 사람도 있어요. 한번 잘 생각해보세요."

너는 생각해보았다. 그러자 기억이 꾸물꾸물 올라왔다.

"예전에 남편이 잠깐 회사 화물차를 운전했어요. 그때 같은 차를 모는 박순민이 늘 남편을 나무랐어요. 차를 더럽게 쓴다고요. 그러면서 차의 위생과 안전을 위해서라도 남편 같은 게으른 인간은 세상에서 없어져야 한다고 했어요. 아, 그리고 홍조식은 분노 조절 장애가 있어요. 자기 물통을 실수로 떨어뜨린 사람에게 발끈해서 주먹을 휘두르다가 살인할 뻔했죠. 남편이 그걸 말리다가 몸싸움이 났어요. 남편은 손목을 삐었고 홍조식은 허리가 나가서 둘 다 한동안 일을 할 수 없게 됐죠. 그때부터 홍조식은 남편을 계속 별렀어요. 위협을 느낀 남편은 결국 회사를 그만뒀죠. 이후로 남편은 사람들에게 질렀다며 자기 트럭을 샀어요."

형사는 수첩에 그들의 이름을 적었다.

"김주환 씨가 회사를 그만둔 게 언제입니까?"

"작년 가을요. 한 석 달 정도 일했어요."

"박순민과 홍조식을 만나본 적 있습니까?"

"만나본 적은 없는데 어떻게 생겼는지는 알아요."

"김주환 씨가 같이 찍은 사진을 보여줬나요?"

"아뇨. 다 원수 같은 사인데 같이 찍은 사진이 어딨어요?"

"그럼 김주환 씨가 말로 이러저러하게 생겼다고 설명해줬어요? 가족과의 대화가 서툴고 화도 잘 내는 사람인데 부부간의 대화는 좀 달랐나 보네요."

형사의 시선이 의뭉스러워졌다. 너야말로 고개를 갸웃거렸다. 그게 아닌데? 하지만 너는 뭐라고 해야 할지 알 수 없었다.

"두 분 결혼 생활은 어땠습니까?"

"네? 그게 무슨 상관인데요?"

"의례적인 겁니다."

형사는 너의 반응을 유심히 관찰하고 있었다. 너는 박순민과 홍조식의 이름 앞에 이미 너의 이름이 적혀 있을 것을 깨달았다. 상관없었다. 어차피 아니라는 게 밝혀질 테니까.

"우울증 때문에 이 병원에 내원하신 기록이 있더군요."

"그래서 우울증 때문에 제가 남편을 프라이팬으로 죽인 거라고요?"

"우울증의 원인이 김주환 씨라면 안수우 씨가 프라이팬을 휘두를 가능성을 열어놔야죠."

"말 되네요."

너는 차분하게 대답한 후 커피를 한 모금 마셨다. 따뜻한 기운이 목구멍을 타고 번졌다. 대체 이 평온함은 뭘까. 너는 기가 막히면서 한편으로는 이 기분이 나쁘지 않았다.

"그러니까 제가 남편을 죽이고 싶은 마음에 그의 머리를 프라이팬으로 내리쳤고 의심받지 않으려고 제 머리도 요령껏 내리쳤다는 거죠?"

"안수우 씨가 범인이라면 그럴 수 있죠. 하지만 두 분이 거의 비슷한 시각 동시에 공격을 받았으니 불가능해요."

너는 형사의 말을 이해하지 못했지만 되묻지 않았다. 네가 범인이 아니라고 말하는데 아무려면 어떤가.

"암튼 전 안 죽였어요. 그리고 저 우울증 아니에요. 질문지에 중증 결과가 나오도록 일부러 최악의 답만 체크를 했어요."

너는 말해놓고 움찔했다. 방금 당당하게 거짓말을 했다. 질문지에는 최선을 다해 답했다. 그때 너는 주체할 수 없는 슬픔에 빠져 일상생활이 어려웠다. 어떻게든 헤어 나오고 싶었기에 도움을 구했다. 너는 그 슬픔에 대해 누군가와 이야기하고 싶었다. 털어놓고 싶은 이야기가 너무 많았다. 하지만 병원은 네가 바라는 만큼의 시간과 애정을 줄 수 없었다. 너는 사무적인 상담을 짧게 끝낸 후 처방전을 받아 집으로 돌아왔다. 이후로 다시 가지 않았다.

"왜 그랬는데요?"

"제 마음이 아프다는 것을 남편이 알아주기를 바랐어요. 근데 별 관심 없더라고요. 하긴 눈에 보이는 상처가 아니니까요. 병원에 갔으니 적당히 시간이 지나면 나아지겠지, 하고 생각하는 것 같았어요."

형사는 남은 커피를 벌컥벌컥 마시며 일어섰다.

"그렇다고 걱정하지 않았던 건 아닐 겁니다. 가족과의 대화가 서툰 사람이었다면서요? 표현하는 법도 서툴렀겠죠. 그리고 극심한 우울증은 누구를 죽이지 않아요. 그냥 자기를 죽이고 말지."

이 형사 제법 용하네. 네가 너를 죽음으로 끝날지도 모를 잠에 빠뜨린 것은 사실 자살과 매우 유사하다. 설마 이 형사가 이 사건에 숨어 있는 보이지 않는 범인도 잡을 수 있으려나. 그렇담 나 어디로 숨어야겠는데. 너는 불만스럽게 물었다.

"근데 왜 저를 범인처럼 두고 그런 질문을 했어요?"

"그래서 의례적인 거라고 말씀드렸습니다."

숨지 않아도 될 것 같다. 하긴 이토록 현실에 두 발을 굳건히 대고 사는 직업이 또 어디 있다고. 형사가 너에게 명함을 건네 주었다.

"뭔가 생각나는 게 있으면 연락 주세요."

데스크에 있던 간호사가 병실로 돌아오는 너를 발견하고 말했다.

"지금 진료실로 내려가시면 됩니다."

진료실로 들어서자 모니터를 보고 있던 의사가 미간의 주름을 펴며 말했다.

"앉으세요."

너는 의사가 가리키는 의자에 앉았다.

"어때요?"

"움직일 때마다 머리가 울려요."

"점점 괜찮아질 겁니다. 기억장애 같은 혹시 모를 후유증이 있을 수 있으니 당분간 경과를 지켜봅시다. 안수우 씨는 내일 퇴원하셔도 됩니다. 그리고 김주환 씨 상태는⋯⋯."

의사는 너의 눈을 똑바로 바라보며 말했다.

"자가호흡이 불가능하고 뇌간의 반응이 없어요. 동공확대도 변화 없고 그냥 심장만 뛰고 있을 뿐이죠. 뇌사입니다."

너는 담담히 고개를 끄덕였다. 의사는 네가 충격을 받았다고 여겼다. 그래도 할 말은 해야 했다.

"결정을 내리셔야 합니다."

너는 어디선가 그런 이야기를 읽었다. 수년간 식물인간으로 누워 있던 사람이 깨어나서 말하기를 자신의 생명 유지장치를 떼느냐 마느냐를 두고 이야기하는 것을 들었다고. 사람들이 자신을 죽일까 봐 너무 무서웠다고. 하지만 주환은 뇌사다. 그는 죽었다. 그의 영혼은 거기 없다. 이럴 줄 알았으면 박박 우겨서라도 생명보험을 들어둘 걸 그랬다. 예전에 한 번 그 이야기를 꺼낸 적이 있었다. 주환은 길길이 날뛰며 반대했다.

"나 죽고 나오는 돈이 무슨 소용이야."

"생명보험이란 게 원래 나 죽은 후 남은 가족 생각해서 드는 거야."

"그러니까 나 죽으면 너희끼리 잘 먹고 잘 살겠다고?"

주환의 말 같지도 않은 대구에 너는 포기했다. 그에게 남은 가족에 대한 책임감 따위 없다는 것을 그때 알았다. 이제 너는 결정을 내려야 한다. 네 입으로 주환의 숨줄을 끊겠다고. 이미 죽은 것과 다름없는 그를 진짜로 죽이겠다고. 그렇게 대답하면 되는데 문득 기묘한 미련이 너를 붙들었다.

"며칠만 시간을 주세요."

*

    퇴원 후 집으로 돌아온 너의 일상은 아무것도 달라지지 않았다. 아무 일도 일어나지 않은 것 같았다. 출근은 내일부터 하기로 했다. 분식집 주인 부부는 며칠 더 쉬라고 했지만 멍하니 있으려니 지끈거리는 두통에 쓸데없는 생각만 뭉게뭉게 피어오를 뿐이었다.

    너는 몇 년 만에 처음으로 주환의 애착 소파에 앉아보았다. 그의 섬, 그의 둥지, 그의 세계. 한 공간에서 벽 하나를 사이에 두고 너와 주환은 각자 다른 세상을 살았다. 송하가 조심스레 다가와 물었다.

"엄마, 이게 엄마가 말했던 사고야?"

"무슨 소리야?"

"나 때문에 이렇게 된 거냐고."

"아냐, 너하곤 상관없어. 그냥 사고야."

"하지만 엄마가 그랬잖아. 엄마의 꿈에 내가 나와서, 아빠랑 셋이 연결돼서 문제가 생길 수 있다고."

    너는 송하에게 그런 말을 했던 기억이 나지 않았다. 하지만 며칠 전 꿈에서 송하를 보긴 했다. 아름다운 빛에 휩싸인 저수지 낚시터, 수면을 가로지르며 무지개다리처럼 뻗어나간 횡단보도와 삼색신호등, 그 횡단보도에서 갈라져나간 또 다른 횡단보도 끝에 송하가 서 있었다.

"그 저수지 낚시터 꿈 말이야?"

"응."

송하는 물 위에 서 있었고 너는 절박한 심정으로 지켜보고 있었다. 거기서 송하가 물에 빠진다 해도 너는 아무것도 할 수 없었다. 몹시 불길한 꿈이었다. 꿈에서 너는 물에 빠져 죽었고 송하는 어떻게 됐더라? 모르겠다. 너는 송하의 생사를 모른 채 깼다. 송하를 살리지 못했다. 그래서 송하에게 조심하라는 말 같은 것을 했나? 기억나지 않았다.

기억장애와 같은 후유증이 있을 거라고 했으니 어쩔 수 없었다. 하지만 너는 송하가 그 사실을 알기를 바라지 않았다. 근데 왜 하필 저수지 낚시터지? 거기서 주환은 보지 못했다. 하지만 그 장소는 주환과 상관이 있었다. 너는 그 꿈에서 주환이 아는 사람들과 먹고 노닥거렸다. 어쩌면 그 꿈에서는 네가 주환이었던 것 같기도 하다. 그래서 내가 송하에게 셋이 연결된 꿈이라고 했나? 근데 그게 무슨 문제를 일으킨다는 거야? 나 진짜 애한테 무슨 소릴 한 거지?

"엄마?"

너를 보는 송하의 표정이 불안했다.

"엄마가 쓸데없는 소릴 했네."

"이제 와서? 진짜 그 꿈 때문일 수도 있어."

"그래, 그 꿈 때문일 수도 있지. 그렇다 해도 어쩌겠어. 이미 벌어진 일이고 돌이킬 수 없는데. 괜찮아, 다 괜찮아질 거야."

사실 너는 이미 괜찮았다. 그리 슬프지도 않았다. 송하는 물 끄러미 너를 보았다. 뭔가 할 말이 더 있는 얼굴이었지만 입을 다물고 있었다. 너는 송하가 너를 위로하고 싶어 한다고 여겼다. 네가 먼저 말없이 송하를 안았다. 평소 같았으면 송하는 너를 재수 없어 하며 밀어냈을 것이다. 그런데 지금은 어색한 자세로 가만히 안겨 있었다. 너는 송하가 어릴 때 참 많이 안아주었다. 하지만 언제부터인가 안을 수 없게 되었다. 이제 너는 예전처럼 다시 송하를 안을 수 있게 되었다. 가슴 한편이 뭉클해졌다.

*

분식점 주인 부부는 오 분에 한 번씩 교대로 너에게 괜찮으냐고 물었다. 너는 계속 괜찮다고 대답하다가 사실 괜찮지 않다고 말했다. 그랬더니 더는 괜찮은지 묻지 않았다. 괜찮지 않은 게 정상인데 괜찮다고 하니 역시 괜찮지 않다고 여겨서 그들은 계속 걱정했다.

너는 계속 괜찮았다. 다만 며칠 만에 나온 이 일터가 어딘가 낯설었다. 주인 부부와도 묘하게 어색했다. 하지만 곧 익숙해졌다. 문제는 단골손님들이 너를 보고 인사를 하는데 전혀 기억이 나지 않는다는 것이다. 암만 기억해내려고 해도 도무지 생각이 나지 않아 포기하고 적당히 대응했다. 네가 애쓰고 있는 것을 눈치챈 주인아주머니가 말했다.

"그만 들어가봐요."

"아직 여섯시도 되지 않았는데요."

"병원에 가봐야 하지 않아요?"

"가봐야 제가 할 수 있는 건 없어요."

"애들 아버지 보내기 전에 얼굴이라도 실컷 봐둬요."

너는 앞치마를 벗었다. 지금 병원으로 가서 밤새 주환의 얼굴을 보고 있을 생각은 없었다. 그보다는 간만에 송하에게 갓지은 저녁밥을 해주고 싶었다. 송주는 독서실에 들렀다가 늦게 오기 때문에 평일 저녁은 늘 송하 혼자 네가 미리 만들어놓고 간 것을 데워 먹었다.

"고마워요. 그럼 먼저 가볼게요."

분식집을 나와 장을 보려고 서둘러 근처 마트로 가고 있는데 휴대폰이 울렸다.

— 안수우 님, 잘 지내시죠? 내일 진료 시간에 뵙겠습니다. 밝은 마음 정신건강의학과 의원.

너는 의아해하며 문자 내용을 멀뚱히 들여다보았다. 이 병원에 다닌 기억이 없었다. 문자 내역을 확인해보니 반년 전부터 격주로 화요일마다 갔다. 우울증 진단을 받은 후 병원을 옮겨서 계속 다녔나 본데 전혀 기억이 나지 않았다. 기억장애 후유증이 생각보다 심각한 것 같다. 너는 일단 내일 예약된 진료를 취소한다고 답신을 보냈다.

저녁을 먹고 상을 치우는데 길영이 음료수를 사 들고 왔다. 병원에 있는 동안 못 가봐서 미안하다며 길영이 너에게 이런 저런 위로의 말을 늘어놓았다. 그사이 송하는 밖으로 나갔다.

송하는 주환의 사고가 자신의 탓일지도 모른다는 생각을 떨칠 수가 없었다. 아니, 왜 하필 엄마는 그 타이밍에 나랑 같이 시도를 했냐고. 만약 셋의 연결이 문제를 일으킨 사고라면 내가 아빠를 죽인 건데. 혹시 그래서 엄마가 일부러 나와는 상관없다고 말한 건가?

"어디 가?"

뒤에서 동초가 송하에게 말을 걸며 다가왔다. 이제 동초는 예전처럼 송하의 눈치를 보거나 머뭇거리지 않았다.

"나 따라온 거야?"

"아냐. 삼색이 보러 나왔다가 네가 지나가기에."

동초는 손에 츄르를 들고 있었다.

"저번에 그 꼬리 잘린 길냥이? 그러고 보니 걔 요즘 안 보이던데."

"그러니까. 혹시 어디서 무슨 사고를 당한 건 아니겠지?"

"그거야 알 수 없지. 사고란 원래 그렇게 일어나는 거니까."

"미안, 사고란 말을 하지 말았어야 했는데."

"괜찮아."

"정말 괜찮아?"

"응, 괜찮아."

"그래도 위로해줘?"

"할 줄은 알고?"

"어설픈 위로는 하지 않느니만 못하다고 했어. 그냥 들어주는 것이 최고의 위로래. 마음속에 있는 말을 하는 것만으로도 좋아진다니까."

"나한테 뭐 듣고 싶은 말 있어?"

"역시, 넌 진짜 대단해."

동초는 속내를 들킨 것을 숨기지 않았다.

"네 아빠 그렇게 된 거 너무 슬퍼."

"네가 왜?"

"우리 아빠라고 생각하면 슬프지."

"넌 네 아빠를 일 년에 몇 번 보지도 못하는데 무슨 감정이 있다고 슬퍼?"

"그래도 아빠는 아빠니까."

"아빠라는 이유만으로 감정이 있단 거지? 그래, 넌 뭐 그럴 수 있겠다."

"너도 그럴 거야."

"아예 아무 감정이 없는 건 아니야. 하지만 난 진짜 괜찮아. 나도 내가 이렇게까지 괜찮은 게 신기하다니까."

"원더 때문일 거야."

"그런 생각은 해보지 않았는데."

송하는 고개를 갸웃거리며 잠깐 생각해본 후 말했다.

"아냐, 원더와는 상관없어. 그냥 우리 아빠가 나한테 존재감이 없어서 그런 거야."

"아닐걸. 나한테 원더가 있었다면 나도 다 괜찮을 수 있을 것 같으니까. 사실 나 계속 너의 원더에 대해 궁금했어."

하필 송하의 마음이 몹시 심란한 지금 원더에 관해 묻다니. 의도했다면 동초는 참 영리한 아이다. 송하가 편의점에서 콜라를 사 들고 나와 보니 동초는 길바닥에 쪼그리고 앉아 흰 털과 검은 털이 어우러진 새끼 길고양이를 쓰다듬으며 츄르를 주고 있었다.

"삼색이 대신 다른 고양이 꼬시고 있냐?"

"아냐, 얘도 원래 아는 애야."

"완전 조그맣다."

"태어난 지 두 달 정도 됐을 거야."

"그렇게 어린 아가를 막 만지면 사람 냄새 배어서 엄마한테 버림받는다던데."

"이미 버림받았어."

"아니, 왜?"

"몰라. 병신이라서 버렸나?"

새끼 고양이의 왼쪽 뒷다리가 부러진 건지 아니면 태어날 때 잘못된 건지 관절이 접혀 있었다.

"얘 엄마 누군지 알아. 다른 새끼들은 다 데리고 다니는데 얘만 저기다 떼어놨더라고. 엄마가 버린 자리에서 어디 가지도 않고 몇 날 며칠 울더라. 여기 편의점 주인이 불쌍하다고 밥 주니까 그냥 이 근처에 머물고 있어. 나 얘 아빠도 알아. 얘 아빠가 딱 이렇게 생겼어. 다른 애들은 엄마 닮아서 좀 흔하게 생겼는데 얘만 아빠 닮았더라고. 아, 그래서 버린 건가? 얘가 자기 안 닮아서?"

"아픈 애라서 엄마가 사람한테 맡기려고 일부러 버려둔 걸지도 몰라."

"근데 여전히 길냥이 신세잖아. 이렇게 예쁘게 생겼는데."

"털이 뾰족뾰족 서 있어서 그런지 뭔가 별사탕 같은 느낌이야. 이제부터 별사탕이라고 불러야겠다."

"그러던지. 별사탕, 이제 언니들끼리 놀 거니까 그만 가."

동초가 몸을 일으키며 말했다. 별사탕은 세 개의 다리로 절뚝거리며 어딘가로 걸어갔다. 송하는 야외 벤치에 앉아서 동초에게 원더에 대해 털어놨다. 하지만 너와 너의 외할머니에게도 있다는 말은 하지 않았다. 송하는 그걸 가진 사람이 세상에서 오직 자신뿐임을 자랑하고 싶었다. 동초의 눈이 초롱초롱해졌다.

"내가 생각을 좀 해봤는데 우리가 원더로 뭔가 할 수 있을 것 같아."

우리라니, 나는 동초가 말하는 우리라는 말에 기묘한 거부감이 들었다. 하지만 송하는 신경 쓰지 않았다.

"뭘 하고 싶은데?"

"넌 왜 항상 내가 하고 싶은 것만 물어봐? 넌 하고 싶은 거 없어?"

"글쎄."

"그래, 그럼 일단 내가 하고 싶은 것부터 하자. 원더로 돈을 벌어보는 건 어때?"

"오, 신박한데."

송하는 한 번도 원더를 가지고 그런 생각을 해본 적이 없어서 눈이 동그래졌다.

"뭐가 신박해? 영화에서도 특별한 능력이 생기면 한탕 하러 가잖아."

"그러니까 영화지. 현실에서 우리가 은행을 터는 건 불가능하잖아."

"원더도 현실에선 불가능한 거야."

"그래서 어떻게 하자고?"

"나야 모르지. 원더를 사용하는 건 너잖아."

"설마 다른 사람에게 들어가서 훔치라고? 그런 건 안 해."

송하는 정색했다.

"훔치지 않고도 방법이 있을 거야. 너도 돈 필요하잖아."

"필요하지."

"필요하긴 한데 나만큼 절실하진 않나 보네."

"사고 싶은 게 좀 있긴 한데."

송하는 그다지 절실하지 않은 어조로 말했다. 하지만 동초는 진지했다.

"난 진짜 빨리 집에서 독립하고 싶어. 엄마 잔소리도 싫고 동희랑 동당이도 시끄럽고 짜증 나. 둘이서 얼마나 어지르고 다니는지. 엄마는 동당이 본다고 청소도 잘 안 해. 나한테는 맨날 산더미처럼 쌓인 설거지나 시키고. 집이 엉망진창이야. 더러워죽겠어. 동희 아니어도 집에 들어가기 싫어."

송하는 깊이 공감했다. 주환이 있는 날만 참으면 송하에게 집은 그렇게까지 괴로운 공간은 아니었다. 송주는 조용했고 너는 아무리 지쳐도 늘 집을 깨끗하게 유지했다. 하지만 돈은 없었다.

"난 네가 생각하는 것보다 훨씬 힘들어. 그래서 맨날 너의 집에 가 있는 거야. 근데 그것도 하루이틀이지. 너도 싫어했잖아."

"그래, 내가 너한테 밸도 없냐며 쫓아내려 했지. 근데 너 꿈쩍 안 했어."

"길바닥 말고는 갈 데가 없었으니까."

동초는 시선을 내렸다. 마치 자기 발치에 자존심을 떨군 것처럼. 송하는 동초의 축 처진 어깨를 바라보며 약간의 안쓰러움을 느꼈다. 송하가 아무런 대꾸를 하지 않자 동초가 눈치를 살피며 조심스레 입을 열었다.

"역시 그런 건 못하는구나. 그래, 아무리 원더라 해도 뭐든

다 할 수는 없겠지. 좀 실망이다."

송하는 기분이 상했다.

"못하는 것도 할 수 없는 것도 아니야. 하지 않는 거지."

"왜 안 해? 할 수 있는데 왜 안 하냐고?"

송하는 움찔했다. 방금 동초가 했던 말은 얼마 전 송하가 너에게 했던 말이다. 그리고 오래전에 너는 너의 엄마한테 그 말을 했다. 저 대사도 나와 함께 대물림되는 것 같다.

"넌 나만큼 힘들지 않은데 원더가 있어. 왜 하필 너야? 정말 필요한 사람은 난데. 왜 내가 아니라 너냐고."

"지금 나한테 따지는 거야?"

"그냥 좀 억울해서 그래. 너한테 원더가 있는 건 나 같은 애한테 베풀라는 거야."

"네가 그걸 어떻게 알아?"

"나 같은 애는 원더가 있으면 감춘 채 나만 쓸 거야. 하지만 너는 원더로 나를 도와줬어. 그래서 원더가 너 같은 애한테 있는 거야. 그러니까 도와줘."

"나보고 뭘 어떻게 하라고?"

송하가 마지못해 물었다. 동초가 목소리를 낮추며 말했다.

"사거리 마트 옆 골목 안쪽에 있는 귀금속 가게 알지? 거기 우리 엄마 단골이거든. 돈 떨어질 때마다 큰언니 것부터 동당이 것까지 우리 돌 반지를 하나씩 가져가 전부 거기다 팔았어. 내가 몇 번 따라갔었는데 그렇게 사들인 금반지들을 상자에 한꺼번에 넣어두더라고. 그 상자가 어느 서랍에 있는지 내가 알아. 상자 안에 금반지가 백 개쯤 들어 있어. 한두 개 없어져도 모를 거야."

"야, 너 지금 나한테 그걸 훔치라고?"

"훔칠 필요 없어. 주인이 몇 개 가지고 나와서 버리면 돼. 우린 주우면 되는 거고."

"그러니까 내가 원더를 이용해 주인한테 들어가서 금반지를 가지고 나온 후 버리면 네가 줍겠다고?"

"그렇지. 우린 주인이 버린 걸 주웠으니까 훔친 게 아니야."

"그래도 그게 아니지."

"최유지 선배가 과학고 입시 준비하는 거 알지?"

최유지는 그 귀금속 가게 주인의 딸로 삼학년 전교 1등이었다.

"특목고 학비 엄청 비싸. 집에 돈이 많으니까 보내줄 수 있는 거야."

"최유지 선배는 공부를 잘하잖아."

"돈 없으면 공부 잘해도 못 가. 생각해봐. 진열장 안에 보석과 금이 꽉꽉 차 있어. 금반지는 재활용 쓰레기처럼 한꺼번에 처리하려고 치워둔 상자 속에 넘쳐나고. 그거 몇 개 없어졌다고 대수겠어?"

그건 그렇네. 송하는 찬찬히 머리를 굴렸다. 그러자면 귀금속 가게 주인과 접촉해야 하고 주인의 손바닥에 '원더'라고 글자를 써둬야 한다. 주인과의 접속에 필요한 머리카락이나 코를 푼 휴지를 얻는 것은 그렇다 쳐도 주인의 손바닥에 글자를 쓰는 건 가능할까. 내가 그 아저씨 딸도 아니고.

아, 딸이 되면 되네. 좋아, 그럼 먼저 최유지에게 들어가서 그 아저씨의 손바닥에 글자를 쓰고 머리카락도 몇 가닥 뽑자. 그런 다음 그 아저씨에게 들어가서 금반지 몇 개를 들고나와 버리면 되겠네. 송하의 표정을 본 동초가 말했다.

"어떻게 하면 될지 알았구나."

송하는 고개를 끄덕였다. 신이 난 동초가 어깨를 들썩이자 송하의 기분도 덩달아 흥이 났다. 송하는 주환의 사고가 자신의 탓일지 모른다는 생각에 우울했다. 이미 벌어진 일을 돌이킬 수 없으니 마음이 더 무거웠다. 그래서 송하는 이 일로 그 일을 잊어보려고 했다.

8

　너는 욕조의 배수구를 막고 물을 틀었다. 수도꼭지에 서린 김을 손으로 닦자 일그러진 너의 얼굴이 비쳤다. 네 얼굴이지만 섬뜩했다. 드라이기를 가지러 가며 너는 집 안을 둘러보았다. 청소와 설거지는 끝냈고 세탁한 양말들은 짝을 맞춰 널어뒀다. 그래도 잊고 빠뜨린 일이 없는지 다시 살폈다. 없다. 해야 할 일은 다 했다.

　물을 잠그고 드라이기의 플러그를 욕실 콘센트에 꽂았다. 옷을 입은 채로 욕조 물에 들어가 천천히 몸을 뉘었다. 그사이에 혹시라도 마음이 바뀔까 조급하게 드라이기의 전원 버튼을 눌렀다. 우웅! 드라이기가 돌아가면서 뜨거운 바람이 나왔다.

　"이제 너 혼자 잘해봐."

너는 전기톱을 든 살인자처럼 드라이기를 공중에 쳐든 채 중얼거렸다. 일부러 수온을 높여 받았는데 그새 식었는지 살에 닿는 물이 뱀처럼 서늘했다. 온수를 좀 틀까. 됐다. 어차피 죽으면 아무것도 느끼지 못한다. 너는 드라이기를 물에 풍덩 떨어뜨렸다. 온몸의 세포를 찢어발기며 전해지는 충격에 전신이 경련을 일으켰다. 덜컹거리며 빠르게 달리는 기차에 타고 있는 것 같았다. 그 기차는 감전됐다. 너의 몸은 좌석에 딱 붙어 꼼짝할 수가 없다.

그때 고막 안쪽을 울리는 엄청난 굉음과 함께 기차가 날아올랐다. 그런데도 너의 몸은 허공으로 뜨지 않았다. 기차의 몸통이 뒤틀리면서 유리창이 깨지고 파편이 튀었다. 유리 조각 하나가 너의 왼쪽 눈꺼풀을 찔렀다. 고통은 느껴지지 않았다. 너는 옆으로 누운 기차 좌석에 등을 댄 채 여전히 뻣뻣하게 앉아 있었다. 깨진 차창 밖으로 신호등이 보였다.

적색, 녹색, 백색의 삼색신호등이다. 녹색등이 조급하게 깜빡였다. 핏물인지 땀인지 알 수 없는 끈적이는 액체가 온몸을 축축하게 적셨다. 신호등 아래 누군가 서 있었다. 정신이 혼미한 가운데 너는 생각했다. 욕조에서 감전사한 내가 왜 기차 사고로 죽어가고 있지? 그러다가 깨달았다. 어쩌면 여긴 산 자와 죽은 자의 세상이 교차하는 경계일지 모른다고. 그렇다면 저 신호등 아래 서 있는 이는 저승사자일까. 이봐요, 나 좀 데려가요. 뭐가 어떻게 돌아가는 건지 몰라도 여기 이대로 있으면 오도 가도 못하는 붙박이 귀신으로 남게 될 것을 알았다.

눈앞이 흐릿해졌다. 모든 풍경이 녹아내리기 시작했다. 신호등과 신호등 아래 서 있는 이의 형태만 점점 더 선명하게 도드라졌다. 주환이었다. 그는 신호등을 올려다보고 있었다. 깜빡이던 녹색등이 백색등으로 바뀌자 그는 네가 있는 쪽으로 천천히 걸어왔다. 주환이 저승사자라면 그는 이미 죽은 사람이라는 뜻이다. 그렇지. 그는 심장만 뛸 뿐 이미 죽었다. 그는 옆으로 누운 기차를 지나쳐 계속 걸어갔다. 언뜻 너와 눈이 마주친 듯한데 못 본 척했다. 너는 눈물을 줄줄 흘리며 속으로 외쳤다.

'너 때문이야. 이게 다 너 때문이라고. 그날 내가 너한테 무슨 말을 했는지 기억해내. 그럼 난 여기서 일어날 수 있어. 아무 일도 없었던 것처럼 집으로 돌아갈 수 있다고. 제발, 난 정말 살고 싶어. 그날 내가 너한테 한 말이 나를 살릴 주문이야. 나는 그날 너한테 무슨 말을 했지?'

전혀 생각나지 않았다. 주환의 모습이 점점 멀어지며 사라졌다. 너는 화가 났다. 이 나쁜 놈아, 너는 가고 싶은 데로 가면서 나는 옴짝달싹하지 못하게 여기 붙여놨어. 네가 어떻게 나한테 이럴 수가 있어.

침묵 속에서 악을 쓰던 너는 문득 정신이 들었다. 가만, 내가 지금 이러고 있을 때가 아닌데. 일어나서 애들 학교 보내야지.

너는 식은땀을 흘리며 주환의 애착 소파에서 잠을 깼다. 희

뿌연 여명이 창문으로 스며들고 있었다.

'내가 언제 여기서 잠들었지? 근데 평소에 죽고 싶다는 생각을 해본 적이 없는데 왜 죽는 꿈을 꿨을까? 게다가 그 신호등은 뭐야? 신호등의 삼색은 원래 적황녹이잖아. 아, 그러고 보니 저번에 저수지 낚시터 꿈을 꿨을 때도 적녹백 신호등이었다. 그때도 꿈에서 깰 때 이런 비슷한 질문의 답을 했던 것 같은데? 뭐라고 했더라?'

전혀 기억이 나지 않았다. 네가 염려하던 상황이다.

역시 주환은 그가 너에게 했던 말을 기억하지 못한다.

들어간 쪽 사람이 받아들인 쪽 사람의 꿈에서 죽어가는 순간 문득 등장하는 자각 질문은 들어간 쪽 사람에게 묻는 것이다. 들어간 쪽 사람을 나오게 하기 위한 장치이기 때문이다. 들어간 쪽은 그 짧은 순간 동안만 자신을 자각할 수 있다.

그러니까 네가 주환에게 들어갔을 때는 꿈에서 깨어나기 위한 자각 질문이 너의 것이었다.

'그날 당신이 나에게 무슨 말을 했는지 기억해내.'

너는 그 답을 잘 안다. 하지만 이번엔 너에게 들어간 주환이 깨어나기 위한 자각 질문이었다. 그래서 '내가 너에게 무슨 말을 했는지 기억해내'라고 묻는 것이다.

주환은 대답하지 못한 채 깨어났다. 주환은 다시 네가 되었다. 그래서 너는 지금 그 꿈을 주환이 아니라 너의 꿈으로 기억한다. 그러므로 지금 네가 기억하는 질문은 다시 '당신이 나에게 무슨 말을 했는지 기억해내'라는 것이다. 물론 지금의 너는 기억하지 못한다.

주환이 너한테 들어간 순간부터 너만 아는 기억은 없어졌기 때문이다. 대신 너에게는 주환의 기억이 묻혀 있다. 하지만 그게 기억나도 너의 관점으로 생각한다. 네가 되었으니 보고 듣는 모든 것에 관한 감각과 감정과 사고는 너인 것이다. 단지 이전의 개인적 기억들이 생각나지 않을 뿐.

저수지 낚시터 꿈에서 본 적녹백 삼색신호등 아래에는 송하가 있었다. 이번엔 주환이었다. 너는 송하가 저수지 낚시터 꿈을 말하며 주환의 사고가 자기 때문이냐고 물었던 것이 생각났다. 무슨 그런 쓸데없는 생각을 하나 싶었는데 지금 너도 이 신호등 꿈이 뭔가 주환의 사고와 관련이 있는 건 아닌가 하는 생각이 들었다.

그럴 리가. 꿈은 꿈일 뿐이다. 그보다는 주환이 꿈에 보인 것이 마음에 걸렸다. 혹 죽이지 말아달라고 부탁하러 온 걸까. 그건 들어줄 수 없어. 당신은 이미 죽었고 우린 살아야 하니까. 당신이 원망해도 내게 다른 선택은 없어.

*

너는 마지막으로 주환을 보러 갔다. 천장을 바라본 채 눈을 감고 누워 있는 주환의 얼굴을 이리 자세히 본 적이 언제였는지 기억도 나지 않았다. 그는 아무런 표정도 짓고 있지 않았다. 늘 찌푸리고 있던 미간과 이마의 주름이 펴졌다. 편안해 보였다. 이대로 떠나도 전혀 아쉽지 않은 얼굴이다. 송주와 송하는 한 번 보고 간 후 다시 주환을 찾지 않았다. 너는 서글퍼졌다. 어쩌다 당신은 아이들에게 버려진 걸까.

주환의 침상 머리맡에 예쁜 화분 그림이 붙어 있었다. 빨간색 화분에서 퍼져 나온 환하고 앙증맞은 샛노란 빛, 프리지어 꽃이다. 여신의 머리에 화관으로 올리는 태양의 꽃. 그 아래에 파란색 크레파스로 삐뚤삐뚤 글자가 쓰여 있었다. 아빠, 빨리 일어나세요.

간호사가 말했다.

"이 침상에 계셨던 예전 환자분의 어린 딸이 그린 거예요. 몇 번 고비를 넘겼지만 건강하게 퇴원하셨어요. 그다음 오신 환자분이 그림이 너무 예쁘다며 떼지 말아달라고 했죠. 그 환자분도 상태가 좋지 않았는데 꽤 호전돼서 지금은 내원 치료만 하고 있어요. 그리 낙관적인 상황이 아니었는데 다들 경과가 좋아졌죠. 그림이 뭔가 긍정적인 영향을 미친 것 같아 그냥 계속 붙여두고 있어요."

"예쁘네요. 햇빛에 굴려 만든 꽃 같아요."

"그렇죠? 저도 볼 때마다 눈이 부시단 생각을 해요. 어쩜 그림에 저렇게 마음을 담을 수 있는지."

너의 시선이 그림에서 주환에게로 옮겨갔다. 그러게. 저렇게 밝고 예쁜 작은 태양들이 머리 위에서 빛나고 있는데 어찌 죽을 수 있을까. 죽어가는 중이라도 일어나야지.

"하지만 이 사람은 일어날 수 없겠죠?"

"네."

간호사는 눈썹을 내리며 고개를 끄덕였다.

"죄책감 가지실 필요 없어요. 뇌사는 사망과 같아요."

들었지? 너는 주환을 향해 속으로 말을 건넸다. 당신은 이미 죽었어. 그러니까 내가 당신을 죽이는 게 아니야. 간호사의 말대로 그림의 샛노란 꽃들이 눈부셔서 너는 눈물이 날 것 같았다. 당신이 거부하지 않았다면 지금 당신 주변도 우리 아이들의 예쁜 마음으로 꾸며져 있었을 텐데. 송하가 얼마나 다정한 애인지 당신은 모르겠지. 하긴 알려고 한 적도 없으니까. 생각나? 송하가 당신을 위해 처음 그려줬던 그림 말이야.

초등학교에 갓 입학한 송하는 어느 날 텔레비전에서 버거병에 걸린 남자의 발 사진을 보고 충격을 받았다. 송하는 다급하게 주환을 불렀다.

"아빠, 아빠! 저거 봐!"

욕실에서 나온 주환은 텔레비전 화면을 힐끔 보더니 미간을 찌푸리며 말했다.

"딴 데 틀어."

송하는 주환의 기분이 나빠진 것을 알지 못한 채 흥분해서 말했다.

"아빠, 어떡해? 담배를 피우는 아빠 나이의 남자들이 잘 걸린대. 아빠도 이제 담배 그만 피워야 할 것 같아."

"시끄러워, 딴 데 틀라잖아!"

주환이 소리를 버럭 지르자 송하는 움찔 놀라 입을 다물었다. 그는 어린 딸의 걱정을 감히 어른을 향한 지적으로 받아들였다. 너는 말했다.

"왜 화를 내? 그냥 당신이 걱정돼서 그러는 거잖아."

"그래서 뭐 어쩌라고?"

불똥이 너에게 튀었다. 너는 이 상황이 그렇게 화를 낼만 한 것인지 생각해보았다. 울상이 된 송하의 튀어나온 귀여운 입술이 어쩔 줄 몰라 하며 움찔거렸다. 눈에 눈물이 그렁그렁했다. 너는 네 품으로 슬금슬금 안겨드는 아이의 등을 쓸어주며 괜찮다고 말했다.

며칠 후에 송하는 학교에서 금연 그림을 그려 왔다. 그날의 서러움에도 송하는 여전히 아빠의 건강을 걱정했다. 빨간 동그라미, 담배 한 개비, 뿡뿡 올라가는 연기, 사선으로 그어진 금지의 선. 그림은 아주 예뻤고 아이다웠다. 무엇보다도 송하의 어리고 갸륵한 진심이 담겨 있었다.

"선생님이 아빠가 이거 보면 감동해서 담배 끊을지도 모른대. 안 끊어도 고맙다며 기특해할 거라고 그랬어."

송하는 칭찬을 확신하며 기대에 차서 주환을 기다렸다. 전날 낚시 도구를 챙겨 나갔던 주환은 이튿날 새벽 두시가 넘어서야 집으로 돌아왔다. 기다리다 지쳐 잠이 든 송하는 아침에 눈을 뜨자마자 식탁 위에 자신의 금연 그림을 자랑스레 내놓았다. 빨간 금지의 선이 주환의 심기를 거슬렀다. 그는 차갑게 말했다.

"치워."

너는 아연실색해서 주환을 쳐다보았다. 그는 날을 잔뜩 세운 눈빛으로 너의 시선을 되받아치며 신경질적으로 말했다.

"뭐? 어쩌라고?"

당황한 송하의 얼굴이 일그러지며 눈물방울이 똑 떨어졌다. 주환은 버럭 화를 냈다.

"너 들어가. 어디 밥상 앞에서 아침부터 처울고 난리야. 재수없게."

송하는 훌쩍이며 수저를 놓고 식탁에서 일어나 제 방으로 들어갔다. 이후 송하는 두 번 다시 주환에게 자신의 애정이 담긴 그 어떤 것도 내놓지 않았다. 너는 어린 딸을 향한 주환의 심술에 어이가 없었다. 비록 죽어도 담배를 끊을 수는 없을지라도 주환이 송하에게 해줄 수 있는 말은 얼마든지 있었다. 아빠 담배 끊으라고? 그래, 노력해볼게. 혹은 예쁘게 잘 그렸네. 또는 아빠한테 마음 써줘서 고맙다. 하지만 마음이 뒤틀린 주환은 다정함을 잃었다.

너는 송하의 금연 그림을 식탁 옆 벽에 붙여두었다. 너는 원래 아이들이 그려온 그림이나 글들을 잘 보이는 곳에 뒀다가 어느 것 하나도 버리지 않고 모두 상자에 담아 보관했다. 아이들이 자라 어른이 되면 그 상자 속은 아이들이 주고 간 추억으로 꽉 차게 될 것이다.

이튿날 송하는 마구잡이로 구겨진 채 버려진 자신의 그림을 식탁 밑에서 발견했다. 상처받은 송하의 표정을 보며 너는 깨달았다. 주환은 이제 가족의 관심과 걱정을 달가워하지 않는다. 어떤 선의도 그에게 닿으면 악의와 고의로 바뀐다. 그러니 다시는 그에게 걱정하는 말을 하지 말자.

주환은 자신을 가족으로부터 계속 고립시켰다. 아이들은 말했다. 아빠는 왜 우리한테서 자기를 왕따시키는 거야? 너는 이제 그 답을 안다. 너와 아이들은 그의 무능과 실수를 말한 적이 없었다. 하지만 그는 너와 아이들의 모든 말과 행동이 자신을 탓한다고 여겼다. 그는 가족으로부터 지적받지 않기 위해 늘 화부터 냈다.

"후회하지 않아? 그때 당신 왜 그랬어? 우리가 뭘 어쨌다고?"

너는 한숨을 내쉬었다.

"이제 속 시원하겠네. 그렇게 진저리 치던 우리를 훌훌 털어버리고 혼자 떠나게 됐으니. 이제 나나 아이들이 당신과 뭘 함께하자고 드는 일은 없을 거야. 그러자고 상처받는 일도 없을 거고. 더는 방해하지 않을 테니 당신 좋을 대로 가."

너는 알 수 없는 안타까움에 목이 메었다. 하지만 눈물은 나오지 않았다. 너는 장기이식 동의서에 서명했다.

*

    빗방울이 유리창을 쳤다. 장마가 당겨졌나 싶을 정도로 하루가 멀게 비가 쏟아졌다. 일기예보는 대기 불안정이 원인이라고 했다. 다음 주도 내내 비가 예보되어 있었다. 장례를 치르기 위해 너는 휴가를 받았다. 학교에 결석계를 낸 송주와 송하도 집에 있었다. 너는 부고를 돌리기도 전에 벌써 기진맥진했다.

    효진이 전화했다.

    "너 요즘 무슨 일 있어? 왜 계속 전화도 안 받고 문자도 답이 없어?"

    "미안. 좀 바빴어."

    효진의 부재중전화와 그득하게 쌓인 문자를 봤지만 너는 답할 마음의 여유가 없었다.

    "암만 바빴어도 그렇지. 어디 여행이라도 다녀왔어? 뭐 얼마나 좋은 델 갔기에 내 연락까지 다 무시해?"

    "아냐, 사고가 있었어. 난 며칠 전에 퇴원했고."

    "뭐라고? 사고 났었어? 다친 데는?"

    수화기 너머에서 효진의 놀란 숨소리가 들렸다.

    "난 괜찮아. 근데 애들 아버지는……."

    "주환 씨가 왜?"

    "가망이 없었어."

    효진은 충격을 받은 듯 잠깐 침묵했다가 입을 열었다.

"아이고, 뭐라고 해야 할지 모르겠다. 괜찮아? 아니, 괜찮을 리가 없지. 왜 진작 말 안 했어?"

"경황이 없었어. 그리고 난 괜찮아."

"갑자기 무슨 이런 일이……."

효진은 황당해하며 혀를 찼다.

"아니, 이런 일이 생길 것 같으면 말을 해줬어야지. 가서 복채 돌려받아야겠다. 아니, 배상을 청구해야 하나."

"무슨 소리야?"

"우리 올 초에 갔던 천연암 말이야. 용하다는 데서 이런 불상사를 예측하지 못했다는 게 말이 돼? 그 할아버지도 이제 한물갔네."

"천연암?"

"뭔 새삼스러운 반응이야? 우리 대학 때부터 같이 다녔던 곳인데."

효진은 점 보러 다니는 것이 취미였다. 원하는 답을 듣기 위해 학생 때부터 전국 방방곡곡으로 너를 어지간히 끌고 다녔다. 그러다가 천연암을 찾아냈다. 너는 효진과 천연암에 자주 갔었다. 그랬다는 건 알겠는데 천연암의 풍광이나 할아버지란 사람에 대한 구체적인 기억이 전혀 없었다. 뭐지? 이것도 기억 장애인가 본데. 너는 답답해졌다.

"저기 효진아, 나 올 초에 너하고 천연암에 갔었던 거 기억 안 나."

"뭐? 고작 몇 달 전인데 왜 생각이 안 나?"

"내가 사고 때 머리를 좀 다쳤어. 후유증이 있을 거라고 했는데 가끔 지금처럼 기억이 빠질 때가 있어. 천천히 좋아질 거라고 했으니까 나아지겠지."

"그래. 뭐, 일단은 사지 멀쩡하고 아픈 데 없으면 됐어. 잠깐만, 근데 너 내가 누군지는 아는 거지? 혹시 나도 네 기억에서 빠진 사람인데 그냥 예의상 받아주고 있는 거 아냐?"

"그랬으면 전화받고 '누구세요?' 하고 물었겠지."

"그러네."

그래도 효진은 미덥지 못한 듯 퀴즈를 냈다.

"너 고2 겨울방학 때 내가 가출해서 어디 갔었는지 기억나?"

"응, 옥계해수욕장. 너한테 연락받고 내가 보리차랑 김밥 싸서 갔잖아."

"그때 너랑 같이 본 바다 진짜 슬펐는데."

대답은 했는데 사실 너는 갔다는 것만 알고 있을 뿐 효진과 둘이서 바다를 본 기억은 나지 않았다. 이놈의 머리가 정말 사람 미치게 하네.

"내가 쓰던 영어 문법책 제목은?"

"몰라."

"몰라? 너 내 거 보고 같은 책 샀잖아. 진짜 오락가락하네. 그럼 아영이는?"

"아영이? 그게 누구야?"

"오, 맙소사! 이건 말이 안 돼. 다른 사람은 몰라도 넌 절대 아영이를 잊을 수 없어."

"왜?"

"걘 너한테 정말 특별한 애였거든. 고등학교 때 너랑 내가 소원해진 이유가 개 때문이었잖아. 대체 어떤 년이 너랑 나 사이에 끼어들었는지 그 얼굴 좀 보겠다고 내가 질투의 화신이 되어서 네 학교까지 찾아갔었는데, 진짜 기억 안 나?"

너는 멍해졌다.

"모르겠어."

"얘 봐라. 기가 막히네. 우리 대학 입학하자마자 아영이 유학 가고 연락 끊겨서 너 완전 폐인 됐잖아. 그때 내가 너 어떻게 될까 봐 얼마나 걱정했는데 세상에, 그걸 깡그리 잊었다고? 그럼 미복이는?"

"알아. 머리숱 없고 목소리 가는 애."

"맞아, 성자는?"

"연극배우 하겠다고 했는데 지금 어떻게 됐는지 모르겠네. 근데 넌 나랑 다른 고등학교를 나왔는데 어떻게 내 친구들에 대해 그렇게 자세히 알아?"

"야, 너 진짜……. 네가 나 만날 때마다 시시콜콜 다 이야기 해줬으니까 알지. 그것도 잊었어? 아니, 근데 다른 애들은 다 기억하면서 왜 아영이만 모른데? 네가 걔를 얼마나 좋아했는데. 아냐, 됐어. 그럴 수 있어. 괜찮아. 예전에 내 동생도 그랬어.

나 학교 다닐 때 우리 부모님 장난 아니게 부부 싸움 했거든."

"어, 알아."

"그건 또 기억하네. 근데 내 동생은 그런 거 모르더라. 분명 나랑 같이 공포에 떨면서 지켜봐놓고 기억이 안 난대. 그게 방어기제가 발동한 거야. 자신을 보호하기 위해 고통스러운 기억을 지운 거지. 걔가 그때 많이 힘들었나 봐."

효진의 부모는 과거에 그렇게 싸워댔던 것이 거짓말이었던 것처럼 지금은 평화롭게 지내고 있었다. 갈등을 극복하고 사이가 좋아진 것이 아니라 나이가 들면서 포기한 것이다. 그들은 이제 서로를 사랑하지 않았다. 각자 생존 방식을 터득했을 뿐.

"난 방어기제로 잊은 게 아니잖아."

"아영이를 잊은 건 그럴 수도 있어. 너 그때 되게 힘들어했거든."

"그렇게 힘들어할 만큼 좋아했다는 거잖아. 그건 고통스러운 기억일 수 없어. 그리고 천연암도 나쁜 기억이 아닐 텐데 왜 생각이 나지 않지?"

"그러게. 뭐, 나중에 생각나겠지. 너무 신경 쓰지 마."

전화기 너머에서 효진은 좀 더 그럴듯한 위로의 말을 찾는 듯 우물거렸다. 방 밖이 시끄러웠다. 이 와중에 송주와 송하는 또 다투고 있었다.

"그만 끊자."

"그래, 힘내고."

너는 휴대폰을 내려놓고 제발 아이들이 너를 부르지 않기를 바라며 방 안에서 가만히 기다렸다. 너는 이제 두 아이의 싸움을 말리는 것이 버거웠다. 송주와 송하는 어쩌라고의 늪에 빠져들고 있었다.

　"그래서 나보고 어쩌라고?"

　"그럼 나는 어쩌라고?"

　"장난해? 네가 말도 없이 남의 물건을 가져갔잖아."

　"그러니까 어쩌라고?"

　"내 거 내놓으라고."

　"없는데 어쩌라고?"

　주환은 아이들이 싸우든 말든 애착 소파에 돌덩이처럼 붙어 앉아 텔레비전과 휴대폰만 들여다봤다. 너는 몇 번 도움을 구한 적이 있었다. 그는 고개조차 돌리지 않은 채 무심하게 대꾸했다. 나보고 어쩌라고. 그의 대꾸도 늘 어쩌라고였다. 너는 절규했다. 다들 어쩌라고만 외치면 나는 어쩌라고. 하지만 너의 어쩌라고는 아무도 들어주지 않았다.

　이윽고 두 아이는 각자의 방으로 들어가 방문을 닫았다. 고요가 찾아들었다. 너는 생각했다. 두 아이의 싸움이 이렇게 조용히 끝난 건 아마도 주환의 장례를 앞두고 있기 때문일 것이다. 그러니까 오늘 두 아이의 싸움을 말린 건 주환이다.

　빗줄기는 더하지도 덜하지도 않은 채 착착 소리를 내며 일정하게 내렸다. 너는 좁은 베란다로 나가 창을 열었다. 하늘은 두툼한 구름 장막에 가려져 어둑했다. 너는 화창한 날 눈을 있는 대로 찡그리면 느낄 수 있는 희고 고소한 햇빛이 그리웠다.

너는 궁금해졌다. 아영이 대체 누굴까? 얼굴을 보면 기억이 나려나? 고등학교 앨범이 어디 있더라? 너는 베란다 한쪽에 수년째 쌓아두고 여태 풀지 못한 상자들을 보았다. 날 잡아서 한번 열어봐야겠다.

*

너는 마른 표정으로 조문객을 맞았다. 오후에 효진은 남편과 함께 왔다. 너는 십여 년 전 마지막으로 본 효진의 남편과 어색하게 인사를 나눴다. 효진의 남편은 나이가 들어서도 여전히 불면 날아갈 듯 여린 체구였다. 단단한 근육에 체격이 좋았던 체대생 용재와는 정반대 타입이다. 물론 너는 이제 용재가 누군지 기억하지 못하겠지만.

효진은 자신이 치렀던 사랑이 얼마나 이기적이고 초라했는지를 깨달은 후 죄책감을 느꼈다. 그래서 두 번 다시 자기 사랑을 믿지 않기로 했다. 효진은 지금의 남편을 만났을 때 감정과 상관없이 이 사람을 인연으로 정하자고 마음먹었다. 그 마음을 먼저 드러내자 그가 담담히 받아주었다. 야망 없고 소심한 성격의 그는 다니던 회사를 조기퇴직 하고 청과물 가게를 차렸다. 주환처럼 손에 조금 쥐면 한 방에 불리려다 까먹는 유형이 아니라서 효진의 삶은 딱히 큰 기복 없이 굴러갔다.

남편과 나란히 절을 마친 효진이 너의 손을 잡았다.

"지쳐 보인다."

"괜찮아. 가서 밥 먹어. 난 좀 쉬고 있을게."

너는 복도로 나가 소파에 몸을 기댔다. 가족실에는 곡을 하다가 탈진한 시어머니가 누워 있었다. 너는 속을 모두 내주고 텅 빈 껍데기로 누워 있는 주환을 생각했다. 어째서인지 눈물은 계속 나오지 않았다. 다들 지독하게 슬프면 그럴 수 있다고 여겼다. 하지만 시어머니는 그렇게 관대하게 봐주지 않았다.

독한 것이 눈물 한 방울 흘리지 않는다고. 돈도 못 버는 남편이라 죽기를 바랐냐고 나무랐다. 또 누구 마음대로 장기를 다 팔아먹었느냐고, 왜 내 아들 거죽만 남겨서 보냈느냐고, 잔인하고 못된 년이라며 너를 원망했다. 시어머니는 주환의 영정을 향해 이렇게 일찍 갈 팔자가 아니라며 그동안 얼마나 마음고생이 심했느냐며 아이들뿐 아니라 거기 있는 모든 사람이 듣도록 울부짖었다.

시어머니는 주환이 애착 소파에서 동면에 들었던 수년간 네가 했을 마음고생에 대해서는 한마디 위로의 말도 건넨 적이 없었다. 그저 실패만 거듭하는 아들이 자괴감이 들지 않도록 너에게 더 잘하라고만 했다. 너는 잘하려고 했다. 하지만 그게 혼자 잘한다고 될 일인가. 시어머니는 아들을 일으켜 세울 생각은 하지 않고 힘겹게 서 있는 너에게만 뛰라고 보챘다. 그때는 질질 짜지 말라며 사는 게 다 그런 거라고 매섭게 다그치더니 이젠 울지 않는다고 난리였다. 하지만 눈물이 나오지 않는 걸 어떡하랴.

너의 눈물은 주환과 살면서 말라버렸다. 너는 같은 여자면서 너를 이해하기를 거부하는 시어머니에게 왜 눈물이 나오지 않는지 설명하고 싶지 않았다. 뭐 어떻게든 애쓰면 나올 수 있을 것 같기는 했다. 하지만 쥐어짜서까지 울 필요가 있을까. 사람들이 뭐라고 하든 알게 뭔가. 눈물은 나오지 않았지만 너는 슬펐다. 심장이 찌르르 울리고 숨을 쉴 때마다 알 수 없는 고통이 차올랐다.

효진이 너를 찾아 나왔다. 그녀는 너의 곁에 앉아 이런저런 위로의 말을 늘어놓기 시작했다. 입가에는 불그레한 육개장 국물이 번져 있었다. 너는 효진의 말이 하나도 귀에 들어오지 않았다. 그저 어서 빨리 이 모든 절차를 끝내고 혼자 있고 싶다는 생각뿐이었다.

*

네가 있는 자리까지 빛이 성큼 번졌다. 어디서 들어오는 빛인지 모르겠다. 정신이 몽롱했다. 너는 빛이 머무는 방바닥에 팔을 베고 옆으로 누웠다. 길쭉한 빛의 윤곽이 너의 몸을 타고 점점 커졌다. 너는 손에 쥐고 있던 남은 알약들을 모두 삼켰다.

가만히 누워 있자니 졸음이 밀려왔다.

빛이 울렁이자 바흐의 〈골트베르크 변주곡〉 선율이 들렸다. 너는 오른쪽과 왼쪽이 각기 자기 주제를 가지고도 아름다운 하나가 될 수 있는 바흐의 음악을 좋아했다. 하지만 듣지 않은 지 오래였다. 너는 바흐를 듣던 어린 시절로 돌아간 듯 평화로워졌다. 바흐의 선율은 미풍이 되어 너의 푸석한 머리카락과 지친 주름의 굴곡을 달랬다.

이제 너는 기억하지 못하겠지만 결혼 전에 너 혼자 천연암에 갔던 적이 있었다. 그때 할아버지는 말했다. 서른 살에 죽게 될 거야. 주환과 결혼했을 때 너는 서른 살이었다. 결혼한 이듬해 너는 할아버지에게 말했다. 저, 서른 살에 안 죽었는데요. 할아버지는 웃었다. 죽음은 여태의 삶이 뒤집히는 거야. 어디 보자. 반백 년을 못 채우고 또 죽겠네. 내가 그 할아버지 참 용하다고 여겼는데 지금 네가 이러고 있는 걸 보니 진짜 용하네.

사방이 달빛으로 가득 찬 흑백의 정결한 숲으로 변했다. 어디선가 네 또래의 여자들이 나타났다. 너는 여자들에게 물었다. 당신들은 누구며 여기는 어디냐고. 여자들은 되직한 목소리로 껄껄거리며 그저 웃어댔다. 너는 그럴 줄 알았다는 듯 더는 알고자 하지 않았다. 너는 이런 식으로 길을 잃었을 때 답을 들어본 적이 없었다. 어쩌면 답이 없는 물음에 빠진 것일지도 모르겠다. 생각해보니 그나마 웃음이, 그것도 진득하니 묵혀낸 저 여자들의 웃음 같은 웃음이 가장 정답에 가까울 듯하다. 그렇다면 저들은 답을 말해준 셈이다.

너는 이대로 영원히 깨어나지 않기를 바라며 계속 죽음을 청했다. 몸은 물속에 잠긴 듯 느른해지고 정신은 아득하게 가라앉았다. 그러다가 문득 다시 돌아온 여자들의 웃음소리에 눈이 번쩍 떠졌다. 머리 위쪽으로 어둑한 그늘이 내려오며 시선이 느껴졌다. 너는 자꾸만 감기는 눈꺼풀을 억지로 들어 올리고 눈을 가늘게 뜬 채 바라보았다.

신호등이다. 적색, 녹색, 백색의 크고 동그란 눈 세 개가 너를 주시하고 있었다. 백색등이 깜빡였다. 너는 생각했다. 어쩌라는 거지? 너는 일어나서 삼색신호등을 제대로 보고 싶었으나 사지에 힘이 들어가지 않았다. 할 수 없이 그냥 누운 채로 신호등을 보았다. 신호등의 백색 불빛이 점점 커졌다. 돌연 신호등 기둥이 쓰러지면서 너의 몸을 깔아뭉갰다. 백색등이 너의 얼굴에 정면으로 박혔다. 너의 눈코입이 사라지고 뻥 뚫린 뒤통수로 드러난 백색등이 환하게 빛을 뿌렸다.

너는 하얗게 점멸되는 생각을 붙든 채 온데간데없어진 혀로 중얼거렸다. 그날 내가 너에게 무슨 말을 했는지 기억해내. 그럼 다 괜찮아질 거야. 나는 아무렇지도 않은 듯 벌떡 일어나서 집으로 돌아갈 수 있어. 아아, 모르겠다. 생각나지 않는다. 돌아버릴 것 같다.

여자들의 웃음소리와 함께 너의 머릿속에서 온갖 일상이 보풀처럼 일어났다. 죽을 때 죽더라도 반드시 해야만 하는 일들이 있었다. 송주의 체육복을 빨아야 했다. 송하의 택배도 받아둬야 했다. 아이들 학교 면담도 해야 했고. 무엇보다 두 아이가 어른이 될 때까지 잘 지켜봐줘야 했다. 그러니까 겨우 구멍 난 머리 때문에 여기서 죽겠다고 퍼질러 있을 때가 아니다. 너는 자신을 짓누르는 공기의 저항을 헤치고 몸을 일으키려 애를 쓰다가 꿈에서 깼다.

또 죽는 꿈이다. 게다가 적, 녹, 백 삼색신호등까지. 저수지 낚시터 꿈부터 벌써 세 번째였다. 아무래도 예사 꿈이 아닌 것 같다. 게다가 그 질문. 그날 당신이 내게 무슨 말을 했는지 기억해내. 왜 나는 그걸 알려고 하는 거지? 꼭 알아야 하는 건가? 그날이 언제인데? 너는 주환에게 답을 묻고 싶었지만 이제 그는 세상에 없었다.

9

"안수우 씨, 오랜만에 나오셨네요. 그동안 무슨 일 있었어요?"

너는 이 진료실이 처음이다. 이곳 위치도 검색해서 찾아왔다. 밝은 마음 정신건강의학과 의원. 마주 앉은 상담의의 사진과 약력을 미리 확인해봤는데 이름도 얼굴도 전혀 기억에 없었다.

"저희 한 달에 두 번은 꼭 보기로 했는데 지난번 진료를 미루셨네요."

상담의는 삼십대 후반의 여자였다. 짧은 커트 머리, 시원한 눈동자, 눈빛은 개울물처럼 찰랑찰랑했고 목소리는 차분하고 다정했다.

"네, 한 달에 두 번이었죠."

너의 기억은 공백이었지만 일단 고개를 끄덕였다. 상담의는 너의 어색한 반응을 바로 알아챘다.

"그래요. 격주로 화요일 오전 열시부터 한 시간 동안 저와 대화를 했어요. 기억하시죠?"

"한 시간이나요?"

보통 정신의학과 일반 상담은 오 분 간격으로 예약하고 길어도 십 분 내외로 끝난다.

"저 심각한 상태였어요?"

"아뇨, 제가 수우 씨의 이야기를 좀 길게 듣고 싶어서 시간을 따로 뺐어요. 수우 씨도 하고 싶은 이야기가 많다며 동의하셨고요."

"제가 그랬단 말이죠?"

너는 생각했다. 그랬다면 이 상담의는 나에 대해 많은 것을 알고 있겠네. 너는 눈을 끔뻑이며 솔직히 말했다.

"죄송해요. 사실 전 선생님을 오늘 처음 봬요. 사고가 있었어요. 지난주에 남편의 장례를 치렀고 저는 머리를 다쳐서 기억에 문제가 생겼어요."

너는 상담의가 무슨 사고였냐고 물어볼 거라 여겼다. 혹은 가족의 죽음에 관한 위로의 말을 하거나. 아니면 어째서 자기를 처음 보는지 질문하거나. 그래서 잠깐 말을 멈췄다. 하지만 상담의는 말없이 너의 이야기를 기다렸다. 상담의가 너의 이야기를 방해하지 않는다. 이전에도 이런 방식으로 이야기했다는 것을 알았다. 네가 이야기의 방향을 정한다. 너는 그냥 네가 하고 싶은 이야기를 하면 된다. 너는 말을 이었다.

"어떤 것은 지나치게 생각이 잘 나고 또 어떤 것은 아예 까맣게 기억이 나질 않아요. 사고 후유증으로 기억장애가 올 수 있다고 했어요. 시간이 지나면 좋아질 거라니까 선생님도 곧 생각이 날 거예요."

상담의는 고개를 끄덕였다.

"힘든 시간을 보내고 오셨네요. 괜찮아요. 수우 씨는 저를 몰라도 제가 수우 씨를 잘 알아요. 그동안 우리가 나눴던 이야기들도 전부 기억하고요. 어때요? 저한테 계속 이야기하시겠어요? 전 그랬으면 좋겠는데요."

"제가 여기 와서 무슨 이야기를 했어요? 혹시 녹음해둔 게 있을까요?"

"녹음은 하지 않았어요. 기록은 있지만요."

상담의의 시선이 모니터를 보았다. 거기에 매회 네가 했던 이야기들이 간추린 몇 개의 문장으로 저장되어 있다.

"당장 여기 기록을 통째로 보는 건 권하지 않겠어요. 기억 회복에 영향을 미칠 테니까요. 먼저 스스로 기억해내고 그다음에 기억해낸 부분이 맞는지 기록을 통해 확인해보는 게 좋을 것 같은데요. 그러니까 수우 씨는 오늘 저한테 이야기하러 온 게 아니라 그동안 저한테 이야기했던 내용을 들으러 오신 거군요."

"그건 아닌데, 그냥 머릿속이 엉망진창이에요."

"하나씩 떠오르는 것을 말해보세요. 제가 도와드릴게요."

"아영이를 아세요?"

"아영이를 기억해내고 싶군요. 알아요. 요정의 이름을 가진 친구죠."

"요정의 이름요?"

"네, 수우 씨는 그 친구에게 남다른 감정을 가졌었죠."

"어떤 남다른 감정요? 제가 아영이를 아주 좋아했다고 들었어요."

"동경하고 사랑하고 그리워했죠. 마치 첫사랑처럼 마음에 품고 살았어요. 또 뭔가 떠오르는 게 있나요?"

"제가 죽고 싶다고 말한 적이 있어요?"

"아뇨, 혹시 요즘에 그런 생각이 들어요?"

"전혀 아니에요. 근데 사고 전후로 죽는 꿈을 세 번이나 꿨어요. 그때마다 꿈에서 깨기 전에 항상 삼색신호등을 봐요. 근데 그 신호등은 황색등 대신 백색등이 있어요. 이게 무슨 의미가 있을까요?"

상담의는 자판을 치던 손을 멈추고 너의 눈을 찬찬히 들여다보았다. 너는 방금 아주 중요한 말을 했다는 것을 알았다.

"말씀하신 신호등은 철도 초창기의 신호등이에요. 그때는 적색이 정지신호, 녹색이 주의신호, 백색이 진행신호였죠.

1914년 미국의 기차역에서 큰 충돌사고가 일어났어요. 적색 정지 신호등의 색유리가 깨졌는데 기관사가 이를 백색등으로 착각해서 그냥 달렸기 때문이죠. 이후 황색이 주의신호, 녹색이 진행신호로 바뀌었어요. 그게 지금의 교통신호체계로 정해졌죠. 혹 꿈을 꾸기 전에 이에 관해서 들은 적이 있어요?"

"처음 듣는 이야기예요."

"같은 꿈을 반복해서 꾸는 건 계속 같은 문제에 대한 압박을 받고 있다는 뜻이에요. 사람이 극복하기 힘든 사고를 겪고 삶의 의지를 상실하면 외부환경 인지 통로를 닫아버리는 마인드 트랩에 빠지죠. 그때 팬텀 시그널은 극단적 선택을 피하고 트랩을 탈출하도록 다른 방향으로 각성을 시켜요."

"팬텀 시그널요?"

"수우 씨가 꿈에서 봤다는 그 삼색신호등 같은 거요. 무의식에서 신호를 주는 거죠."

"방어기제 같은 건가요?"

"맞아요. 뇌는 가끔 우리의 이해를 뛰어넘는 일을 하죠. 거의 모든 것을 창조하는 오묘한 수수께끼의 근원이면서 한편으로는 생명체의 본능을 고수하고 있어요. 조금 손실을 보더라도 일단 살아남는 방향으로요."

상담의는 진심으로 뇌의 무한한 능력에 탄복하며 설명했다.

"신호등 말고도 다양한 형태의 빛이나 대상이 팬텀 시그널로 등장해요. 적녹백 삼색신호등이 나오기 전에는 반딧불이나

도깨비불 같은 것들이 있었죠. 하지만 19세기 유럽에서 무의식과 뇌를 연구하는 학자들이 그걸 처음 알아냈을 때 임상실험 대상자의 다수가 적녹백 삼색신호등을 봤어요. 그래서 지금은 그 신호등을 팬텀 시그널 라이트라고 불러요. 당시 사람들에게 그 신호등은 멀리 가기 위해 기차를 타면서 보던 보편적이면서 의미 있는 대상이었거든요. 그래서 그게 그대로 무의식에 반영된 거죠."

"그 사람들은 그렇다 해도 저는 왜 알지도 못하는 그 신호등이에요?"

"무의식은 전적으로 개인의 것이 아니기 때문이죠. 무의식에서 우리의 정신은 서로 엉겨 붙어 있는 하나의 덩어리예요. 연결되어 있다는 거죠."

"숲을 덮은 군사체처럼요?"

"적절한 비유네요. 거미줄처럼 퍼져나간 군사체가 신호전달을 통해 거대한 숲을 하나의 세계로 만들 듯 무의식의 통로는 우리 세계를 이루는 공동의 정보망이죠. 현실에서 우리는 가던 길의 방향을 바꿔 길을 건널 때 신호등을 봐요. 그래서 현대 인류의 무의식은 신호등으로 잠재적 약속을 했어요. 물론 모두가 지키는 약속은 아니에요."

"제가 꿈에서 본 그 삼색신호등이 정신적 탈출로를 가리킨단 거군요. 그래서 어디로 가야 하는데요? 아니, 어떻게 해야 하죠?"

"팬텀 시그널은 처음엔 그 신호가 뭘 의미하는지 알 수 없지만 꿈에서 깨어나는 어느 순간 불현듯 깨닫게 돼요. 그 꿈에서 깼을 때 무슨 생각이 들었어요?"

"매번 질문의 답이 뭘까 생각해요."

"꿈에서 누가 질문을 하나요?"

"제가요. 꿈에서 깨기 직전 저는 항상 남편에게 물어요. 그날 당신이 내게 무슨 말을 했는지 대답하라고요. 그러면 나는 아무 일도 없었다는 듯 자리를 털고 일어나 집으로 돌아갈 수 있다고요. 근데 전 그날이 언제인지도 몰라요."

"먼저 그날이 언제인지, 그날 무슨 일이 있었는지부터 생각해내요. 그날 있었던 일이 지금 수우 씨 앞을 가로막은 벽이에요. 그러니까 질문의 답을 찾으면 지금 처한 상황에서 다른 길이 보일 거예요."

"막막한데요."

"할 수 있어요. 팬텀 시그널은 무의식의 함정에 매몰되지 않도록 수우 씨를 보호하려는 장치예요. 수우 씨가 자신에게 던진 질문의 답을 찾아요. 그러고 나면 꿈에서 말한 대로 아무 일도 없었다는 듯 털어낼 수 있을 거예요."

"알겠어요. 그리고 제가 천연암에 대해서도 이야기했어요?"

"네, 거기서 뭔가를 했다고 했어요."

"뭘 했는데요?"

"그건 저도 몰라요. 절대 말씀해주지 않으셨거든요. 하지만 즐거운 일이었을 거예요. 저하고 이야기하면서 유일하게 미소를 지었던 순간이었으니까요."

*

토요일 새벽 두시를 훌쩍 넘기고서야 너는 녹초가 되어 집으로 돌아왔다. 체육 행사장에서 김밥 이백 줄을 주문했다. 아침 일곱시까지 시간을 맞춰야 해서 너의 손은 밤새 쉴 틈이 없었다. 이를 닦고 샤워를 한 후 욕실을 나왔을 때 언뜻 주환이 코 고는 소리를 들은 것 같았다. 애착 소파는 텅 비어 있었다. 착각이다. 어쩌면 원망을 품은 주환의 유령이 돌아와 있는 건지도 모르고. 괜한 생각을 했다. 소름이 오스스 돋았다.

너는 자려고 누웠으나 이런저런 생각들이 마음에 박힌 돌이라도 골라내려는 듯 부산스럽게 돌아다녀 결국 자리에서 일어났다. 문득 음악이라도 들어야겠다는 생각이 들었다. 그러자 예전에 처분한 크고 낡은 오디오 생각이 났다. 네가 대학 때 아르바이트해서 번 돈으로 장만한 것이었다. 모아둔 레코드판들은 버리지 않았다. 그것과 함께 카세트테이프들도 잔뜩 있었다. 그중에는 너의 엄마의 목소리가 담긴 것도 있다. 너는 엄마가 뜨개질하며 노래를 하거나 과묵한 아버지를 놀려대며 깔깔거리고 웃을 때마다 녹음기를 들이대곤 했다.

너도 한때 엄마의 말이 듣기 싫었다. 성적이 떨어졌다고 나무라는 말, 말대꾸한다고 야단치는 말, 아침에 일어나라고 깨우는 말, 반찬 좀 골고루 먹으라고 잔소리하는 말. 그 밖의 모든 말. 하지만 이젠 그 말들과 그 말들을 했던 엄마의 목소리가 너무 그리웠다. 너는 엄마의 목소리를 떠올려보려 했으나 기억이 나지 않았다. 목소리뿐 아니라 엄마의 얼굴도 가물가물했다.

이럴 줄 알았으면 새 남편과의 결혼식 사진을 찢어버리지 말 것을. 그때 너는 혼자만 웃고 있는 엄마의 얼굴이 미웠다. 하지만 이제 너는 그 얼굴이 부러웠다. 참 염치도 없지. 이제와 이런 어이없는 그리움이라니. 행복하려고 했던 엄마의 얼굴을 굳이 미워할 필요는 없었다. 엄마는 어쩌면 다시 불행해졌을지도 모른다. 행복할지 불행할지 알 수 없는 미래에 과감히 자신의 삶을 건 엄마의 용기를 너는 이제 부정할 수 없었다.

두어 시간 눈만 부친 후 일어난 너는 외출 준비를 시작했다. 천연암에 다녀올 생각으로 이틀 휴가를 냈다. 너는 궁금했다. 거기서 무엇을 했기에 그리 즐거웠을까. 상담의는 네가 웃었다고 했다. 집을 나서면서 아직 잠자리에서 일어나지 않은 아이들에게 문자를 남겼다.

― 식탁 위에 김밥 있어. 냉장고에 국이랑 반찬 다 준비해놨으니까 잘 챙겨 먹고. 엄마는 내일 저녁에 돌아올 거야.

*

"젠장, 또 허탕이야."

귀금속 가게 주인 최욱진은 꿈에서 깨자마자 달려나갔는데 이번에도 제설함 안에 그의 물건이 없는 것을 확인하고 낙심했다. 벌써 여섯 번째였다. 딸아이 유지가 그의 손바닥에 '원더'라는 글자를 써주면 꼭 이 해괴한 꿈을 꿨다. 꿈에서 그는 선반 아래 서랍에 넣어둔 상자에서 돌 반지 몇 개를 꺼냈다. 진열장에서 보석이 달린 목걸이도 하나씩 챙겼다. 그러곤 가게를 나가 골목길 언덕에 있는 제설함 안에 그것들을 넣어두었다. 다시 가게로 돌아오는 길에 사고를 당하고 죽어가면서 꿈에서 깼다.

처음 그 꿈을 꿨을 때 혹시나 하는 마음에 살펴보니 꿈에서 들고 나간 것들이 실제로 없어졌다. 그래서 바로 제설함으로 달려갔는데 아무것도 없었다. 그는 혼란스러워하며 가게 안의 CCTV를 확인했다. 그가 목걸이와 금반지들을 들고 나가는 것이 찍혀 있었다. 꿈인 줄 알았는데 꿈이 아니었다. 게다가 유지도 그의 손바닥에 '원더'라고 써준 것을 꿈이라 했는데 그의 손바닥에는 꿈이 아니라는 증거가 버젓이 남아 있었다.

그는 유지와 자신이 어디서 이상한 최면에 걸려든 게 아닌가 하는 의심이 들었다. 그 최면의 원인이 '원더'라는 글자일 가능성이 있었다. 일단 유지에게 그의 손바닥에 그 글자를 쓰지 못하게 했다. 그럼 그도 가게 금붙이를 들고 나가서 제설함에 버리는 꿈인지 생시인지 모를 짓을 저지르지 않게 될 거라 여겼다.

그러자 유지는 그의 손바닥 대신 가게 여기저기에 '원더'라는 글자를 몰래 써뒀다. 그가 야단을 치자 유지는 억울해하며 말했다.

"내 맘대로 안 돼. 나는 진짜 꿈에서 하는 짓이라고. 아빠야말로 내가 '원더'라고 쓰든 말든 금반지들을 가지고 나가지 않으면 되잖아."

그는 할 말이 없어졌다. 할 수만 있다면 그도 그러고 싶었다.

계속 이런 식으로 가게 물건들을 도둑맞을 수는 없었다. 대체 유지가 왜 자꾸 가게에 와서 '원더'라는 글자를 써놓는 건지, 그는 왜 자꾸 넋을 놓고 목걸이와 금반지들을 들고 나가는지 모르겠지만 어쨌든 꿈은 아니었다. 그렇다면 그가 제설함에 그것들을 넣어두는 것을 누군가 지켜보고 있다가 가져간다는 뜻이었다.

제설함이 있는 주변은 CCTV가 없었다. 곧 여름이라 사람들이 제설함을 열어볼 일도 없었다. 범인이 이런저런 조건을 고려해서 장소를 고른 게 분명했다. 제설함 안에는 모래주머니 몇 개와 쓰레기뿐이었다. 어느 양심 없는 인간이 쓰레기를 버리려고 열었다 해도 목걸이와 금반지들을 금방 발견할 수는 없을 것이다. 그가 굳이 쓰레기 사이에 숨겨놓는 수고까지 하기 때문이다. 그는 자신이 저지르고 있는 미친 짓에 환장할 것 같았다. 이러다 내 물건 다 털릴 수도 있겠다.

초조해진 그는 범인을 잡기 위해 아내를 가게로 불러서 자기가 제설함에 금붙이를 넣으러 갈 때 바로 따라가보라고 했다. 소용없었다. 그 꿈은, 아니 그 짓은 언제나 혼자 있을 때만 했다. 그리고 그는 그 짓을 언제 하게 될지 예측할 수 없었다. 어쩔 수 없이 그는 경찰에 신고하며 두 가지 거짓말을 했다. 가게의 CCTV는 물건들이 없어지기 시작했을 때부터 고장이었다. 그리고 잃어버린 금반지 하나를 제설함 근처에서 발견했다. 경찰은 그 주변을 범인의 이동 경로로 보고 수사를 시작했다.

*

동초는 숨을 헐떡이며 건물 안으로 달려 들어갔다. 계단을 두 개씩 뛰어올라 순식간에 3층에 도착했다. 송하가 현관문을 벌컥 열자 동초는 빨려들듯 안으로 걸음을 던졌다. 동초는 그대로 거실 바닥에 대자로 뻗으며 거친 숨을 내뱉었다.

"와, 씨. 걸릴 뻔했어. 내가 물건 꺼내고 돌아서자마자 주인이 바로 달려와서 제설함을 열어보더라고."

"처음부터 눈치 깠잖아. 역시 꿈으로 속이는 건 무리였어."

"어쩔 수 없지."

동초는 일어나서 냉장고를 열고 물을 꺼내 마셨다. 그러곤 식탁 위에 잔뜩 쌓여 있는 김밥을 보았다.

"나 이거 좀 먹어도 돼?"

"응, 너 다 먹어. 오빠랑 나는 물렸으니까."

송하의 뚱한 어조에 동초는 의아한 듯 물었다.

"김밥이 너무 많아서 불만인 거야?"

"응. 그리고 너무 성의가 없어."

"김밥이 얼마나 손이 많이 가는데. 게다가 사 온 것도 아니고 엄마가 직접 만든 거잖아."

"엄마가 만들어서 파는 거지."

"아, 그게 또 그렇게 되나. 어쨌거나 돈 주고 사 먹을 걸 넌 그냥 집에서 공짜로 실컷 먹을 수 있잖아."

동초는 입안 가득 김밥을 밀어 넣고 우물거리며 송하를 부러워했다.

"가져온 거 내놔봐."

동초는 주머니에서 금반지 네 개와 진주 목걸이 한 개를 꺼내 식탁에 올려놨다. 그동안 가져온 것들은 송하가 전부 보관했다. 장물을 함부로 팔면 안 된다는 것쯤은 알고 있다. 그래서 일단 시간을 두고 적당한 때를 기다리는 중이었다.

귀금속 가게에서 금붙이를 들고나오는 일은 한 번이 두 번이 되고 이제 여섯 번째였다. 처음에 송하는 금반지만 몇 개 집어 오려고 했는데 나오다가 진열장에 놓인 빨간 보석이 박힌 목걸이에 눈이 갔다. 그것도 덥석 가져왔다. 그 보석이 1월의 탄생석인 가닛이라는 것을 알고 난 후 두 번째에는 2월의 탄생석인 자수정 목걸이를 들고 나왔다. 그렇게 6월의 탄생석까지 여섯 개의 목걸이를 가지고 나왔는데 그중 4월과 5월의 탄생석인 다이아몬드와 에메랄드는 잃어버렸다. 금반지도 모두 서른두 개를 가져왔는데 그중 아홉 개를 흘렸다. 그리고 이번에도 하나가 모자랐다.

"반지 하나가 없는데?"

"또? 진짜 이것뿐이었어."

동초는 먹이 주머니를 가득 채운 햄스터처럼 양볼이 불룩 튀어나온 채 울상을 지었다.

"야, 너 진짜 한두 번도 아니고 매번 왜 그래?"

동초는 송하가 가져다놓은 것들을 전부 가져온 적이 한 번도 없었다.

"미안해. 진짜 미안해. 내가 간이 작아서 그래. 마음이 급하니까 아무래도 쓰레기를 차근차근 뒤질 수가 없어. 어떡해? 지금이라도 가서 다시 찾아볼까?"

"너 일부러 그러는 거지."

"진심이야."

"지금이든 나중이든 내가 그 아저씨한테 들어갔을 때 말고는 제설함 절대 열어보지 마. 바로 걸리니까."

"하지만 나 때문에 손해가 났잖아."

"손해가 어딨어? 어차피 훔친 건데."

"훔친 게 아니라 주운 거라니까."

"어쨌든. 그나저나 그 아저씨가 다른 행동 하기 전에 그만 접자."

"아직 안 돼. 너도 돈 많이 모아서 엄마한테 주고 싶잖아."

"줘봐야 우리 엄만 별로 안 좋아할 거야."

"돈 싫어하는 사람이 어딨냐. 너희 집도 가난하잖아."

송하는 너한테 밤낮 가난을 불평했다. 가난한 생모보다는 부자인 계모가 낫다는 둥 가난한 차림으로 학교에 오지 말라는 둥, 그 말을 듣는 너의 기분 따위는 아랑곳하지 않았다. 그런데 막상 자기보다 가난한 동초에게 그 말을 들으니 송하의 마음은 몹시 불편해졌다. 반박하고 싶었지만 동초의 말이 틀리지 않았다. 그때 너도 반박할 수 없었다. 어쨌든 가난했으니까.

주환이 없어도 아이들의 삶은 송두리째 뒤집히지 않았다. 그건 네가 아이들 옆에서 단단히 자리를 지키고 있었기 때문이다. 그래서 송하는 너에게 이상한 믿음을 갖고 있었다. 너는 흔들어도 흔들리지 않을 거라는. 그래서 멋대로 흔들어대도 된다고.

내가 보기에 송하는 너를 사람이 아니라 하늘이라고 여겼던 것 같다. 하긴 아이에게 엄마는 하늘이지. 그러니까 철딱서니 없이 되지도 않는 것들을 막무가내로 요구하고 고집을 부리고 원망을 하는 거겠지. 그래도 엄마인 너는 절대 무너지지 않을 거라고 믿는다. 참을 수 없어진 네가 아프다고 말해도 그저 앓는 소리라고만 생각한다. 하늘은 오직 말로만 무너뜨릴 수 있기에 실제로 무너지는 일은 없다. 그래서 너는 송하의 말에 매번 무너졌던 게 아닐까.

지금 송하는 아주 잠깐 그런 생각을 했다. 내 가난 타령에 엄마도 기분 되게 나빴겠다고.

*

터미널에 내리자 점심때가 한참 지났다. 너는 거기서 천연암으로 가는 버스를 탔다. 버스에서 내리자 등산이 기다리고 있었다. 딱히 밥 생각이 없었으나 산을 오르려면 뭐라도 먹어야 했다. 등산로 입구라 음식점이 제법 많았다. 오리고기, 돼지고기, 샤브샤브, 산채비빔밥, 도토리묵 그리고 김밥까지. 김밥이라는 단어를 발견한 너는 너도 모르게 큰 음식점들 사이에 낀 작은 분식점으로 들어갔다. 여기까지 나와서 또 분식점을 고르다니. 기억에 없는 이전에도 이랬을 것 같다는 생각이 들어 너는 헛웃음이 나왔다.

사십대 중반으로 보이는 여자가 주문을 받으러 주방에서 나왔다. 혼자 주문도 받고 음식도 만드는 모양이다. 너는 수제비를 시키며 생각했다. 저 여자도 어쩌면 내가 잊은 기억 속에서 아는 얼굴일지 몰라. 주문을 받은 여자가 서둘러 주방으로 들어가려는데 테이블에 앉아 있는 오십대 후반의 남자가 밥이 빨리 나오지 않는다며 재촉했다. 여자가 말했다.

"주문하신 지 삼 분밖에 안 지났어요."

남자는 시계를 보며 멋쩍게 웃었다.

"그래요? 내가 좀 급해서."

여자가 주방으로 들어가고 오 분 후에 남자가 주문한 돈가스가 나왔다. 남자는 허겁지겁 식사를 끝내고 자판기 앞으로 갔다. 그는 거기 서서 잠깐 들여다보더니 '누르지 마시오'라고 적힌 메모가 붙은 버튼을 눌렀다. 종이컵을 집어 든 남자가 여자를 다급히 부르며 맹물만 나왔다고 불평했다. 여자는 이런 손님이 처음은 아니라는 듯 달관한 얼굴로 말했다.

"그러니까 누르지 말라고 붙여놨잖아요. 그걸 누른 것은 손님인데 누굴 탓해요?"

남자가 시무룩한 어조로 말했다.

"그러게 말이에요. 누르지 말라는 메모를 뻔히 보고 있으면서 왜 그걸 눌렀는지 나도 모르겠네. 눈이 삐었나 봐요."

"괜찮아요. 다들 그래요."

여자가 말했다. 남자는 눌러도 되는 버튼을 누르고 제대로 된 커피를 받았다. 급하다던 남자는 밥을 먹은 후에는 전혀 급하지 않아진 듯 종이컵을 들고 가게 밖으로 나갔다. 그는 적당한 그늘을 찾아 앉은 후 먼 산을 바라보며 커피를 홀짝였다. 급했던 것은 허기였나 보다. 아니면 풍경이었던가.

계산하고 나오는데 너의 휴대폰이 울렸다. 아이들과의 단톡

방에서 송하가 너를 찾았다.

— 엄마, 어디야?

너는 답장했다.

— 그냥 어디야.

— 그냥 어디가 어디냐고.

— 절이야.

— 엄마만 바람 쐬러 갔어? 나는? 주말인데 나도 데려가지.

— 너무 먼 데라 일찍 깨울 수가 없었어. 다음에 가까운 데로 같이 가자.

둘의 대화를 읽고 있던 송주의 문자가 들어왔다.

— 내일 저녁에는 집에 오는 거지? 절에 살러 간 거 아니지?

— 엄마, 절에 살러 갔어? 그래서 우리한테 어디인지 안 가르쳐주는 거야? 그럼 우리는?

뭔가 다급함이 느껴지는 송하의 문자를 보며 너는 애들이 무슨 생각을 하는지 알 것 같았다. 네가 그럴 리 없다는 것을 알면서 애들이 이러는 건 어리광이다. 이럴 때 너는 가끔 시렸던 마음에 온기가 스며드는 것을 느꼈다.

— 아냐, 볼일이 있어서 나온 거야.

— 어디 갈 때마다 김밥 좀 쌓아놓고 가지 마.

송하가 불평했다.

— 아니면 됐어.

송주의 답은 짧았다.

너는 휴대폰을 집어넣고 산을 오르기 시작했다. 고도가 높아지자 바람이 서늘해졌다. 멀리 구불구불하게 펼쳐진 산등성이가 눈에 들어왔다. 가까이 펼쳐진 푸른 차밭이 보였다. 세 시간 걸려 천연암에 도착했다. 천연암은 본채와 별채로 나누어져 있었는데 별채는 암자 주인의 주거 공간이었다. 너는 사무실이 있는 본채로 향했다.

건물 어디에도 천연암이라는 명패는 보이지 않았다. 애초에 이름이 없는 곳이다. 사람들이 이곳을 천연암이라고 부르는 것은 건물이 암벽 위에 있고 거기에 바위를 뚫고 물이 솟은 연못이 있기 때문이었다. 너는 하늘이 오롯이 담긴 연못에서 구름을 누비며 헤엄치는 붉은 잉어와 금빛 잉어 한 쌍을 들여다보느라 잠시 시간을 지체했다.

본채 사무실에 들어서니 책상 앞에 앉아 있던 청년이 인사를 하며 대기자 명부를 내밀었다. 125번까지 이름이 적혀 있었다. 천연암의 주인은 해가 지고 나서부터 다음 날 해가 뜰 때까지만 점사를 봐주었다. 사람들은 근처에서 풍광을 구경하며 시간을 보내다가 해가 질 무렵에 모여들었다. 네가 머뭇거리자 청년이 말했다.

"여기 이름 적으시면 됩니다."

"미안해요. 점사를 보러 온 게 아니에요."

"그럼 그냥 구경 나오셨군요. 차 마시러 오신 거죠? 어느 쪽이든 영광입니다. 왕복 여섯 시간을 들여서 여길 찾으신 거니까요."

청년의 얼굴에 미소가 번졌다. 살포시 퍼지는 눈웃음에서
가식이 아니라 진심이라는 것을 느낄 수 있었다. 너는 기분이
좋아졌다.

"혹시 여기서 점사를 보거나 차를 마시는 것 말고 다른 프로
그램은 없어요?"

"아뇨. 여기서 뭘 했으면 좋겠는데요? 하고 싶은 게 있으면
말씀해보세요."

"그런 건 아니고. 제가 여기서 뭔가 즐거운 일을 했었던 것
같은데 기억이 나질 않아서요."

"잊은 기억을 떠올리려고 오신 거군요. 차 드시고 둘러보면
서 찬찬히 생각해보세요. 이곳에서 개인적으로 즐겁게 담아
가실 추억은 얼마든지 있으니까요."

너는 사무실 벽에 걸린 장식품과 그림들을 구경하면서 청년
이 내려준 차를 마셨다. 차에서는 독특한 흙 맛이 났다. 기억에
없는 향이었다. 이 향으로 떠오르는 기억 역시 없었다. 너는 청
년에게 감사하다고 말하고 사무실을 나와 여기저기 둘러보았
다. 이곳의 모든 것이 생경했다. 너는 여기가 처음이었다. 하지
만 여러 번 왔었다는 것을 안다. 너는 기억과 아는 것이 일치하
지 않아 혼란스러웠다. 여기서 난 뭘 했을까. 청년의 말대로 개
인적으로 즐겁게 담아 갈 추억은 널렸으니 어쩌면 그저 혼자
저 하늘의 구름을 혹은 잉어들이 노니는 것을 바라보며 즐거

운 것을 했다고 여겼을지도 모르겠다.

차밭으로 향하는 오솔길을 지나는데 맞은편에서 걸어오는 남자의 얼굴이 낯익었다. 세월이 너무 지나서 확실하지는 않았는데 주환의 어릴 적 동네 친구 같았다. 그래, 초등학교 일학년 때 뒷자리에 앉았던 녀석이다. 당시엔 제법 붙어 다니며 친했다. 이후로 같은 반이 된 적이 없고 중고등학교도 서로 다른 학교로 진학해서 영영 만나지 못했다. 근데 내가 저 사람에 대해 왜 이렇게 잘 아는 거지? 너는 의아했다. 아마도 주환의 초등학교 앨범을 보면서 이야기를 들었던 기억이겠지. 너는 그렇게 생각했다. 너도 주환에게 엄마의 목소리를 녹음한 카세트테이프를 들려주며 이야기를 해준 적이 있었다. 근데 정말 그런 걸까. 너는 혼란만 가중된 채 서둘러 산에서 내려갔다.

10

유월에 접어들면서 기온이 쑥쑥 올랐다. 너는 아침에 창문을 열자마자 시큼한 토사물 냄새에 코를 틀어막았다. 어느 집인지 모르겠지만 묵은지 청국장을 끓였다. 너는 딱히 묵은지 청국장 냄새를 싫어하지 않았다. 집마다 김치와 장의 맛이 다르니 묵은지 청국장 냄새도 다를 수 있다. 하지만 이 냄새는 유별나게 역겹고 비위가 상했다. 도로 창문을 닫았다. 하지만 냄새는 쉬 빠져나가지 못한 채 집 안을 맴돌았다. 다시 창문을 열 수도 없어 너는 곤혹스러워졌다. 이 냄새 때문에 며칠 괴롭게 생겼다. 문득 뒤통수가 뻐근해지면서 뭔가 생각이 날 듯 말 듯 했다.

기억은 필요해서 기억해내거나 특정 냄새나 물건, 음악 같은 자극이 꼬여내지 않는 한 평소에는 없는 듯 잠겨 있다. 그런데 이 괴상망측한 묵은지 청국장 냄새가 너를 잃어버린 시간으로 이끌었다. 머리가 핑 돌았다. 분명 그날도 이 냄새 때문에 고통스러웠다. 아니, 고통스러운 건 냄새 때문만은 아니었다. 그날 주환이 한 말 때문이었다.

그러니까 그날인가? 너는 고개를 갸웃거렸다. 팬텀 시그널 라이트를 보면서 주환에게 던진 질문의 답이 생각이 날 듯 말 듯 너의 머릿속을 간질였다.

*

토요일 오전 출근 준비를 하고 있는데 경찰이 동초와 길영을 데리고 송하를 찾아 너의 집으로 왔다. 길영의 얼굴이 흙빛이었다. 자초지종을 들은 너는 충격을 받았다. 동초는 고개를 숙인 채 자기 발끝만 내려다보고 있었고 송하는 얼굴을 붉힌 채 너의 눈치를 살폈다. 경찰이 송하에게 말했다.

"너한테 물건이 있다던데."

송하는 침착하게 자기 서랍에 모아두었던 목걸이와 금반지들을 전부 꺼내주었다. 물건을 확인한 경찰이 말했다.

"반지 열 개와 목걸이 두 개가 모자라네."

"제설함 쓰레기 속에 있을 거예요."

"우리가 다 찾아봤는데 없었어."

"그럼 전 몰라요."

송하의 시선이 동초를 향했다. 경찰이 동초에게 물었다.

"네가 제설함에 있던 물건을 애한테 가져다줬다고 했지? 금반지와 목걸이가 전부 몇 개인지 말해봐."

"반지 서른두 개와 목걸이 여섯 개요."

동초의 대답에 송하는 어이가 없었다. 그렇게 듣고 나왔지만 동초가 실제로 가져온 건 반지 스물두 개와 목걸이 네 개뿐이었다.

"애 말대로라면 나머진 네가 숨겼다는 건데?"

"아니면 쟤가 빼돌리고 거짓말을 하는 거죠."

경찰의 말에 송하는 앙칼지게 반박했다. 동초는 고개를 저으며 셔틀을 당하는 약한 아이의 주눅 든 목소리로 또박또박 말했다.

"아니에요. 전 제설함에 있던 거 한 개도 흘리지 않고 전부 가져다줬어요. 송하가 매번 정확한 개수를 말해주거든요."

동초는 여섯 차례에 걸쳐 송하가 가져오라고 말했다는 금반지의 개수를 정확히 말했다. 송하는 금반지의 개수가 부족할 때마다 동초에게 몇 개를 흘렸다고 말하지는 않았다. 그런데 동초는 다 알고 있었다. 송하는 배신감에 머릿속이 딱딱해졌다.

"애 말이 맞아?"

송하는 대답하지 않았다. 거짓말을 잘하지 못하는 애들이 거짓말을 해야 할 때 보통 입을 다물어버린다. 경찰이 다시 물었다.

"네가 훔쳐서 거기 가져다놓고 얘한테 가져오라고 한 거지?"

"훔치지 않았어요. 그 아저씨가 거기에 버리는 걸 봤고 그걸 쟤한테 말했을 뿐이에요. 그게 훔친 거라면 쟤가 훔친 거죠. 물론 쟤는 주웠다고 말하는 중이지만."

동초의 표정이 살짝 일그러졌다. 송하와 동초는 제설함이 있는 주변에는 CCTV가 없기에 자신들이 들킬 일은 절대 없다고 생각했다. 그게 그 아이들의 작은 머리로 생각할 수 있는 한계였다. 경찰은 제설함이 있는 골목길로 이어지는 다른 모든 길의 CCTV를 전부 살폈고 최욱진이 말한 시간 직전으로 한정하자 금방 동초의 행적이 드러났다.

"최욱진 씨가 제설함에 물건을 넣는 것을 봤다고? 네가 들어가서 직접 훔친 게 아니고?"

"저는 그 가게에 한 번도 들어가본 적이 없어요. 확인해봐요. 들어간 적이 없는데 어떻게 훔쳐요?"

"우리도 확인해보고 싶은데 내부 CCTV가 고장이야. 그게 작동했어도 너한테 유리할 것 같지는 않은데. 네 말은 상식적이지 않아. 자기 가게 물건들을 제설함에 넣을 이유가 없잖아."

"그거야 그 아저씨한테 물어보셔야죠. 왜 거기에 금반지들을 버렸는지. 아니다, 숨긴 걸지도 몰라요."

경찰은 난감했다. 제설함이 있는 골목으로 가는 길에 찍힌 사람은 동초와 최욱진뿐이었다. 최욱진은 본인의 말로는 물건을 찾으러 간 거라고 했다. 그 골목길은 평소 동초와 송하가 다니는 길이 아니라서 송하는 찍힐 일이 아예 없었다. 그러니 송하가 제설함에 물건을 넣을 수는 없었다. 하지만 누군가 제설함에 훔친 물건들을 넣어둔 건 분명했다. 동초의 말에 의하면 송하가 범인이었다. 그런데 CCTV 어디에도 송하는 등장하지 않았다. 그럼 최욱진이 제설함에 물건을 넣는 건 어떻게 봤지?

"봤다면 네가 직접 꺼내지 왜 쟤를 시켰어?"

"안 시켰어요. 그냥 말했다고요. 그랬더니 알아서 가져왔어요. 그게 다예요."

동초가 거짓말을 했기에 송하도 거짓말을 했다. 송하는 이제 네가 다 눈치챘을 거라고 여겼다. 그러니 네가 나서서 뭔가 적당한 말로 둘러대주기를 바랐다. 하지만 너는 굳은 얼굴로 가만히 있었다. 송하는 포기했다. 하긴 엄마는 이런 짓을 안 해봤을 테니 뭐 할 말도 없겠다.

"최욱진 씨가 범인 잡아도 벌하지 않겠다고 약속했어. 그러니까 솔직하게 말해봐."

"솔직하게 다 말했어요."

경찰은 질문을 바꿨다.

"좋아. 그럼 최욱진 씨가 제설함에 물건을 넣을 때 넌 어디서 보고 있었어?"

"몰라요. 기억 안 나요."

너는 가슴이 답답해졌다. 어쩌다 이렇게 됐을까. 길영은 동초의 어깨를 끌어안고 훌쩍이며 나무랐다.

"둘이 친하게 지내라 했더니 나쁜 짓이나 하러 다니고."

"나쁜 짓 안 했어. 내가 뭐 도둑질을 했어? 그냥 송하가 거기 그런 게 있으니 가져다달라고 부탁해서 들어준 것뿐이야."

동초는 목을 움츠리며 기어드는 목소리로 말했다. 그게 연극이라는 것을 송하는 이제 알았다. 약아빠진 속내를 숨기고 겁먹은 척, 약한 척 하는 것이다. 송하는 동초를 노려본 채 아무 말도 하지 않았다. 자신이 착각했다. 송하는 친구가 많았다. 그러나 마음을 나누는 친구는 없었다. 함께 어울려 놀 때는 즐겁지만 헤어지면 공허하고 외로웠다. 친구가 있는 자신이나 친구가 없는 동초나 다를 바 없다는 생각이 들었다. 그래도 혼자는 싫었다. 동초도 그런 줄 알았다. 그래서 구제해줬다. 그냥 끝까지 혼자 외톨이로 뒀어야 했다.

송하가 훔쳤다는 증거는 어디에도 없었다. 동초는 제설함에서 물건을 꺼내 갔지만 역시 훔친 거라고 할 수 없었다. 경찰은 최욱진과 통화를 한 후 아이들에게 말했다.

"다음번에 또 이런 일이 생기면 그땐 너희를 확실히 범인으로 알고 절대 용서하지 않을 거다. 그러니 다시는 이런 짓 하지 마라."

최욱진은 범인이 아이들이라는 것에 놀랐다. 하지만 이상한 경험을 여섯 번이나 한 그는 범인이 누구든 마주치고 싶지 않았다. 그 아이들이 자신과 유지에게 무슨 짓을 했는지는 모르겠지만, 정말 무슨 짓을 했다 해도 잡혔으니 앞으로는 할 수 없을 것이다. 그는 그걸로 만족했다.

게다가 그는 범인이 직접 훔친 게 아니라는 것을 알고 있었다. 그 아이들의 말은 모두 사실이었다. 제설함에 물건을 넣은 것은 자신이었다. 그래서 물건만 찾으면 무조건 용서하겠다고 했다. 그가 바라는 건 이 일이 반복되지 않는 것이다. 별수 없이 분실한 금반지 열 개와 목걸이 두 개는 포기해야 했다.

경찰이 돌아가자마자 송하가 동초를 끌고 밖으로 나갔다. 너와 길영이 뒤따라갔지만 어디로 갔는지 보이지 않았다. 길영이 땅이 꺼지라고 한숨을 내쉬며 말했다.

"이것들이 혼나기 싫어서 도망쳤네."

너도 그저 한숨만 나왔다.

동초는 잠자코 송하를 따라갔다. 한적한 곳에 이르자 송하는 걸음을 멈췄다.

"너 왜 나한테 다 뒤집어씌워?"

"미안, 좀 봐줘라. 우리 엄마 때문에 그랬어. 처음엔 그냥 나 혼자 지나가다가 주운 거라고 둘러대려 했어. 근데 너도 알다시피 우리 엄마가 널 좋게 보잖아. 너를 끌어들이면 우리 엄마도 심각하게 생각하지 않을 것 같았어. 그냥 너희 엄마와 같이 스트레스를 나누며 애들 다 그런 거지 하면서 넘어갈 테니까."

"그게 말이냐?"

"왜? 뭐가 문젠데? 어쨌든 우리 안 잡혀갔잖아. 그리고 내가 틀린 말을 한 것도 아니고."

"없어진 금반지 열 개랑 목걸이 두 개, 네가 가로챘지? 근데 나한텐 계속 거짓말했어."

"아냐."

"아니면 내가 일일이 말해준 적도 없는데 어떻게 그렇게 정확한 개수를 알아?"

"반지 서른두 개와 목걸이 여섯 개 말이야? 그거야 우리가 가져온 개수와 경찰이 모자란다고 말한 개수를 합치면 나오는 숫자잖아."

"그거 말고. 넌 매번 거기에 금반지가 몇 개 있었는지 알고 있었어."

"때려 맞힌 거야. 네가 처음에 반지 하나, 네 번째에 반지 두 개 그리고 지난번에 반지 하나를 흘리고 왔다고 했잖아. 남은 개수를 적당히 나눠 말한 거라고."

"나 이제 네 말 안 믿어."

"내가 너한테 다 뒤집어씌워서? 진짜 우리 엄마 때문에 그랬다니까. 내가 너한테 다 가져다주지 않았다고 하면 지금 네가 말한 것처럼 경찰도 내가 가로챘을 거라고 여겼을 거야. 그럼 내가 물어내야 하잖아. 우리 엄마보단 너희 엄마가 더 잘 버니까."

"김밥 말아서 참 많이도 벌겠다. 너 저번에 우리 집도 가난하다며?"

"그래, 너희 집이나 우리 집이나 가난하지. 근데 너희 엄마는 돈을 벌고 우리 엄만 못 벌어. 그러니까 돈 문제는 너희 집이 가져가는 편이 낫다고 생각해."

동초가 눈을 반짝이며 당연하다는 듯 말했다. 생각이 참 교묘한 아이다. 나는 이런 녀석에게는 절대 등장하지 않는다. 일관된 감정이 없기 때문이다.

"너 되게 이기적이다."

"이렇게 하는 게 맞아. 넌 CCTV 어디에도 안 찍혔고 나만 찍혔잖아. 원더 덕분에 말이 안 되는 상황이었어. 그러니까 내가 뭐라고 해도 어차피 넌 이렇게 빠져나갈 수 있었다고."

"됐고, 그거만 말해. 없어진 반지와 목걸이, 지금 네가 가지고 있지?"

"아니라고."

"그런지 아닌지 내가 확인할 수 있어."

"나한테 들어와서? 꼭 그래야겠어?"

"네가 솔직하지 않으니까."

"해봐. 그럼 나도 원더에 대해 다 말하고 다닐 거니까. 네가 나한테 들어오면 그 기억 나한테도 고스란히 남는 거 알지? 그리고 네가 해준 이야기들도 다 까발릴 거야. 민규 다리가 왜 부러졌는지, 모범생 다현이 왜 미쳐서 기술 쌤한테 욕을 퍼부었는지."

"그걸 누가 믿어?"

"원더. 그 단어 하나면 민규와 다현이, 유지 선배와 유지 선배의 아버지까지 믿지 않을 수 없을걸. 그게 증거니까."

동초의 말은 협박이었다. 송하는 뜨악해졌다.

"너, 원래 이런 애였어?"

"이런 애? 그러는 너는 뭐가 달라? 그래, 넌 늘 네가 내 우위에 있다고 생각했지. 하지만 우린 비밀을 공유했어. 동등한 관계가 된 거지. 아닌가? 원래 상대의 비밀을 가진 자가 우위가 되는 거니까 이젠 내가 우위일 수도 있겠다. 그러니까 자꾸 날 몰아세우지 마. 이 일은 그만 털자. 그리고 이번에 실수했던 걸 차근차근 되짚어보고 다음엔 안 걸리게 하자고. 우리의 원더가……."

"나의 원더야."

"그래, 너의 원더. 그리고 너는 나의 친구지."

동초는 그림처럼 조용한 얼굴로 송하를 바라보았다. 송하는 동초의 말에서 어떤 감정도 느낄 수 없었다. 동초가 자신을 필요로 한다는 것 말고는. 정확히 말하면 원더를 가진 자신을. 송하는 단절을 느꼈다. 그리고 깨달았다. 동초가 아무리 원해도 동초 같은 아이에게는 절대 원더가 생길 수 없다는 것을. 그렇다. 나는 감정의 공명이 없는 사람에게는 끌리지 않는다.

"이제 우리 친구 아니야. 네까짓 게 우위 어쩌고 해봐야 원더를 가진 건 나야. 아쉬운 건 너라고."

"인정. 근데 네가 아무리 나와 친구 아니라고 해봐야 너한텐 이제 나뿐이야."

"돌았냐?"

"너 지금 나한테 뒤통수 맞았다고 생각하잖아. 그러니 앞으로 두 번 다시 누군가에게 원더를 털어놓을 일은 없겠지. 그럼 원더를 아는 너의 친구는 영원히 나뿐이야. 비밀을 나눌 수 있어야 진정한 친구인 거지. 우린 언제까지나 친구야."

송하는 너의 경고를 떠올렸다. 원더에 대해 아무에게도 말하지 마. 누군가 알면 어떤 방식으로든 이용하려 들 거야. 송하는 동초가 자신을 이용하고 있는 줄 몰랐다. 자신을 향한 동초의 선망하는 시선에 우쭐해서 적선하듯 능력을 보였다. 동초의 그럴듯한 부추김에 뭐라도 된 것처럼 원더의 존재를 말해주었다. 송하는 동초의 모든 말과 행동에 의도가 담겨 있을 거라곤 꿈에도 생각하지 않았다. 너의 경고는 세상 누구도 믿지 말라는 뜻이었기에 송하는 당당히 거부했다. 한 명쯤은 괜찮잖아. 그 한 명을 잘못 골랐다.

송하는 불현듯 뭔가 잘못된 것을 깨달았다. 이제 생각해보니 그런 경고를 했던 너의 반응이 이상했다. 귀금속 가게를 털었던 일로 원더를 다시 불러낸 것을 알았을 텐데 너는 화를 내고 있지 않았다. 그저 낯설고 혼란스럽고 황망한 눈빛으로 어쩔 줄 모르겠다는 표정이었다. 송하는 의심이 들었다. 경찰로부터 추궁을 당하는 너를 위해 둘러댈 말이 생각나지 않았던 게 아니라 정말 뭐가 어떻게 된 건지 몰랐던 거 아냐?

아냐. 찰나를 가진 엄마는 모를 수가 없어. 갑자기 절대 생각하고 싶지 않은 불길한 가능성이 덮쳤다. 송하의 심장이 쿵쿵 뛰었다. 설마? 아니겠지. 확인해야 했다. 낯빛이 하얗게 질린 송하는 황급히 돌아서서 뛰었다. 뒤에서 동초가 외쳤다.

"야, 아직 내 말 안 끝났어. 너 지금 나 무시하냐?"

송하는 무시했다. 예전처럼 무시할 거고 앞으로도 무시할 것이다. 정신없이 집 안으로 뛰어 들어간 송하는 자신을 기다리며 벼르고 있던 너의 손을 다짜고짜 붙잡고서 이리저리 살폈다. 너의 두 손 어디에도 찰나의 이름을 썼던 흔적은 없었다. 아니지, 아니지. 이건 엄마가 다른 사람한테 들어갈 때 필요한 기술이지. 엄마 손이 아니라 들어갈 사람의 손에 남겨야 하는 거라고. 다른 사람이 엄마한테 들어올 때는 써먹을 수 없어.

너는 의아한 얼굴로 물었다.

"뭐 하는 거야?"

"엄마, 혹시 찰나를 불렀어?"

"찰나가 누군데?"

송하의 가슴이 차가워졌다. 송하는 너의 얼굴을 뚫어지게 쳐다보며 물었다.

"찰나를 모르는 엄마는 누구야?"

"무슨 소리야?"

"왜 이렇게 된 거냐고."

"그건 내가 묻고 싶다. 대체 너 왜 이렇게 된 거야? 어쩌자고 그런 짓을 했어? 이제 막살기로 했니?"

송하는 얼어붙은 표정으로 눈만 굴렸다.

"애가 왜 이래? 정신 차리고 대답 안 해?"

"엄마……."

송하가 너를 불러놓고 더는 말을 잇지 못했다. 너는 금방이라도 울음을 터뜨릴 듯 얼굴을 구기고 있는 송하가 문득 안쓰러워졌다.

"그래, 너도 잘못했다는 거 아는구나. 다음부터는 그런 걸 주우면 무조건 경찰서로 갖다줘. 그렇게 할 거지?"

송하는 멍한 얼굴로 고개를 끄덕이고는 자기 방으로 들어갔다. 혼란스러웠다. 송하는 지금 너에게 다른 사람이 들어와 있다는 것을 알았다. 그 사람은 엄마의 우주를 차지하고 있기에 자신이 엄마라고 생각하지. 하지만 기억은 엄마의 것이 아니기에 찰나를 몰라.

송하는 너에게 들어가 있는 그 사람이 누구일지 생각했다. 엄마는 더는 찰나를 부르지 않겠다고 했는데 불렀다. 왜 불렀지? 혹 셋의 연결로 인한 문제 때문에? 만약 그 문제로 인한 사고라면 아빠가 죽었어. 그럼 이미 끝난 거 아냐? 송하는 아니라는 것을 깨달았다. 그러니 엄마에게 들어간 그 사람이 깨어나지 못하는 것이다. 엄마가 몸을 뺏겼다. 엄마는 엄마가 아니야. 송하는 엄마에게 들어가 있는 그 사람이 누군지 알 것 같았다.

＊

　너는 송하가 다시는 그런 짓을 하지 않을 거라고 믿었다. 하지만 송하가 이런 일을 벌인 이유를 생각하지 않을 수 없었다. 돈 때문이다. 가슴이 답답해진 너는 바람을 쐬려고 창문을 열었다. 눈발이 섞인 매서운 강풍이 기다렸다는 듯 강한 힘으로 너를 끌어내렸다. 너는 비명조차 지르지 못한 채 아래로 떨어졌다. 창살이 있는데, 왜? 하고 생각하는 순간 몸이 얼어붙은 바닥에 부딪혔다. 엄청난 충격이 뒤통수에 가해지고 눈앞이 아득해지면서 환한 불빛이 시야를 덮쳤다.

　백색 신호등이 켜졌다.

　진행. 가야 한다.

　너는 일어나려고 했지만 꼼짝할 수가 없었다. 깜빡이던 백색 신호등이 꺼지고 적색 신호등이 켜졌다. 쇳덩이가 움직이는 소리. 기찻길 선로가 바뀌며 네가 누워 있는 쪽으로 연결됐다. 녹색 신호등이 켜졌다가 꺼지고 다시 백색 신호등이 켜졌다. 진동과 함께 멀리서 불빛이 다가오고 있었다. 기차가 달려온다. 너는 마음이 조급해졌다. 이렇게 누워 있다간 저 기차가 너의 몸뚱이를 뭉개서 사방에 흩뿌리고 말 것이다. 하지만 손가락 하나 까딱할 수 없었다. 너는 무력감으로 눈물만 줄줄 흘렸다.

　그날 내가 뭐라고 말했는지만 기억해내면 아무 일 없었다는 듯 일어날 수 있는데. 하지만 생각나지 않았다. 너는 포기하고 눈을 감았다. 될 대로 되라지. 핑음과 함께 너는 온몸이 짓눌리고 부서지는 고통을 고스란히 느끼며 묵은지 청국장 냄새 속에서 잠을 깼다. 땀에 젖은 흥건한 몸이 덜덜 떨렸다. 또 그 꿈이다. 아침부터 빈속에 구토가 밀려왔다. 화장실로 달려가 없는 속을 미친 듯이 게워냈다. 이 냄새, 진짜 사람 미치게 하네. 어느 집인지 꼭 찾아내 이야기해야겠어. 그 순간 머릿속이 번쩍했다. 생각났다. 그날이 언제인지.

*

재작년 6월 29일, 아직 본격적인 여름은 시작되지도 않았는데 푹푹 찌는 가마솥더위가 찾아왔다. 해가 넘어간 어스름한 저녁, 어디선가 흘러드는 묵은지 청국장 냄새 때문에 너는 구정물 통에 들어가 있는 것 같았다. 그날 송주는 학생회장에 당선됐다. 송주는 선거 전에 너에게 속을 털어놨다. 중학교 졸업 전에 학생회장을 해보고 싶다고. 너는 하고 싶으면 하라고 했다. 그러자 송주는 조심스레 말했다.

"근데 나, 회장 되면 엄마가 학교에 자주 나와야 해. 돈도 써야 하고. 괜찮겠어?"

그런 이유로 송주는 너에게 미리 허락을 구했다.

"알고 있어. 도와줄게."

너는 송주의 포부가 올바른 방향에 있다고 여겼다. 그 나이 또래 아이가 가질 수 있는 야망이었고 시도해볼 수 있는 도전이었다. 하지만 주환은 너를 비난했다.

"우리 주제에 돈이 어디 있어서 겁도 없이 그런 걸 하래? 그깟 것 한다고 애 앞날이 크게 달라질 것 같아? 정신 차려. 네가 뭔데? 너 대단한 사람 아니야. 그러니까 특별한 척 굴지 말고 남들처럼 살아. 네가 암만 나대봐라. 어차피 그렇고 그렇게 살게 될 테니까. 어디 두고 볼래?"

주환은 대놓고 아이의 미래를 길바닥 돌멩이 취급했다. 송주가 학생회장이 됐다고 말하자 주환이 노골적으로 비아냥거렸다.

"기어이 당선됐다고? 하여간 작작 좀 하라니까."

송주는 애초에 주환의 축하를 전혀 기대하지 않았던 듯 대꾸 없이 자기 방으로 들어갔다. 너는 아이의 축 처진 뒷모습을 보며 속이 탔다. 기왕에 당선됐으면 그냥 축하한다고 하면 될 것을.

"애가 무슨 큰 잘못이라도 했어? 말을 왜 그렇게 해?"

"내가 뭘? 그러니까 돈 들어가는 일을 군이 왜 하냐고. 됐어, 애가 저러는 건 다 너 때문이야."

"뭐가 나 때문이야?"

"됐다고."

"아이한테 잘했다고 한마디 해주는 게 뭐 그리 어려워? 그거야말로 돈 드는 거 아니잖아."

"그만하라고. 시끄러워."

아이들도 가끔 너에게 그렇게 말했다. 그만 좀 해, 했던 말 또 하고 지겨워. 그래, 아이들은 그럴 수 있다. 너도 어릴 때 너의 엄마에게 모진 말을 숱하게 했다. 슬픈 일도 엄마에게 말하고 기쁜 일도 엄마에게 말하고. 그러니까 엄마를 싫어해서 그랬던 건 아니었다. 그냥 그렇게 해도 되는 사람이 세상에 엄마뿐이라 그랬다. 하지만 주환은 너에게 그렇게 말하면 안 된다. 너는 주환의 엄마가 아니니까.

"네가 하는 말은 다 듣기 싫으니까 입 다물라고."

그 말이 너의 심장을 찔렀다. 너는 입을 다문 채 두 눈을 감싸며 안방으로 들어갔다. 방문을 닫은 너는 그대로 주저앉아 울음을 터뜨렸다. 그 말이 뭐라고, 별것도 아닌 그 말이 너를 절망의 나락으로 끌어내렸다. 망할 묵은지 청국장 냄새 때문에 현기증이 났다. 거실은 텔레비전 소리로 요란했다. 아무리 텔레비전 소리가 커도 너의 울음소리를 덮을 수는 없었다. 하지만 주환은 무시했다.

그때부터 너는 벙어리가 되어야겠다고 생각했다. 그런데 그럴 수가 없었다. 아침이 되면 너는 다랑어처럼 다시 계속 입을 열어야 했다. 살아야 하니까. 다랑어는 유선형을 유지하기 위해 아가미뚜껑으로 펌프질을 하지 않는다. 대신 입을 벌리고 헤엄을 쳐서 물이 아가미를 통과하도록 한다. 그러므로 다랑

어는 숨을 쉬기 위해 끊임없이 헤엄을 친다. 가만히 머물면 죽기 때문이다. 너는 문득 삶이 버거워졌다. 주환이 다시는 너의 말을 들을 수 없도록 그냥 죽어버릴까 생각했다.

그래, 바로 그날이다. 너는 살면서 단 한 번도 죽고 싶다고 생각했던 적이 없는 줄 알지만 그렇지 않다. 그날 주환이 했던 말은 날카로운 창날이 되어 너의 심장을 찢었다. 그래서 너는 네가 상처받았던 그 말을 주환이 대답해야 하는 자각 질문의 답으로 정했다. 하지만 주환은 별거 아닌 말이라고 여겼기에 이미 잊었다. 이제 너는 그 말이 꿈속 질문의 답이라는 것을 알았다.

그 말을 듣고 돌아서던 너의 뒷모습이 어렴풋이 기억난다. 방문이 닫히고 울음소리가 새어 나왔다. 너를 숨 막히게 했던 그 울음소리. 젠장, 그런 말은 싸우다 보면 짜증 나서 그냥 생각 없이 뱉을 수 있는 거잖아. 하지만 너에겐 복수를 생각할 만큼 끔찍한 상처가 됐다. 너는 죄책감이 들었다. 내가 왜 그런 말을 했을까. 그러다가 너는 흠칫 놀랐다. 내가 왜? 내가 한 말이 아니잖아. 나는 사과를 받아야 하는 쪽이라고. 하지만 정말 네가 하는 말이 듣기 싫었다. 언제부터였을까. 자각 질문의 답을 떠올린 너는 오락가락하기 시작했다. 기억의 주체인 주환이었다가 다시 네가 되어 그 기억을 생각했다.

너는 혼란스러워졌다. 그러다가 문득 어떤 기억이 떠올랐다. 그날 시어머니가 밥을 먹자고 해서 가족이 함께 집을 나섰다. 버스를 타기 싫은 송하가 왜 우리는 차가 없냐고 불평했다. 만물 트럭을 장만하면서 주환은 승용차를 팔았다. 승용차가 있을 때도 주환은 가족을 차에 태우는 일이 드물었다. 비가 오는 밤늦은 시각 우산을 가져가지 않은 송하가 학원 앞에서 기다리며 데리러 와달라는 문자를 보내도, 이른 새벽에 시험을 치러가는 송주가 한 번만 태워다 달라는 부탁도 모두 귀찮아하며 거절했다. 주환이 불평하는 송하에게 거칠게 말했다.

"짜증 나니까 피곤하게 굴지 마."

송하가 버스를 타기 싫어하는 이유는 멀미 때문이다. 삼십 분 이상을 버티지 못했다. 아무래도 주환이 그걸 잊은 것 같아서 네가 말해주려는데 입도 떼기 전에 그가 말했다.

"아, 됐어. 듣기 싫어."

"나 아직 아무 말도 안 했어. 그리고 말도 꺼내기 전에 꼭 그렇게 말해야겠어? 대체 뭐가 그렇게 매사 듣기 싫은데?"

"너 하나 어쩌고저쩌고 하는 것도 짜증 나는데 애들까지 나한테 뭐라 하잖아."

"애들이 언제 당신한테 뭐라 했어? 그냥 하는 말이지. 그리고 내가 당신한테 했던 말이라 해봤자 말 좀 예쁘게 해달라는 것밖에 더 있었어?"

"무슨 말을 어떻게 하라는 거야? 내가 이래서 숨이 막힌다고. 차라리 바가지를 긁어. 이것도 못 하고 저것도 못 하는 무능력한 놈이라고 소리 지르고 화를 낸 말이야. 그러지 않으니까 네가 하는 모든 말이 곧이곧대로 들리지 않잖아."

"내가 당신한테 감정을 분출하지 않고 이성적으로 말하려고 노력하는 것이 잘못이란 거야?"

"나만 나쁜 놈처럼 여겨지거든. 그러니까 아무 말도 하지 마."

"내가 벙어리야?"

"그냥 벙어리 하라고. 나한텐 그게 나으니까."

주환은 언제부터 너의 말이 듣기 싫었을까. 그가 대출을 받을 때마다 너는 말했다. 하지 마. 그때마다 그는 건성으로 대꾸했다. 내가 알아서 할게. 네가 언제나 하지 말라고 말했던 탓일까. 그는 더는 너에게 말하지 않고 닥치는 대로 대출을 받았다. 그래서 너는 집의 빚이 얼마나 되는지 정확히 알지 못했다. 물어보면 그는 즉각 성난 공룡으로 변했다.

"그딴 거 왜 물어보는데? 몰라. 내가 알아서 한다니까."

주환에게 빚에 대한 질문은 금기였다. 그 질문만 나오면 그는 네가 자신의 잘못을 들춰내려 한다고 여기며 극단적인 방어 태세에 들어갔다. 그러다가 마침내 수습 불가 상황이 되자 그는 너를 원망했다. 왜 좀 더 적극적으로 말리지 않았느냐고. 너는 말했다.

"난 분명 하지 말라고 했어. 그런데 당신은 되레 화를 냈지. 얼마나 무서운 얼굴로 내게 막말을 쏟아냈는지 기억 안 나?"

"몰라, 기억 안 나. 이제 와서 그런 말이 무슨 소용이야. 됐어, 그만해. 듣기 싫어. 다 너 때문이야. 네가 고상 떨지 않고 드세게 말렸더라면 상황이 이렇게까지 되진 않았을 거야. 네가 너무 물러터져서 이렇게 된 거라고. 네 탓이야."

그날 너의 가족은 밥을 먹으러 가지 못했다. 버스를 타긴 했는데 사고가 났다. 너는 팔을 삐었고 송하는 발목을 접질렀다. 송주는 타박상을 입었고 주환은 손잡이에 이마를 세게 부딪혔다. 그래, 사고가 있었지. 문득 떠오른 그 기억에 이마를 문지르던 너는 불현듯 주환의 사고 순간이 떠올랐다.

만물 트럭을 운전하는 중이었다. 백미러에 선글라스를 낀 주환의 얼굴이 비쳤다. 헝클어진 머리칼, 낡은 명품 점퍼. 라디오에서는 좋아하는 대중가요가 흘러나오고 있었다. 이맘때면 극성인 먼지가 정체된 공기에 달라붙어 무거운 잿빛이 사방을 뒤덮었다. 전조등을 켠 차들이 띄엄띄엄 지나갔다. 도로의 가시거리가 좁아 좀처럼 속도를 낼 수 없었다. 젠장, 고개를 기울여 차창 밖을 살피던 주환은 미간을 찌푸린 채 중얼거렸다.

"이건 아니지."

그가 어릴 때는 이 계절에 학교의 단체 소풍이 있었다. 걸어가든 차를 타고 가든 모든 길은 짙은 녹음과 함께 선명하게 펼쳐져 있었고 하늘은 무한히 파랬다. 그땐 그 길이 그의 미래였다. 모든 아이에게 주어지는 공통의 가능성. 하지만 지금은…… 모르겠다. 세상이 바뀌었다. 만약 송주와 송하의 미래가 잘 풀리지 않는다면 거기엔 무능력한 자신의 탓도 있을 것이다. 하지만 뭐 어쩌라고. 내 앞길도 모르겠는데. 그는 나이가 들수록 어디로 가는지 점점 알 수 없어졌다. 거기다 대고 너는 자꾸 물었다. 우리가 어디로 가고 있는지 함께 생각해보자고.

"됐다고."

그는 다시 중얼거렸다. 먼지 안개로 가로막힌 답답한 이 도로가 지금 그의 미래 같았다. 그래서 그는 앞으로 나갈 수가 없었다. 별수 없이 지금 처해 있는 자신의 삶이 다른 놈의 이야기라 여기고 퍼질러 앉아 구경하는 중이었다. 관람 시간이 너무 길어졌다. 그는 그만 자신의 자리로 돌아가야 한다는 것을 알았다. 근데 내가 돌아갈 자리는 어딘데? 당연히 가족이 있는 집이었다. 하지만 그 집은 망가졌다. 고쳐야 하는데 엄두가 나지 않았다. 귀찮았다. 손을 놓고 있으니 그를 나무라는 가족의 따가운 시선이 와닿는 것이 느껴졌다. 괜스레 위축감이 들며 불편해졌다. 그는 가족과 함께 있는 것이 거북했다.

먼지 안개가 서서히 걷히면서 차들이 슬슬 속도를 내기 시작했다. 그제야 숨통이 좀 트였다. 이제 달려볼까. 담배를 찾았지만 보이지 않았다. 어디에 뒀지? 조수석 바닥에 떨어져 있었다. 손이 닿지 않았다. 안전벨트를 풀고 다시 손을 뻗었다. 아주 잠깐. 그 어떤 일도 벌어지지 않을 것만 같은 그 짧은 순간에 불가사의한 힘이 파고들었고 만물 트럭은 방향을 잃었다. 엄청난 소리와 충격, 차창이 찢어지고 파편이 튀었다. 몸이 둥실 떠올랐고 공기를 가르며 날았다. 그러곤 모든 것이 아득해졌다. 그게 그의 마지막 기억이었다.

"나는 죽었어."

너는 중얼거리다가 문득 정신이 번쩍 들었다.

"아냐. 내가 아니라 당신이 죽었어. 근데 당신은 교통사고로 죽은 게 아니었는데?"

트럭은 갓길에 멀쩡하게 주차되어 있었다고 했다. 그렇다면 이 생생한 기억과 감정은 문득 떠오른 상상 같은 것일까. 하지만 주환의 이 기억은 네 몸에 이식된 장기처럼 분명하게 자리한 너의 것이었다. 왜 사실이 아닌 기억을 사실처럼 기억하고 있지? 그럼 그날 거실 소파 뒤에서 내가 본 주환의 시신은?

너는 병원에서 형사와 나눴던 대화를 곰곰 떠올려보곤 그제야 깨달았다. 형사는 주환이 갓길에 차를 세워두고 용변을 보려고 너무 멀리 떨어진 곳까지 간 것이 의심스럽다고 했다. 그는 멀리 떨어진 곳을 집이라고 하지 않았다. 하지만 너는 의아해하면서도 집으로 여겼다. 주환의 시신을 집에서 봤으니까.

너는 동일 흉기로 주환과 거의 비슷한 시간대에 공격을 당했다. 형사는 그 점 때문에 너는 용의자일 수 없다고 말했다. 그게 왜 이유가 되는지 모르겠으나 어쨌든 그걸로 용의자가 아니라니 더 묻지 않았다. 이제 알겠다. 그 시각에 너는 집에서 당했고 방금 떠오른 이 기억대로라면 주환은 도로에서 당했기 때문이다.

하지만 주환의 차는 멀쩡하고 너는 소파 뒤에 쓰러져 있는 주환의 시신을 틀림없이 보았다. 너는 홀린 기분으로 형사가 건네줬던 명함을 찾아서 전화했다.

"김주환 씨가 발견된 장소요? 차에서 200여 미터 떨어진 수풀입니다."

"저희 집 거실 아니었어요?"

"거실에는 안수우 씨 혼자 쓰러져 있었어요. 소파 뒤에요."

너는 어디선가 스며드는 낯선 느낌에 발끝이 당기면서 머릿속이 묵직해졌다. 그럼 소파 뒤에 쓰러져 있던 주환을 본 것도 상상이나 꿈이었나? 그렇게 생각하니 또 그런 듯도 하다. 뭐가 어떻게 된 건지 모르겠지만 지금 너는 확실한 사실 하나를 깨달았다. 네 기억은 여기저기 빠져 있는데 주환에 대한 기억은 네가 출연한 영화의 인물과 대사와 장면을 신경 써서 기억해 둔 것처럼 잘 갖춰져 있었다.

천연암에서 스친 주환의 초등학교 동창생에 대한 기억이 그랬고 만난 적 없는 박순민과 홍조식의 기억도 그랬다. 너는 시험 삼아 주환의 고등학교 졸업식을 떠올려보았다. 너는 분명 가본 적이 없는데 아는 장소와 아는 친구들의 얼굴이 새삼스럽게 등장하기 시작했다. 하지만 너의 고등학교 졸업식을 떠올리려니 전혀 생각나지 않았다. 너는 겁이 더럭 났다. 내 기억은 어디로 가고 주환의 기억뿐이지?

특히 결혼 전 너의 기억은 아예 없었다. 어떤 기억은 그랬다는 사실만 알고 있을 뿐 구체적인 내용을 기억하지 못했다. 곰

곰 생각하던 너는 가정을 해봤다. 만약 네가 가진 기억이 전부 주환의 기억이라면, 너와 주환이 공유하는 기억을 제외하고 네가 주환에게 말하지 않은 것은 주환의 기억에 없을 수밖에 없다. 주환의 기억에서는 너에게 말로만 들었고 보거나 경험한 것이 아니니 그냥 알고만 있는 기억이 된다. 정말 그런 건가?

그런 상태에서 네가 효진과의 대화에 문제가 없었던 것은 주환이 너의 단짝인 효진과 여러 번 만났고 잘 아는 사이였기 때문이다. 너는 효진에게 그랬듯 주환에게도 친구들 이야기를 많이 했다. 그래서 주환은 너의 친구들 이름을 거의 다 알고 있었다. 하지만 나와 아영에 대해서는 말한 적이 없었다. 그래서 너는 나와 아영을 모르는 것이다. 너는 지금 네가 가지고 있는 아이들에 대한 기억 역시 전부 주환과 함께 있을 때의 기억뿐이라는 것을 깨닫고 충격을 받았다.

그리고 네가 가진 주환의 기억에 그의 상상과 꿈에 대한 것도 포함된다면, 너는 또 다른 가정을 해보았다. 그렇다고 해도 설명할 수 없는 부분이 있었다. 아니, 설명할 수 있다고 해도 애초에 그런 상태 자체가 말이 안 된다. 이건 머리를 다친 기억장애 후유증이 아니잖아. 그냥 주환과 머리를 통째로 바꾼 거지. 이런 경우가 있나?

아무래도 의학적인 문제가 아니라 초자연적인 문제가 발생한 것 같다. 너는 문득 의심이 들었다. 주환이 뇌사상태가 되고 네가 깨어날 때 주환의 영혼이 네게 빙의한 게 아닐까 하고. 하지만 곧 부정했다. 주환의 영혼이 들어왔다면 너는 주환이어야 했다. 하지만 기억만 주환의 것일 뿐 너는 너였다.

주환은 전혀 해본 적 없는 김밥을 여전히 잘 말았고 여자 옷을 입거나 화장실에서의 신체 사용도 어색하지 않았다. 여전히 너의 방식으로 생각하고 행동했다. 네가 하던 대로 젓가락질을 하고 물건을 정리하고 옷을 갰다. 육류보다 해산물을 좋아하고 주환은 절대 고르지 않을 오렌지색을 골랐다. 습관도 취향도 식성도 모두 너였다.

하지만 너는 자각 질문의 답을 찾은 순간부터 미묘한 심적 변화를 일으키고 있었다. 주환의 기억을 떠올릴 때면 너도 모르게 기억의 주인인 주환의 입장으로 자꾸만 미끄러져 들어갔다. 너와의 공유 기억에서는 두 개의 목소리가 속닥거렸다. 내가 왜 그랬지? 아니지, 내가 그런 게 아니라고.

11

혼란 이후 고요가 찾아왔다. 너는 아침에 일어나서 평소처럼 한바탕 북새통을 이루며 아이들을 학교에 보냈다. 그사이 주환의 기억은 얌전히 바닥으로 가라앉았고 너는 일상으로 돌아왔다. 너의 파충류의 뇌는(뇌의 가장 밑바닥에 있는 후뇌로 기본적 생각과 행동을 관장하는 부분) 아무 일도 없었다는 듯 더는 의구심을 갖지 않으려 했다. 다른 사람의 기억이 통째로 들어와 있을 수도 있지. 그게 뭐 어때서. 그냥 자연스럽게 받아들여. 너역시 그러고 싶다. 어디서 오류가 생겼는지 모르겠지만 여기서 더 파고들어야 어차피 답을 구할 길은 없으니까. 살다 보면 또 누가 알겠나. 사라졌던 기억이 회복되고 주환의 기억은 서서히 증발해버릴지.

여느 때처럼 효진의 전화가 왔다. 오늘은 효진의 이야기를 들어줄 상태가 아니라 전화벨이 울리도록 놔두고 너는 세수를 하러 욕실로 들어갔다. 그래, 머릿속에 종양 주머니를 달고 있는 것보다는 남의 기억 주머니가 낫지. 혹시 또 알아. 주환의 기억 속에서 꼬불쳐둔 비상금의 위치라도 튀어나올지. 기억을 쥐어짜보지만 그런 건 없었다. 대신 돈이 생길 때마다 사 먹었던 음식들만 줄줄이 기억났다.

일터로 가는 도중 너는 어디선가 들려오는 음악 소리에 걸음을 멈췄다. 주환과의 첫 데이트 날이 불쑥 떠올랐다. 딱 이맘때였다. 얇은 오렌지색 원피스를 입은 너는 거리 어디선가 들리는 바로 이 음악 속에서 활짝 웃으며 주환을 향해 걸어갔다. 너는 가슴이 두근거렸다. 그 시절 너는 햇빛 아래 빛나는 당당한 여자였다. 끊임없이 노력하는 좋은 여자였다. 하지만 결국 지쳐 나이 든 여자가 되었다. 피곤한 얼굴로 너를 볼 때마다 너도 노력하라고 다그치는 시선이 이젠 지긋지긋했다. 내가 지긋지긋했다고? 그런 소리 할 자격이나 있어? 아무렴 나만큼 지긋지긋했을라고. 너는 주환을 탓하다가 주환이 바로 자신임을 깨닫고 당황하다가 다시 정신이 번쩍 들고 네가 되었다. 미치겠네. 머릿속에서 너와 주환의 자아가 뫼비우스의 띠를 이뤘다.

상담의는 꿈속 질문의 답이 생각나면 그 꿈을 꾸게 하는 문제에서 벗어날 수 있다고 했다. 벗어나기는커녕 더 복잡해졌다. 머리가 어지러워진 너는 그 자리에 주저앉아 잠시 숨을 골랐다. 이렇게는 못 살겠다. 휴대폰을 꺼내는 너의 손이 땀으로 흠뻑 젖었다. 일터에 전화해서 몸이 아파 오늘 출근할 수 없다고 말했다. 주인아주머니는 그러라고 했다. 그 김에 너는 망설이다가 물었다.

"괜찮으시다면 이번 주말까지 쉴 수 있을까요?"

"그렇게 안 좋아요?"

"죄송해요."

"뭘 그렇게 자꾸 죄송하다고 해요. 우리가 한솥밥 먹은 지 벌써 칠 년이야. 송주 엄마는 우리 식구나 다름없는 사람이라고. 어째 바깥양반 보내고 무리한다 싶었어. 푹 쉬고 나와요."

집으로 돌아온 너는 좁은 베란다 구석에 쌓아둔 상자들을 하나씩 끌어내렸다. 너는 너의 중고등학교 시절의 물건들이 담긴 상자를 열었다. 왜 진작 이 생각을 하지 못했을까. 주환의 기억은 기억대로 두고 내 기억을 찾으면 되는 건데. 먼저 아영이부터.

고등학교 앨범을 펼쳤다. 학교 풍경과 선생님들의 얼굴을 하나하나 보면서 너는 처참함을 느꼈다. 아무것도 기억나지 않았다. 네가 몇 반이었는지조차 모르겠다. 네 이름 안수우를 찾았다. 거기 아직 스무 살이 되지 않은 앳된 네가 있었다. 낯설지만 한편으로는 애틋함을 자아냈다. 옆 반에서 짧은 단발에 키가 크고 피부가 하얀 윤아영을 찾았다.

상담의는 요정의 이름을 가진 친구라고 말했지만 네가 보기에는 전혀 요정처럼 생기지 않았다. 내가 얘를 좋아했다고? 효진이 질투를 낼 정도로? 생경한 아영의 얼굴을 앞에 둔 채 너는 실망했다. 앨범을 덮고 다시 상자에 넣으려는데 접힌 종이 한 장이 툭 떨어졌다. 펼쳐보니 볼펜으로 소용돌이 같은 원들을 반복해 그린 낙서였다. 바퀴 모양의 원과 나비의 날개를 닮은 원이 한 쌍처럼 겹쳐 붙은 형태였다. 바퀴 모양의 원이 나비의 날개를 닮은 원 안으로 깊숙이 파고들어 있었다. 이게 뭘까. 뭔지 모르겠지만 나름 중요한 거니까 여기에 끼워둔 것이겠지. 너는 너의 추억 상자들을 전부 방으로 가져가 밤새 뒤졌다.

*

너는 밝은 마음 정신의학과의 상담의를 찾았다. 미친 사람의 말처럼 들리겠지만 너의 상태를 말해야 했다. 진짜로 미치기 전에 너의 머릿속에서 무슨 일이 벌어지고 있는지 알아야 했기 때문이다. 상담의는 언제나 그랬듯 진지하게 응했다.

"여전히 기억에 문제가 있군요? 증상이 더 나빠진 것 같아요?"

"그렇다기보다는 뭐가 문제인지를 알았어요. 제 기억이라고 여겼던 게 전부 남편의 기억이었어요."

"자신의 기억과 남편분의 기억을 구분할 수 없다는 뜻이에요? 아니면 구분할 수 있다는 뜻이에요?"

"아뇨. 저한테는 남편의 기억만 온전하게 있어요."

상담의가 흥미로운 듯 물었다.

"그런 상황이 일상을 방해하진 않나요?"

"그렇지는 않아요. 기억이란 건 필요할 때 가끔 떠올리는 거고 평소에는 아무 생각 없이 그냥 사니까요. 이런 경우가 있어요? 다른 사람의 기억이 통째로 들어오는 거요. 그러니까 제가 몰랐던 기억들요. 왜 그런 거 있잖아요, 사고 후에 뇌의 충격으로 갑자기 배우지도 않은 언어를 말할 수 있게 된다거나 전혀 종사한 적 없는 직업의 전문 지식을 알고 있다거나. 전 낚시를 해본 적이 없거든요. 근데 지금은 아주 잘 알고 있어요."

"수우 씨가 남편분의 기억이라고 여기는 것들 역시 수우 씨의 기억이에요. 분명 알게 된 경로가 있어요. 수우 씨가 그걸 차단했거나 부정하고 있는 거죠. 그러기 위해 임의로 기억의 주인을 바꾼 거예요."

"제가 왜요?"

"제 생각이 수우 씨의 마음에 들지 않을 수도 있는데 들어볼래요?"

너는 고개를 끄덕였다.

"수우 씨는 언제나 아이들에게 아버지의 자리가 비어 있는 것을 안타까워했어요. 남편분의 죽음으로 이제 아이들은 아버지를 완전히 잃었죠. 그래서 수우 씨는 엄마이면서 동시에 아버지가 되려는 거예요."

"하지만 제 기억을 버리고 남편의 기억만 남긴다는 건 아이들에게 아버지의 역할만 하겠다는 거잖아요."

"실제로 그렇지는 않잖아요. 여전히 엄마로서 아이들 옆에 있으니까요."

"그건 그렇지만……."

"지난번 말씀하신 팬텀 시그널이 등장하는 꿈 말인데요. 질문의 답을 찾았어요?"

"네. 제가 하는 말은 다 듣기 싫으니까 입 다물라는 말이었어요. 그 말이 왜 그렇게 생각이 나지 않았을까요? 별말도 아닌데."

"아뇨. 수우 씨에게 큰 상처를 입힌 말이에요."

"그보다 더한 말도 많이 들었는데 왜 하필 그 말에……."

"그 말 때문에 죽어버리고 싶었으니까요. 그렇죠?"

"그때 유독 감정이 격해졌어요."

"이미 쌓이고 쌓인 상태라 아슬아슬한 상황이었을 거예요. 어때요? 아직 그 꿈을 꾸세요?"

"아뇨. 근데 그 답을 찾으면 그 꿈을 꾸게 만드는 문제가 뭔지 알 수 있을 거라고 하셨잖아요. 전 아직도 모르겠어요. 제가 인정하고 싶지 않아서 그러는 게 아니라 정말 죽고 싶은 마음 같은 거 없어요."

"그 답을 찾고 나서 수우 씨의 기억이 남편분의 기억이라고 여기게 됐죠?"

"네,"

"팬텀 시그널의 탈출로가 남편분을 가리켰어요. 수우 씨가 가진 문제들이 남편분에게 있었다는 거죠. 그걸 해결하려고 수우 씨는 지금 자신의 사고 회로에 남편분을 붙들어놨어요. 그런데 그게 다시 문제를 일으켰네요. 수우 씨는 죽은 사람의 의무를 짐으로 떠안고 있어요."

"저는 그를 붙들고 있을 이유가 없어요."

"그럼 남편분이 수우 씨를 붙들고 있는 것이겠군요. 왜 그러는지 남편분에게 물어보죠."

"그래봤자 저한테 묻는 거잖아요."

"수우 씨의 머릿속을 차지하고 있는 남편분의 기억에게 묻는 거예요. 남편분 성함이 뭐죠?"

"김주환요."

"좋아요. 주환 씨, 아내분은 어떤 사람인가요?"

"제가 어떤 사람이냐고요?"

"아뇨, 수우 씨 말고 주환 씨가 보기에요. 주환 씨의 기억 속에서 아내분은 어떤 사람이죠?"

상담의는 다짜고짜 너를 주환이라 부르며 질문했다. 이름이 불리자 너는 이내 기억의 주인 자리로 성큼 돌아섰다. 이름이란 참 신기하다. 그것을 부르는 소리만큼 이름의 주인에게 강렬한 자극은 없으니. 같은 이름을 가진 모든 이를 돌아보게 한다. 그 순간 그 이름을 가진 모든 너는 그 이름이 된다.

너는 잠시 머뭇거리다가 입을 열었다.

"사소한 걸로 사람을 달달 볶아요……."

상담의는 너의 표정과 말투에 미묘한 변화가 생긴 것을 알아챘다.

"아내분이 말수가 그리 많은 분 같진 않던데요."

"아뇨, 원래 잘 떠들었어요. 연애할 때는 재밌는 이야기를 많이 했는데 지금은 입만 열면 지적에 잔소리예요. 그러다 보니 자꾸 피하게 되더라고요. 대화하는 게 엄청 피곤해요. 예전에 얼마나 황당한 일이 있었느냐면요, 갑자기 어떤 글자를 쓰는 법이 생각나지 않는다고 전화를 했어요."

"일하느라 바쁘신데 어이가 없었겠네요."

"뭐, 딱히 바쁘진 않았지만 누가 그런 멍청한 소릴 상대하고 있어요? 시간 아깝게."

"그러네요. 그리고요?"

"한번은 집에 들어왔더니 수우가 사백 쪽이 넘는 책을 모두 낱장으로 뜯어내고 있었어요. 그러곤 그 낱장을 다시 조각조각 찢었어요. 얼마나 집중을 하고 있었던지 내가 들어온 것도 모르더라고요. 그래놓곤 갑자기 손가락이 아프다며 울기 시작했어요. 살짝 미친 것 같았어요. 그대로 문 닫고 나가버렸죠."

"왜 그랬는지 알고 싶지 않았어요?"

"무슨 불똥이 튈 줄 알고요."

"아내분에게 우울증이 있었던 건 아시죠?"

"그게 뭘요? 누구나 우울증은 조금씩 가지고 있어요. 나도 자주 우울하다고요."

하지만 정작 우울증 진단을 받은 너는 우울증을 부정했다. 너는 그냥 지치고 피곤해서 감정을 느낄 여유가 없는 거라고만 여겼다. 너는 이제 무엇을 봐도 아무런 생각이 들지 않았다. 스물이 갓 넘었을 때 너는 똑소리가 날 것 같은 빛나는 눈동자로 세상을 보았다. 실크로드 여행을 꿈꿨고 심해를 탐사하고 싶어 했다.

그랬던 너는 이제 멍한 시선으로 무력하게 일상의 공기를 휘저으며 영혼 빠진 인형처럼 살고 있다. 심지어 너는 계절에 대한 감각도 잃었다. 너는 오월에도 털 달린 점퍼를 입고 다녔고 십일월까지도 반소매 차림이었다. 더워도 추워도 옷을 바꿔 입어야 한다는 것을 깨닫지 못한 채 그저 참았다.

어느 날, 너는 나무와 돌의 슬픔이 느껴졌다. 부처라도 된 줄 알았다. 너는 감각과 감정의 확장으로 자신의 내면이 모든 사물에 닿았다고 여겼다. 그러나 그것은 다른 감정들의 피폐로 슬픔만 비정상적으로 증식한 것에 지나지 않았다. 네가 서 있던 자리가 함몰되기 시작했다. 가끔 후회가 소나기처럼 내렸다. 슬픔이 쑥쑥 자라난 꼭대기에서 너는 기린을 기다렸다. 이슬 맺힌 나뭇가지 뿔과 아름다운 무늬의 황금 피부를 가진 기린이 하늘 저편에서 날아와 너를 전혀 다른 세상으로 데려가

주는 상상을 했다. 너의 이야기를 진심으로 들어줄 사람들이 있는 곳으로.

네가 기다리는 기린은 말의 갈기와 소의 꼬리를 가진 상상 속의 생물이다. 그러므로 기린은 영원히 너를 데리러 오지 않을 것이다. 그래서 너의 마음은 동면 굴을 찾는 뱀처럼 꿈틀대며 필사적으로 헤매 다녔다. 인간은 자신이 처한 상황에서 탈출구를 찾지 못하면 머릿속에서 자생적으로 새로운 세계를 형성하려는 정교한 장치가 만들어진다. 혹자는 그게 바로 미치는 것이라고 말했지만 그건 미치지 않으려는 인간의 우아한 본능일 수도 있다.

나는 너를 도울 수 없었고 너 역시 내게 도움을 구하지 않았다. 이미 내가 여러 번 망쳤기 때문이다. 너는 너를 병자 취급하며 온갖 약을 처방해준 의사에게도 거부감이 들었다. 인간은 참 모순적이다. 상대에게 이해받고 싶어 하지만 상대가 다 아는 것처럼 말하면 또 불쾌하다. 네가 뭘 알아? 그래서 때론 널 이해한다고 말하지 않을 때 더 위로를 받기도 한다.

사실 아무도 널 이해할 수 없다. 네가 아닌데 어떻게 널 안다고 말할 수 있을까. 그건 그러고 싶다거나 그런 척하는 것이다. 그렇다는 것을 어떤 인간들은 이미 알고 있다. 그런데도 끊임없이 이해받고 싶어 한다. 어쩌면 그게 인간으로서의 존재 방식일지도 모르겠다. 영원히 해결할 수 없는 문제를 끌어안고 해결할 수 있을 것처럼 해결하려고 하는 것이.

다행히 너는 너를 아는 척하지 않는 상담의를 만났다. 상담의는 네가 원하는 것이 무엇인지 파악했다. 너는 그냥 누군가와 이야기를 하고 싶었던 거라는 것을. 그 이야기를 내가 들어줄 수 있었다면 얼마나 좋았을까. 아니, 나는 충분히 들어주고 있었다. 하지만 너는 내가 듣고 있다는 것을 알지 못했다. 그래서 너는 끝도 없는 혼잣말을 하고 있다고 여겼다. 나는 너의 위로가 되지 못했다. 안타깝고 슬펐다.

"주환 씨도 우울했군요."

"우울이 문제가 아니라 지금 억울한 건 나예요. 난 진짜 죽고 싶지 않았다고요."

"아내분에게 죽고 싶다고 말한 적이 있던데요."

"그건 그냥 투정이었어요. 힘들 때 누구나 사라지고 싶은 순간이 있잖아요."

"주환 씨는 아내분에게 투정을 할 수는 있었군요. 근데 그 말이 아내분에게 얼마나 큰 충격을 주었는지는 알고 있어요?"

안다. 알고 있다. 너와 주환의 공유 기억은 너의 감각과 감정으로도 저장되어 있으니까. 주환이 그 말을 했을 때 너는 양말을 개고 있었다. 그는 텔레비전을 보면서 사는 게 귀찮다며 죽고 싶다고 말했다. 어린 자식들을 두고 어떻게 그런 무책임하고 무서운 말을 입에 담을 수 있냐는 너를 향해 그는 한숨조차 내쉬지 않은 채 서슴없이 말했다. 그럼 다 같이 죽을래?

"그렇다고 해도 그게 죽을죄는 아니잖아요. 힘들면 무슨 말을 못 하겠어요? 그런 줄 뻔히 알면서 대체 왜 내가 하는 모든 말에 충격과 상처를 받았다는 건지. 하여간 유난스럽게 굴어요."

"주환 씨가 아내분이 하는 모든 말을 잔소리와 지적으로 듣는 것과 같은 거죠. 주환 씨가 힘든 만큼 아내분도 굉장히 힘들어했어요."

"하지만 수우는 죽고 싶다고 말한 적이 없어요. 그만큼 힘들지 않았던 거죠. 나는 죽고 싶을 만큼 힘들었다고요."

"그저 말하지 않았을 뿐이에요. 아내분은 주환 씨에게 투정 같은 거 할 수 없었으니까요. 무슨 말만 하려 들면 시끄럽다고 하셨잖아요. 아내분이 하는 말은 다 듣기 싫다고, 차라리 벙어리로 있으라고 하셨죠."

"그거야……."

"알아요, 그것도 그냥 투정이었겠죠. 혹은 화풀이였거나. 아내분은 지쳐 있었고 위로가 필요했어요."

"나도 지쳐 있었어요. 위로가 필요하긴 마찬가지라고요. 그래서 밖으로 나가 나만의 시간을 가졌던 건데 그걸 두고 마누라고 애들이고 얼마나 뭐라고 하는지."

너의 고통과 외로움을 고스란히 느끼면서 기억의 주인은 항변했다.

"그래서 매몰차게 가족을 밀어냈군요. 그들은 주환 씨의 위로가 필요했는데 주환 씨는 가족의 위로가 전혀 필요하지 않았군요."

"난 원래 다독이고 위로하는 성격이 못 돼요. 오글거리는 말은 한마디도 못 하겠다고요. 우리 나이대 남자 중 열에 여덟은 그런 짓 안 해요. 그래도 다 그냥 살아요. 그리고 우리 가족의 문제는 경제적인 문제였어요. 그건 말로 해결할 수 없는 거잖아요. 말뿐인 위로는 아무짝에도 쓸모없어요."

"하지만 가족이 원한 위로는 말뿐이라도 괜찮은 위로였어요. 다정함, 대화. 단란함 같은 거요."

"그런 단어들 정말이지 짜증 나요. 수우가 내게 따뜻하게 말해달라고 할 때마다 숨이 막혔다고요."

"그래서 아내분은 주환 씨에게 제대로 말을 붙일 수가 없었어요."

네가 말을 붙이러 가면 주환은 또 시작이냐며 화부터 냈다. 말을 제대로 꺼내기도 전에 성부터 냈으므로 너는 늘 두들겨 맞은 기분으로 돌아서야 했다.

"난 잘못한 게 없어요. 최선을 다했다고 할 수는 없지만 적어도 가족을 버리고 노숙자가 되거나 자살하진 않았잖아요. 난 말입니다. 번지르르한 말로 때우고 싶지 않았어요. 돈만 있으면 가족 간의 애정 같은 건 절로 살아나요. 근데 왜 자꾸 돈이 아니고 말이 문제를 해결할 수 있다고 우기는지 모르겠어요."

기억의 주인은 진심으로 이해할 수 없다는 표정이었다. 상담의는 이제 완전히 다른 사람이 되어 낯선 표정을 드러내는 너를 보며 이인성 해리성 장애를 의심했다.

"생각해보세요. 먹고살기 바빠죽겠는데 어떻게 헤헤거리고 있느냐고요. 수우가 바란 건 그런 거예요."

"그게 잘못일까요? 늘 아내분 탓이라고 하셨다면서요?"

주환은 언제나 그렇게 말했다. 다 너 때문이라고. 기억의 주인은 얼굴을 붉히며 중얼거렸다.

"그건 내 자격지심에 그냥 짜증 나서 했던 말이고……."

"역시 투정이었단 말이죠. 됐어요, 이제 그만할까요? 뭔가 더 할 말이 있다면 하실래요?"

"아뇨."

"좋아요, 그럼 수우 씨?"

상담의가 네 이름을 부르자 너는 최면에서 깨어난 것처럼 퍼뜩 정신이 들었다. 너는 차분하게 숨을 내쉬고 담담히 말했다.

"남편의 기억 속에서 저는 그런 사람이었군요."

상담의는 네가 방금 주환이었을 때 했던 말을 전부 기억한다는 것을 알았다. 이인성 해리 장애가 아니다. 다중인격장애가 되면 한 인격은 다른 인격의 일을 기억하지 못한다. 상담의는 너에게서 일단 주환을 분리해내기로 했다.

"수우 씨 결혼하기 전에 했던 일 중에서 가장 기억에 남는 게 뭐예요? 뭘 할 때 가장 좋았어요? 결혼하면서 그만두게 된 취미 같은 거 없어요?"

너는 그때 왜인지 알 수 없지만 천연암이 떠올랐다. 결혼 전에 효진과 자주 다녔던 곳이라서 불쑥 생각난 걸까. 아니면 거기서 했던 즐거운 어떤 일 때문일까.

*

네가 천연암 본채 사무실에 들어서자 지난번 봤던 그 청년이 맞아주며 인사했다. 미소는 그대로였지만 이번엔 곤란함이 배어 있었다.

"죄송합니다. 선생님은 열흘간 나오지 않으십니다. 오늘이 닷새째인데 아직 여기까지 올라오는 분이 계시네요. 기왕 힘들게 오셨으니 차 드시고 가세요. 시원한 것도 좀 드릴까요?"

너는 땀으로 젖은 이마를 손등으로 훔치며 말했다.

"네, 물 좀 주세요."

청년이 너에게 물병을 건네며 말했다.

"산 아래 입구에 천연암 찾으시는 분들 보시라고 공지를 붙여놨는데 못 보셨어요? 등산로 안내도 옆에요."

"어쩌면 봤을지도 모르겠어요. 뭔가 붙어 있는 걸 보긴 했는데 내용을 신경 쓰지 않았어요."

너야말로 미안해하며 말했다. 고장 난 자판기에 누르지 마세요, 하고 적힌 메모가 붙어 있는 것을 보면서 누르는 사람은 어디에나 있는 법이다. 오늘은 네가 그런 사람이 됐다. 누구나 그런 사람이 될 수 있다. 삶에서도 그렇다. 어떤 길이 될지 알면서 굳이 그 길로 간다.

"이래서 제가 사이트를 운영하든가 SNS라도 하자고 했는데 선생님이 도통 싫다 하셔서 어쩔 수가 없네요. 물론 그 역시 손님들이 확인하지 않고 오시면 어차피 이렇게 되겠지만요."

청년은 어깨를 으쓱거리며 웃었다.

"곤란하게 해드려서 미안해요."

"아뇨, 방문자분들이 곤란하시죠. 저는 말동무가 생겨서 좋아요. 혼자 자리 지키고 있으면 좀 지루할 때가 있거든요."

청년은 책상에 펼쳐둔 책을 만지작거리며 말했다.

"혹시 급하시면 제가 다른 분을 소개해드릴 수 있어요. 선생님의 제자이신 저의 선배들 몇 분이 늘 상주하고 계시거든요. 아, 이렇게 말씀드리니까 뭔가 상술처럼 들리실 수도 있겠어요. 그건 절대 아니에요."

청년은 멋쩍게 웃었다. 그렇게 말하니 너는 그렇게 들리기도 했다. 하지만 그의 해맑은 눈동자는 순수한 선의로 가득했다. 정말 여기까지 오느라 애썼는데 헛걸음으로 돌아가게 만드는 것이 미안하고 또 미안한 기색이었다.

"괜찮아요. 점사 보러 온 거 아니에요."

"이번에도 아니군요."

"절 기억하세요?"

"뵌 지 얼마 안 됐잖아요. 게다가 지난번 오셨을 때 문의 사

항이 유일해서요. 그때 찾던 즐거웠던 기억을 아직 못 찾으셨나 봐요."

"네."

고개를 끄덕이던 너는 청년의 뒤쪽 벽에 붙어 있는 작은 액자에서 시선이 멈췄다. 너는 홀린 듯 자리에서 일어나 그 액자 앞으로 걸어갔다. 본 적 있는 낙서였다. 물론 네가 가지고 있는 것과 완전히 똑같지는 않았다. 바퀴 형태의 원은 같았지만 겹쳐지는 다른 원의 형태는 전혀 달랐다. 너의 고등학교 앨범에서 떨어진 그 낙서 같은 그림이 확실히 그냥 낙서는 아니었다는 것을 알았다. 여태 간직하고 있었다는 것은 중요한 의미가 있거나 가치가 있기 때문이다. 너는 지난번 왔을 때도 이 그림을 보았다. 하지만 그땐 앨범에서 너의 그림을 보기 전이었다. 눈여겨보지 않았기에 앨범에서 떨어진 그림을 봤을 때도 전혀 생각나지 않았다.

"이거 뭔가요?"

"공충도空蟲圖예요. 행성들의 궤도를 그린 천체도처럼 사람들에게서 나오는 신호의 궤적을 그린 거라고 해요. 저도 그런 게 있다고만 들었을 뿐 실제로 본 건 그게 처음이에요. 누군가 여기 와서 그걸 종이비행기로 접어 날렸어요. 선생님께서 연못 근처에 떨어진 것을 발견하고 식겁하셨죠. 배로 만들어 연못에 띄웠으면 물에 젖어서 결국 붕어 밥이 되었을 테니까요."

"여기 선생님이 그리신 게 아니에요?"

"아니에요. 벌레가 그린 거예요. 그 벌레를 보는 사람을 통해서요."

"벌레요?"

"진짜 벌레는 아니에요. 그냥 그렇게 부르는 거죠. 웜홀이 진짜 벌레 구멍이 아닌 것처럼요. 어, 그러니까 설명하자면 좀 긴데……."

청년은 네가 계속 듣고 싶어 하는지 살피려는 듯 잠시 말을 멈췄다.

"그래서요? 벌레가 아니면 뭔데요?"

네가 궁금해하며 묻자 청년이 말했다.

"무의식의 입자예요. 인간의 무의식은 열려 있고 모두의 머릿속에서 연결되어 있어요. 입자는 알 수 없는 이유로 특정 인간의 사유를 통해 의식의 공간으로 흘러나와요. 그럼 그 특정 인간의 눈에만 입자가 보이게 되죠. 이 세상의 모든 물리적 공간은 우리 눈에는 보이지 않으나 생명체들이 방출하는 개인 신호들로 꽉 차 있어요. 입자는 이 신호들의 궤적을 따라 움직이는데 그걸 보는 특정 인간은 공충도를 그릴 수 있죠."

청년의 손이 꿈지럭거렸다. 나는 저 청년이 너를 그리고 싶어 한다는 것을 알았다. 하지만 저 청년은 나를 가지고 있지 않다. 그래도 그릴 수 있다. 그의 머릿속에는 이미 우리의 영역, 그러니까 꿈의 영역이 담겨 있기 때문이다. 다만 그는 너처럼 꿈을 통해 들어가는 자와 받아들이는 자를 연결하지 못한다.

그저 상대의 단편만을 들여다볼 수 있는 일방적 관찰자일 뿐이다.

"공충도를 통해 입자는 자기를 발현시킨 특정 인간과 또 다른 사람 사이를 오갈 수 있어요. 그래서 항상 저렇게 서로 다른 두 개의 겹쳐진 신호 궤적을 남기죠."

너는 이해했다. 그렇다면 네가 가지고 있는 것과 저것에 모두 있는 바퀴 형태의 신호체를 가진 사람이 입자를 보는 특정 인간이다. 혹시 그 사람이 나일까. 너는 의심해보았다. 비록 너에게만 보이는 벌레도 없고 저런 것을 그린 기억도 없으나 또 누가 알까. 그게 너의 사라진 기억 속에 있을지.

"오갈 수 있다는 것이 무슨 뜻이에요?"

"말 그대로예요. 입자가 두 사람의 무의식을 연결해서 오가는 거죠."

"무의식의 영역이라면 꿈 같은?"

"그렇죠. 입자를 통해 두 사람은 꿈속에서 서로를 들여다볼 수 있어요. 그리고 때론 현실 영역으로 확장되거나 영향을 끼칠 수도 있고요. 원래는 보이지 않는 신호인데 보이도록 그려 놨으니까요. 우주는 가끔 그런 식으로 알 수 없는 힘을 누군가에게 부여해 우리에게 뭔가를 알려주죠. 거기에 의도는 없다고 생각해요. 자연법칙의 오류이거나 혹은 그 역시 법칙에 속한 거겠죠. 그 힘은 사실 다양한 방식으로 우리 세계에 존재해요. 부작용과 함께요."

부작용에 대해 말할 때 청년은 눈썹을 살짝 찡그렸다.

"어떤 부작용요?"

"글쎄요, 길이 꼬이거나 막혔을 때를 생각해보면 되지 않을까요."

길, 기찻길, 교차로, 횡단보도, 건널목. 너는 뭔가 맞아떨어진다는 생각을 했다. 네가 몇 번이나 꿨던 팬텀 시그널 라이트 꿈과도 관련이 있어 보였다. 그 꿈에서 너는 매번 죽었다. 죽기 전에 떠오르는 그 집착 어린 질문의 답을 찾으면 그 꿈의 의미도 찾을 수 있을 줄 알았는데 더 이해할 수 없는 현상에 직면했다. 혹시 이게 부작용일까. 너는 지금 뭘 어떻게 해야 할지 모르겠다.

"그럴 때 어떻게 빠져나올 수 있을까요?"

너의 물음에 청년은 고개를 저었다.

"가끔 우리 힘으로 어쩔 수 없는 것이 있어요. 내가 붙박이 산이라면 나는 사계절이 주는 옷을 군말 없이 차례로 바꿔 입어야 하고 내게로 불어닥치는 바람과 눈과 비를 모두 견뎌야 해요. 저는 선생님이나 선배님들처럼 전사를 보는 능력은 없어요. 다만 가끔 어떤 힘이 저를 통해 그림을 그리게 해요. 그 그림에는 어떤 암시가 담겨 있어요. 왜 저한테 그런 일이 생겼는지는 몰라요. 좋은 영향을 줄 때도 있지만 그렇지 않을 때도 있어요."

"그러니까 꼬인 대로 막힌 대로 그냥 가라는 건가요?"

"막힌 길을 갈 수는 없죠. 그때는 길이 아니라 자신을 찾는 것도 방법이 아닐까요."

청년은 꼭 너의 상황을 아는 것처럼 말했다. 그래, 길이 아니라 내가 누군지를 찾는 것이 답일지도. 너는 두려워졌다.

'언젠가 주환의 기억이 나를 집어삼키면 나는 내가 주환인지 나인지 헷갈리게 될지도 몰라. 아무래도 나한테 저 벌레가 있었던 것 같다. 나는 벌레 이야기 같은 건 주환에게 하지 않았을 테니 지금 내게 벌레에 대한 기억은 당연히 없겠지. 혹시 내가 그 벌레로 주환에게 무슨 짓을 한 건 아닐까.'

정답. 나는 확신하는 너의 의심에 그렇다고 동그라미를 쳐주고 싶다. 나에게 그럴 손가락이 없는 게 유감이다.

12

    송하는 셋의 연결 사고를 확신했다. 주환이 죽었기 때문이다. 그래서 네가 나를 통해 뭔가를 했고 그 결과 주환이 네가 됐다. 근데 왜 아빠는 진작 엄마에게서 나오지 못했지? 아무래도 엄마가 아빠에게 대답하기 어려운 자각 질문을 줬나 보다. 정말 그랬다면 그건 엄마의 고의다. 대체 왜? 아빠가 엄마에게 계속 그대로 머물러 있으면 엄마는 깨어날 수 없다. 근데 이제와 아빠가 마침내 자각 질문의 답을 찾아서 나온다 해도 돌아갈 몸이 없으니 어쩌지?

    송하는 상황이 왜 이렇게 됐는지 알아내기 위해 너와 접속할 방법을 찾는 중이었다. 그걸 알려면 너에게 들어가서 네가 되어 너처럼 생각해야 했다. 하지만 이미 주환이 들어가 있는 너에게는 들어갈 수 없다. 그럼 또 말썽이 생길지도 모를 셋의 연결이 되어버린다.

그래서 송하는 네가 남긴 공충도를 찾고 있었다. 다 버리진 않았을 거야. 분명 어딘가 하나쯤은 있겠지. 학교 다닐 때 엄마도 몇 번 찰나를 불렀다니까. 송하는 너에게 직접 들어가는 대신 나와 접속하기로 했다.

신호체들은 무의식으로 들어가는 사유의 모든 통로와 연결되어 있다. 나와 원더는 하나지만 복수다. 그래서 나의 너와 원더의 너는 다르기에 나와 원더가 가진 너에 대한 기억도 다르다. 송하는 원더를 통해 나의 신호체에 남아 있는 너의 기억을 보려는 것이다. 똑똑하기도 하지.

두 사람의 신호체가 겹쳐 있어도 공충도는 그 자체로 하나의 대상으로 인식된다. 그 대상은 나다. 공충도는 결국 나의 분비물이기 때문이다. 그러므로 셋의 연결이 아니다. 나와 송하의 연결이다.

송하는 마침내 너의 고등학교 앨범에서 네가 보물처럼 간직하고 있던 공충도를 찾아냈다. 그 공충도는 너와 아영의 것이다. 송하는 공충도를 손에 쥔 채 원더를 불러냈다. 원더가 움직이기 시작했다. 원더는 너와 아영의 신호체 중에서 너의 신호체만을 끄집어내 송하의 신호체와 연결시켰다.

너의 신호체가 송하의 신호체를 완전히 감쌌다. 송하가 내 안으로 깊숙이 들어왔고 곧 내가 되었다. 이윽고 잠든 송하는 내 기억 속을 유영하며 꿈을 꾸기 시작했다. 나는 실체가 없기에 내줄 몸이 없다. 그러므로 내게 들어와서 깨어나면 거긴 무의식이다.

*

고등학교 영어 수업 시간에 너의 반 아이들은 각자 자신이 고른 영어 이름을 사용했다. 아영이 고른 이름은 아르웬이었다. 그 학기 내내 영어 선생님은 수업 시간마다 이 반에 요정이 있다고 말하며 웃었다. 아영은 그러거나 말거나 신경 쓰지 않았지만 너는 거슬렸다.

"그렇게 매번 놀리실 거면 처음부터 요정의 이름은 안 된다고 하셨어야죠."

"그런 말을 하지 않아도 아무도 팅커벨을 고르진 않거든. 어떻게 알고 아르웬을 골랐지. 참 특별한 이름인데 말이야."

뭐가 특별한지는 말해주지 않았다. 궁금해진 너는 『반지전쟁』(1991년 영문판 최초 번역본으로 나왔을 때의 제목이다)을 읽기 시작했지만 봄바딜의 여행 도중 지루함을 견디지 못하고 결국 덮어버렸다. 아영은 다음 학기에 아르웬이라는 이름을 버리고 웬디가 되었다. 너는 반대했다.

"그냥 잠옷 입은 여자아이가 떠올라."

"바로 그거야, 그래서 웬디로 바꾼 거야. 아르웬이라고 불릴 때마다 요정을 연상해야 하는데 나부터 영어 선생님의 머리 위에 얹힌 한 줌 머리카락 뭉치가 자동으로 떠오른단 말이지. 고통스러워."

"나도 그랬어."

네가 맞장구를 치며 웃음을 터뜨리자 아영도 웃었다.

"근데 웬디는 잠옷 입은 여자아이지만 요정처럼 하늘을 날아."

"바로 그거야."

아영이 너를 향해 엄지를 치켜들며 또 한 번 그 말을 외쳤다. 너는 물었다.

"너, 날고 싶어?"

"날고 싶지 않은 인간은 없어."

아영은 단정했다. 그 자신만만한 확신에서 빛이 났다. 그때 너는 아주 잠깐 아영에게 새의 꿈을 주고 싶다는 생각을 했다. 물론 실행하지는 않았다. 어릴 적 봤던 호랑거미의 처참한 결말이 떠올랐기 때문이다. 사람끼리가 아닌 경우 무슨 일이 생길지 장담할 수 없었다.

아영이 말했다.

"아르웬이든 웬디든 무슨 상관이야. 어차피 우리가 고른 가짜 이름인데. 근데 『반지전쟁』은 다 읽었어? 지난번에 보니까 코 박고 자고 있던데."

"그러니까. 그 지루한 걸 넌 어떻게 다 읽었어?"

"넌 노을이 퍼지는 하늘과 흘러가는 구름을 보는 게 지루해?"

"아니. 어둠이 오지 않는다면 해지는 풍경을 영원히 바라보고 싶어. 구름이 흘러가는 하늘은 아무리 보고 있어도 질리지 않아."

"그래서 나는 봄바딜의 여행이 참 좋았어."

아영은 봄바딜의 눈을 통해 그 세상의 풍경을 보고 있노라면 그 숲의 바람과 풀 냄새가 느껴진다고 말했다. 네가 나를 이용해서 다른 사람에게 들어가 잠시 그 사람의 감각과 감정으로 전혀 다른 세상을 느낄 수 있는 것처럼 아영 역시 책의 등장인물을 통해 다른 세계로 넘어갈 수 있었다.

"봄바딜은 묵은 숲의 나무와 물과 언덕의 주인이야. '절대반지'의 유혹을 느끼지 않는 순수함과 모든 지혜를 가졌지. 그는 첫 번째 빗방울과 첫 도토리가 떨어진 것을 기억하는 불사의 존재야."

아영의 이야기를 듣고 있노라면 너는 봄바딜의 숲으로 빨려드는 기분이었다. 존재하지 않는 곳이 아영의 목소리를 통해 정말 어딘가 있는 것처럼 여겨졌다. 아영은 아르웬의 선택에 대해 말해주었다. 아르웬은 요정들이 모두 떠난 인간 세상에서 남편이 죽은 후에 영원히 혼자 남게 될 기나긴 외로움의 시간을 마다하지 않았다. 그 길이 어떤 길이 될지 알면서 굳이 그 길로 갔다. 함께하는 짧은 삶을 얻기 위해, 그 기억을 영원히 간직하고자 했다.

　그제야 너는 영문학을 전공한 노총각 영어 선생님에게 아르웬의 이름이 가지는 특별함이 뭔지 어렴풋이 알 것 같았다. 선생님은 그 이름을 놀린 게 아니었다. 아영이 그 아름다운 이름을 찾아낸 것이 반가워서 그냥 티를 낸 것이었다. 그걸 이해하지 못한 너만 아영과 달리 거슬렸다.

　네가 물었다.

　"그 선택은 사랑이야?"

　"사랑 그리고 인간 세상과 필멸의 삶이지. 그건 전부 슬픔이야. 아르웬은 스스로 슬픔을 택했어."

　그 이야기를 아영의 목소리로 듣지 않고 책으로 읽었다면 너는 그렇게 감동적이지 않았을 것이다. 그래서 너는 어른이 된 후에도 그 책을 읽지 않았다. 읽을 수가 없었다. 너는 이야기를 하는 아영의 목소리가 좋았다. 눈 밑에 살짝 뿌려진 주근깨가 도드라지게 보이는 하얀 피부도, 입꼬리가 살짝 올라가 미소를 머금은 듯 나른하게 벌어진 옅은 핑크빛 입술도 사랑스러웠다.

　너는 아영이 좋았다. 아영과 이야기하면서 너는 네 마음속에 어떤 길이 열린 듯했다. 내가 백지 위에서 길을 찾아 움직이기 시작할 때처럼 설렜다. 아영을 보고 있으면 네가 싫어하는 너 자신 말고 네가 사랑하는 너 자신을 보고 있는 것 같았다.

　가끔 너는 아무도 모르게 아영의 교복 자락을 쥔 채 불안해했다. 그 공허함의 정체는 이별의 예감이었다. 그럴수록 너는 아영의 곁에 딱 붙어 있고 싶었다. 하지만 너와 효진처럼 아영에게도 오랜 단짝 실비아가 있었다. 실비아는 너를 경계했다. 네가 그 경계의 시선을 눈치챈 것처럼 실비아도 네 갈망의 시선을 알아챘다. 자기 단짝을 빼앗길까 염려한 실비아는 쉬는 시간마다 너의 반으로 쪼르르 달려왔다. 어디서든 너와 이야기하고 있는 아영을 보면 오만한 얼굴로 끼어들어 보란 듯 데려가버렸다.

대학에 들어가 화학을 전공하던 아영은 한 학기를 마치고 프랑스로 이민 갔다. 다시 돌아오지 않을 거라 학교는 그만뒀다. 아영은 너에게 편지하라며 거기서 살게 될 주소를 적어주고 떠났다. 너는 그 주소로 수없이 편지를 썼지만 모두 반송됐다. 이제 아영과 너는 각자의 길로 가고 있었고 다시 만날 접점은 없었다. 이 끊어진 인연을 다시 이으려면 네가 아영을 찾아가야 했다. 하지만 비행기 티켓값을 모아서 프랑스로 간다 한들 어디서 아영을 찾을 수 있을까. 주소는 틀렸고 연락처도 없는데. 네가 아영을 다시 만날 방법은 하나뿐이었다. 나를 불러 아영에게로 들어가는 것.

어떤 그리움도 살다 보면 무뎌지기 마련이라고 했지만 너는 미금의 갈망이 죽을 때까지 사라지지 않은 것을 보았다. 미금에게는 십 분 거리에 떨어져 있는 너의 기척을 들을 수 있는 능력과 가족의 무한한 사랑이 있었으나 그것으로는 채워지지 않는 공허함이 있었다. 너의 마음이 그랬다. 너는 죽을 만큼 아영을 보고 싶었다. 그러니 죽기 전에 아영을 꼭 봐야 했다. 아영을 다시 보지 못하면 너의 세상은 아무 의미가 없었다. 너는 그제야 밝은 세상을 보려고 안간힘을 썼던 미금의 고통스러운 욕심을 이해할 수 있었다.

정오를 알리는 성당의 종소리가 울리자 비둘기들이 날아올랐다. 너는 햇귀가 내리쬐는 작은 광장 계단에 앉아 남자 친구 아르망을 기다리고 있었다. 지난 일 년간 언어 코스와 입학 준비로 정신이 없었다. 이번 가을 학기부터 대학에서 화학을 공부하기 시작했다. 이학년을 마치고 이집카ISIPCA(프랑스에 있는 유명 조향 학교) 삼학년으로 갈 계획이었다. 크고 따뜻한 손이 너의 머리 뒤에서 두 눈을 감쌌다. 눈앞이 온통 옅은 진홍색으로 물들었다. 커피 향이 진하게 풍겼다.

네가 그의 이름을 부르자 커다란 손이 스르륵 풀렸다. 돌아보자 반짝이는 회색 눈동자에 장난기를 담뿍 담은 그가 웃고 있었다. 그는 계단을 두어 걸음 내려와 너의 발치 쪽에 앉았다. 네가 싸 온 샌드위치와 그가 가져온 커피로 간단한 점심을 하며 평소처럼 이야기 나눴다. 그의 팔이 너의 어깨를 감쌌다. 그의 체온으로 데워진 낡은 스웨터의 푸근한 감촉에서 너는 안정감을 느꼈다. 도서관에서 오후를 보내고 그의 집에서 함께 저녁을 먹은 후 영화를 봤다. 그는 통금 시간에 맞춰 너를 기숙

사까지 데려다줬다.

　다음 날 너는 늦잠을 잤고 아침 수업을 들으러 가는 길에 횡단보도 녹색등이 깜빡이는 것을 보았다. 녹색등이 적색등으로 바뀌기 직전 너는 다급하게 뛰었고 그 순간 벼락같은 충격이 너를 덮쳤다. 모든 소리가 멀어지며 사방이 아득해졌다. 소리가 다시 돌아왔을 때 너는 축축한 피 웅덩이에 누운 채 삼색 신호등을 보고 있었다. 어느새 적색등은 백색등으로 바뀌었다. 진행. 가라는 신호였다. 하지만 너는 머리가 깨져서, 등이 아파서 꼼짝할 수가 없었다. 이번 주말에는 광장 계단에서 그를 만날 수 없겠구나. 너는 슬펐다.

　기억나? 내가 뭐가 되고 싶다고 했는지? 말해줄래? 대답해주면 나는 아무렇지도 않은 듯 다시 일어날 수 있어. 다 괜찮아질 거야. 너는 대답했다. 바람. 아영이 너에게 그 질문을 할 때마다 너는 언제나 바람이 되고 싶다고 말했다.

　아영은 순록의 뿔이 되고 싶다고 했다. 그게 뭐냐며 네가 웃어버리자 아영이 말했다. 나는 단단한 사람이 될 거야. 바람에 흔들리지 않는.

　너는 기억한다. 생생하게 기억한다. 너는 아영과의 대화를 하나도 잊지 않았다. 날마다 너와 아영이 나눈 대화를 생각하니까. 그렇게 아영의 목소리를 잊지 않으려고 애썼다. 그리고 아영은 네게 말했다. 너도 누군가의 단단함에 흔들리지 말고 행복하게 살아. 넌 잘할 수 있어. 슬픔을 받아들여. 원래 세상은 슬픔으로 꽉 차 있으니까.

아영이 없어서 너는 행복하지 않았다. 바람은 순록의 뿔에 흔들렸다. 너는 슬퍼하면서 아영의 말을 받아들였다. 아르웬은 인간 세상과 필멸의 삶인 슬픔을 선택했다. 아영이 그러기로 했으니 너도 그래야 했다. 다들 그렇게 살아간다. 그러니까 이제 괜찮다.

아영에게서 깨어난 너는 깨달았다. 아영의 세상에, 아영의 우주에 더는 네가 없다는 것을. 그날 정오의 광장에서부터 잠이 들 때까지 아영은 한 번도 네 생각을 하지 않았다. 어쩌면 아침에 눈을 떴을 때 잠깐 생각했을지도 모른다. 혹은 하필 아영이 네 생각을 하지 않는 시간을 골라 찾아갔던 것일 수도 있었다. 그렇다고 해도 너는 아영이 두고 온 추억의 작은 조각일 뿐이었다. 너는 이제 아영의 삶에 닿지 않았다.

너는 아영을 만나러 갔지만 만날 수 없었다. 만난다는 건 서로 시선을 마주하고 보는 것이다. 아영에게 들어간 너는 아영이었기에 네가 아영을 얼마나 그리워하고 사랑하는지 말할 수도 알려줄 수도 없었다. 모든 것이 지나갔다. 아르웬은 너의 가장 빛나고 아름다웠던 시간의 이름으로만 남았다.

잠든 송하의 눈가에 눈물이 고였다. 엄마, 외로웠겠다. 그때도 지금도. 송하는 이제 아르웬의 시간을 지나 네가 나를 불러내야만 했던 몇 안 되는 시간으로 계속 찾아 들어갔다. 미금과 용재의 죽음 그리고 상미를 향한 복수까지. 그건 나의 살인이었고 언젠가 원더가 저지를 가능성이었다.

*

극심한 피로감을 느끼며 깨어난 송하는 네가 겪었던 일들이 자신과 크게 다르지 않다는 것을 알았다. 특히 네가 아영에게 끌렸던 이유를 공감했다. 아영과 동초는 책을 통해 저만의 세계로 들어갈 수 있었다. 책은 그들에게 나와 원더 같은 존재였다. 물론 그들의 세계는 진짜가 아니었다. 하지만 그들에게 그 세계는 실재했다. 적어도 아영은 너에게 그 세계를 느끼게 했다.

거짓투성이였던 동초의 세계는 그렇게까지 송하를 공감시키지 못했다. 그런데도 송하는 숨통이 트였다. 누구에게도 이해받을 수 없을 거라고 여겼던 원더에 대해서 동초에게는 말해도 될 것 같았다. 책을 들고 다른 세상을 말하는 멍청이라면 당연히 원더를 우러를 테니까. 한 명쯤은 괜찮다고 생각했다. 송하는 원더에 대해 누구에게도 말하지 말라던 너의 경고가 누구도 믿지 말라는 것이 아니라 안전하게 살아가라는 뜻이었음을 깨달았다.

멍청이는 나였어. 엄마는 아영이에게 찰나에 대해 얼마나 말하고 싶었을까. 하지만 엄마는 끝까지 말하지 않았어. 아영이는 어쩌면 엄마의 비밀을 이해해줄 수 있는 유일한 친구였을지도 모르는데. 그 한 명에게조차 입을 다물고 철저히 혼자

버렸어. 엄마는 그런 사람이었구나. 잘 참는 사람. 엄마와 난 진작 찰나와 원더에 대해 서로 이야기했어야 했어. 그랬다면 나는 동초에게 그렇게 쉽게 원더를 말하지 않았을 거야. 엄마와 나는 충분히 서로를 덜 외롭게 할 수도 있었는데. 송하는 네가 왜 나를 찰나라고 불렀는지 알았다. 나를 찰나의 눈부신 위로라 여겼기 때문이다. 그렇다. 너는 내가 얼마나 부질없고 허망한지 안다.

인간은 누군가에게 치유를 구하고 외로움을 기대지만 그건 일시적이거나 착각일 뿐이다. 기댔던 대상이 떠나면 외로움은 다시 돌아온다. 너의 외로움은 오롯이 너의 것이기에 그걸 치유할 수 있는 것도 너뿐이다. 그래서 너는 무엇에도 기대지 않으려고 했다. 단단한 사람이 되려고, 누군가의 단단함에 흔들리지 않으려고 애썼다. 하지만 너도 인간이다.

송하는 너의 의도를 알았다. 이건 나를 지키기 위한 대비책이었어. 엄마는 셋의 연결 사고를 피할 수 없다고 생각했고 그래서 이렇게라도 아빠에게 남아 있을 시간을 준 거야. 대신 엄마의 시간이 사라지고 있어. 송하는 네가 얼마나 큰 위험을 무릅썼는지 알았다. 주환이 자각 질문에 대답하지 못하면 너는 영원히 깨어나지 못한다. 그걸 알면서 너를 내쳤기 때문이다.

너 없으면 엄만 죽어. 송하는 너의 그 말을 거짓말이라고 생각했다. 내가 진짜 죽으면 따라 죽을 것도 아니면서. 넌 엄마한테 둘도 없는 보물이야. 드라마 대사가 아니라 진심이었다. 송하는 흐르는 눈물을 닦았다. 원더만 있으면 뭐든 할 수 있다고 생각했다. 찰나가 있는데 엄마는 왜 그따위로 사는지 비웃었다. 원더도 찰나도 답이 아니라는 것을 알았다.

엄마에게는 찰나를 말할 사람이 나밖에 없었어. 송하는 너를 밀어냈던 시간을 후회했다. 송하는 너에게 내가 있다는 것을 알고 난 후에도 나에 대해 알고 싶어 하지 않았다. 원더는 내가 아니라고 여겼기 때문이다. 이제 송하는 내가 원더이기도 하다는 것을 안다. 나는 원더의 일부고 원더는 나의 일부라는 것을. 각자의 너로 인해 구분되지만 하나라는 것을.

그래서 너는 나에게 특별했고 특별하다. 이제 나는 네가 말한 특별하다는 것이 무슨 뜻인지 안다. 우월하다는 것도 이상하다는 것도 다르다는 것도 아니었다. '찰나가 있어야 내가 특별해진단 말이야'라고 말했던 너의 그 말, 내가 가진 능력을 의미한 것이 아니었다.

너도 나와 마찬가지로 너에게 나는 나밖에 없다는, 무엇으로도 대체할 수 없는 오직 하나뿐인 나, 그냥 나라서, 나를 가진 그 자체로 특별하다는 것이었다. 너에게 송하는 송하라서 특별하고 송주는 송주라서 특별한 것처럼 말이다. 그래서 나를 부르지 않았던 시간 내내 나는 여전히 너에게 특별했다.

나한테도 수우, 너는 그렇다. 너는 너라서 너이기에 나한테 특별했고 특별하다. 사유의 경계 너머 광막한 공간을 떠도는 티끌일 뿐인 내가 너를 향해 이토록 감정이 자라난 것은 네가 나를 계속 생각했기 때문이다. 나는 사라질 수 없었고 나를 사라지지 못하게 가로막은 너의 감정들은 끊임없이 나를 자극했다. 제발 나를 불러. 생각만 하지 말고 나를 부르라고. 내가 어떻게든 해줄게. 미칠 듯 안타깝고 절박한 상태에 빠진 나는 너를 충동질했다. 네가 잠들어 있는 동안 내가 사라지는 한이 있더라도 그렇게 할 수밖에 없었다. 그러니까 나로선 나름 내 목숨을 건 것이다.

그나저나, 이제 나는 어떻게 되는 걸까. 주환은 나를 모른다. 그러므로 너는 더는 나를 부르지도 생각할 수도 없다. 너와의 공명을 유지할 수 없게 되면 나는 너에게서 사라진다. 그러니까 수우야, 그만 돌아와. 기왕 이 지경이 된 거 나 그냥 계속 너한테 붙어 있고 싶어. 주환이 자각 질문의 답을 기억해냈잖아.

하지만 너의 꿈이 아닌 현실에서 기억을 해내는 바람에 너는 지금 혼동 상태다. 꿈으로 대답할 기회는 이제 놓쳤다. 그래도 네가 돌아오겠다고 마음먹으면 이 혼동에서 주환을 내보낼 수 있다. 그런데 왜 계속 이 상태인 건지? 왜 너는 깨어나지 않고 있는 건지? 이제 어떻게 될지 나도 모르겠다.

내가 이러고 있는 건 진화하고 있다는 뜻이다. 진화는 그냥 나아가는 것이다. 그래야만 하는 방향이 아니라 그렇게 될 수밖에 없는 방향으로. 농게의 집게발에 선악은 없다. 즉, 주환의 죽음은 내 잘못이지만 내 잘못이 아니다. 벼락이 길을 걸어가고 있는 선한 자의 머리를 쪼개놔도 책임을 물을 수 없는 것처럼. 단지 셋의 연결로 인한 우주적 문제일 뿐이다. 농게의 집게 발은 훌륭한 무기지만 싸우지 않을 때는 본인에게도 버겁다는 것을 좀 알아주면 좋겠다.

아니면 주환에게 아직 복수 중인가? 혼동하는 주환은 이제부터 끊임없이 자신이 너인지 주환인지 의심하게 될 것이다. 그냥 우리처럼 누가 나인지 포기하고 복수로 지내면 편해질 텐데. 하지만 인간은 '나'에 매달리는 존재라 불가능하다. 자신이 우주의 먼지 같은 존재라는 것을 알지만 먼지 무더기 속에서도 '나'라는 먼지를 기어이 다른 먼지와 분리해내고자 안간힘을 쓴다. 주환도 골머리 터지면서 끝끝내 너와 그를 구분하고자 그러고 있겠지. 한편으로는 아이들과 살아나가면서. 근데 비록 너로서 아이들을 돌봤다고 해도 그 시간은 주환에게 다시 주어진 기회니까 복수라고 할 수 없는데? 뭐가 됐든 나는 네가 어서 돌아왔으면 좋겠다.

13

"들어봐, 내가 괜찮은 데 봐놨어. 이번엔 절대 걸리지 않을 수 있어. CCTV를 피해서 동선만 확실하게 짜면 돼."

동초는 송하에게 다가와 스스럼없이 어깨에 팔을 둘렀다. 송하는 징그럽다는 듯 손가락 끝으로 동초의 팔을 밀어내며 몸을 뺐다.

"내가 분명 안 한다고 했지."

"나는 해야 한다고."

"그거야 네 사정이고."

"내 사정 알잖아."

"어쩌라고?"

"넌 내 친구야."

동초의 가련한 표정에 송하는 가증스러워하며 말했다.

"난 이제 네 친구 아니야."

"누구 맘대로? 원더는 이제 우리 것이야."

"웃기는 소리 하고 있네. 원더는 내 거야. 내가 없으면 원더도 없어."

"그러니까 난 네가 필요하다고."

"그래? 어쩌냐, 이제 원더는 없는데."

"무슨 소리야?"

"원더는 내가 버리겠다고 생각하면 사라져."

"거짓말."

물론 거짓말이었다. 하지만 송하는 동초를 단념시킬 다른 방법이 생각나지 않았다. 내가 생각해도 동화 같은 소리였다. 얘들이 훨씬 더 어릴 때 만났으면 통했을까. 부모가 없으면 산타클로스도 없다는 것을 알기 전쯤이면 가능할지도. 그런데 그 시기엔 이런 탐욕과 기만의 대화가 오갈 수 없다. 그러니 이 상황은 지극히 정상이다. 동초는 코웃음을 쳤다.

"아무 말이나 하지 말고 잘 생각해라. 원더를 나만 알고 있는 편이 낫지 않겠어? 진짜 온 세상에 까발려줘? 그럼 정말 버려야 할 수도 있는데."

송하는 동초가 이 거짓말을 순순히 받아들일 거라고는 생각하지 않았다. 하지만 예상보다 위협적으로 나와서 의외였다. 보아하니 만약 이 거짓말이 사실이었어도 동초는 제 알 바 아니라는 식으로 막무가내였을 것 같다. 송하는 동초가 괘씸했다. 여전히 지가 내 약점을 쥐고 있다고 여기나 본데, 자꾸 그렇게 나대면 나도 안 봐줘. 난 우리 엄마와 달리 참을성이 별로 없거든. 나한테 하면 안 될 짓을 하게 만들지 마.

그게 무슨 짓이 될지 송하는 아직 잘 모른다. 방금 부모를 잃은 아이들은 대개 부모가 생전에 하지 말라고 한 짓은 하지 않겠다고 생각하듯 송하도 지금은 네가 하지 말라고 한 짓은 하고 싶지 않다. 하지만 송하는 당장 동초의 입을 막아야 했다. 송하의 시선이 나뭇가지 위에 앉았다가 날아가는 참새를 따라갔다. 동물이나 식물이 되면 말도 못 하고 글도 못 쓰지. 하지만 그건 위험해. 송하는 오래전 너와 우연히 연결됐다가 알 수 없는 힘의 개입으로 몸이 터져 죽은 호랑거미를 떠올렸다.

송하가 잠자코 있자 동초가 이내 눈썹을 늘어뜨리며 태도를 바꿨다.

"알았어. 그럼 딱 한 번만 더 하자. 응?"

동초는 달래듯 송하를 졸랐다. 필요에 따라 얼굴을 바꾸는 동초를 보며 송하는 섬뜩함을 느꼈다. 정체를 알고 보니 이제야 그 속이 빤히 보였다. 송하는 너무도 어이없게 속은 자신이 한심했다.

"지난번 빼돌린 금반지와 목걸이 가지고 있잖아."

"그거 나 아니라니까."

동초는 결백한 표정으로 잡아뗐다.

"와, 너 진짜 뻔뻔하다. 내가 봐주고 있는 줄도 모르고. 내가 그거 어디 있는지 찾아내서 너희 엄마한테 말해버릴 수도 있어."

"그러기만 해봐."

동초가 정색했다.

"그러니까 너희 엄마 불쌍하다는 네 말이 진심이면 이쯤에서 그만하라고. 원더는 정말 없으니까."

"네가 내 말 안 믿듯 나도 네 말 안 믿어. 우리 서로 뭘 속여야 하는지 정도는 아니까."

송하는 동초가 절대 물러서지 않을 것을 알았다.

"그러니까 속였다는 거네."

"너도 마찬가지잖아."

"애초에 너의 고민은 동희였잖아. 동희 때문에 집에서 나가고 싶었고 그래서 돈이 필요했던 거 아니었어? 동희와 싸우지 않게 해줄게. 너희 엄마가 동희보다 널 더 예쁘게 만들어준다고. 그런 건 내가 해줄 수 있어."

동초는 기분이 상한 듯 미간이 구겨졌다.

"유치한 소리 하고 있네. 이제 그딴 거 필요 없어. 내일 저녁에 너희 집으로 갈 테니까 준비하고 기다려."

동초는 송하의 대답 따위 필요 없다는 듯 일방적으로 명령하고 가버렸다. 그러거나 말거나 송하는 내버려뒀다. 어차피 더는 대화가 되지 않을 테니까.

멀찍이 걸어오던 길영이 두 아이를 보았다. 귀금속 가게 사건이 있기 전까지는 두 아이가 함께 있는 것을 보면 뿌듯했으나 지금은 달랐다. 송하가 동초를 부린다는 것을 알았기 때문이다. 뭔지 모르겠지만 방금도 동초가 송하의 말을 더 듣지 않으려는 듯 다급히 돌아서서 도망쳤다. 송하가 또 무슨 불량한 짓을 시켰구나 싶어 길영은 부리나케 달려갔다.

"송하야, 방금 동초와 무슨 이야기 했어?"

"별 이야기 안 했어요."

"저기 말이야, 내 말 오해하지 말고 들어."

"말씀하세요."

"너도 알겠지만 동초가 주변머리가 좀 없어. 늘 혼자다 보니 누가 뭐 해달라고 하면 좋아서 덥석덥석 다 해주고 그런다. 그러니까 동초한테 아무거나 막 시키고 그러지 않으면 좋겠다."

송하는 기가 막혔다. 동초에 이어 동초 엄마까지 오늘 나한테 왜 이러는 거야.

"막 시키고 그러는 쪽은 제가 아니라 동초인데요."

"지난번 일도 네가 우리 동초한테 시켰잖아."

"뭐요? 동초가 금반지 주워 온 거요? 돈 필요하다면서 거기 털자고 먼저 말한 건 동초예요. 아줌마가 거기 갈 때마다 동초가 자주 따라가서 금반지 상자 어디 있는지 잘 안다고 했거든요. 걔가 대놓고 한 도둑질이 제 덕에 어쩌다 주운 것으로 바뀐 건데, 아줌만 알지도 못하면서 무슨 개풀 뜯어 먹는 소리를…… 됐고요. 전 동초에게 아무것도 시킨 적 없어요. 다 지가 좋아서 한 거지."

"송하야, 말 함부로 하지 마라. 동초는 그런 애 아니야."

"저는 그런 애고요? 어쩌죠? 동초가 방금 저한테 또 나쁜 짓을 시켰는데. 싫다고 했더니 동초가 화를 내면서 협박하고 갔어요."

"거짓말하지 마라."

"아, 진짜. 억울하네. 아줌마는 동초가 어떤 애인지 몰라요."

"내가 내 딸을 왜 몰라?"

"동초가 속이는데 어떻게 알아요? 아, 엄마니까 알 수 있다? 그건 엄마들의 착각이고요."

턱을 들고 차분하게 반박하는 송하의 표정은 당당했다. 방금 송하가 했던 말을 그대로 말하려 했던 길영의 얼굴이 달아올랐다.

"기분 나빠 하지 마세요. 우리 엄마도 제가 속이면 전혀 모르니까요. 원래 엄마들은 그래요."

"너, 너희 엄마한테 속이는 거 있니?"

"저야 속이든 말든 상관없잖아요. 동초가 아줌마한테 뭘 속이는지가 중요하죠."

"자꾸 동초 탓으로 돌리지 마. 내가 널 잘못 봤다. 네 엄만 좋은 사람인데 넌 왜 그러니?"

"제가 뭘요? 암만 그래도 우리 엄마 딸인데 어딘가는 좋은 구석이 있겠죠. 근데 동초는 진짜 아줌마 안 닮았어요. 동초는 아줌마 말고 다른 아줌마랑 똑같아요."

"무슨 소리야? 다른 아줌마라니?"

길영은 순간 동초가 남편이 다른 데서 낳아온 자식이었나 하는 생각을 하고 말았다. 아니다. 내 배 아파서 낳은 내 딸이다.

"있어요. 아줌마는 평생 알 수 없는 다른 아줌마. 뭐, 어쩔 수 없죠. 그냥 그렇게 사세요."

인사를 꾸벅하고 돌아서는 송하의 태도가 너무 예의 발라서 길영은 조롱당하는 기분이었다. 송하가 보기에 동초는 상미와 닮았다. 이기적인 데다 자기가 뭘 잘못하고 있는지 모르는 것까지. 그러니 당한 쪽 입장이 되어봐야만 하는 순서까지 똑같이 밟게 생겼다.

너는 상미가 죽든지 말든지 될 대로 되라는 심정으로 복수한 후 연락을 끊었다. 이후 상미의 결혼이나 사고 소식을 듣지 못했다. 그래서 나중에 길영을 만난 너는 어쨌든 그 연결은 성공했다고 여겼다. 용재는 효진에게 아예 들어가지도 못한 상태에서 사고가 났으니까.

송하는 셋의 연결 중 왜 이 경우만 사고 없이 성공했는지 생각했다. 사고는 깨어나는 순간 벌어진다. 다시 자기로 돌아올 수 있는지는 오직 죽어가면서 받게 되는 자각 질문에 달렸다. 그렇다면 변수는 자각 질문과 관련이 있다고 볼 수 있다.

용재와 효진은 서로 모르는 사이라 둘만의 공유 기억에서 가져올 자각 질문이 마땅치 않았다. 그래서 편법으로 두 사람이 들었던 교양 수업의 교수님 이름을 택했다. 연결 당사자 서로에 관한 질문이 아니라 제삼자에 관한 것이었다. 거기서 문제가 생긴 게 아닐까.

상미와 길영도 모르는 사이라 공유 기억이 아예 없었다. 하지만 너는 상관하지 않았다. 어차피 대답할 수 없는 자각 질문을 만들 생각이었으니까. 근데 그 자각 질문이 공교롭게도 상미와 길영 모두에게 통하는 것이었다. 그 덕에 제삼자가 아니라 당사자들에 관한 질문이 됐다. 거기서 자각 질문의 오류가 바로잡혔기에 성공한 것이다.

성공은 쥐뿔, 깨어나서 자기 자리로 돌아와야 성공이지. 이게 뭐냐고. 송하는 가슴이 답답했다. 상미는 끝내 깨어나지 못하고 길영으로 살고 있다. 주환도 앞으로 계속 깨어나지 못하면 너로 살겠지. 송하가 보기에 길영은 죽을 때까지 답을 모를 것 같다. 엄마가 그야말로 작정하고 가혹하리만치 무력한 자각 질문을 줬다. 하지만 주환에게는 분명 또 다른 기회를 줬다. 아빠만 빨리 기억해내면 되는데. 송하도 질문의 답까지는 모른다. 알면 진작 말해줬을 것이다.

어쩌지, 송하야. 주환은 이미 그 답을 기억해냈는데 아직 이 모양이다. 그렇다는 것을 송하도 곧 알게 되겠지.

*

　동초는 무인점포의 문을 열고 들어갔다. 준비해 간 빈 가방에 과자며 초콜릿 등을 닥치는 대로 쓸어 넣었다. 그러곤 계산을 하는 대신 계산대 옆면에 검은 네임펜으로 눈동자 표식을 그렸다. 마치 송하가 들어갈 상대의 손에 '원더'라고 쓰는 것을 흉내 내듯. 점포 내의 CCTV는 전혀 신경 쓰지 않았다. 모자와 마스크로 얼굴을 완전히 가렸고 옷차림도 일부러 특정 지을 수 없게 입었다. 누가 봐도 그저 학생 정도로만 추정할 수 있을 뿐이었다. 동초는 잡히지 않을 것을 자신했다. 그리고 잡히지 않기 위해 한 번 갔던 장소는 다시 가지 않았다.

　빵빵해진 가방을 학교 사물함에 넣어두고 집으로 돌아오던 동초는 편의점 앞에서 주인이 내준 먹이를 먹고 있는 별사탕을 보았다. 동초는 별사탕의 머리와 등을 쓸어주다가 곧 비가 쏟아질 것처럼 꾸물거리는 하늘을 보았다. 동초는 편의점 주인이 잠깐 자리를 비우기를 기다렸다가 별사탕을 안고 서둘러 그 자리를 떴다. 별사탕은 동초의 따뜻한 품에 안긴 채 얌전히 졸았다.

　동네 뒤편 축대 앞에 도착한 동초는 주변에 아무도 없는 것을 확인한 후 별사탕을 축대와 도로 사이의 배수로에 던져버렸다. 깊이가 일 미터 남짓한 배수로에는 어디선가 쓸려온 나뭇가지들과 이런저런 잡동사니들이 버려져 있었다. 그 사이로 떨어진 별사탕은 누가 꺼내주지 않는 한 꼼짝없이 갇힌 신세였다. 네 다리가 멀쩡한 아기 고양이에게도 힘겨운 높이인데 별사탕은 다리 하나를 아예 쓰지 못했다. 별사탕의 가는 울음소리가 계속 흘러나왔다. 동초는 그 울음소리를 감상이라도 하는 듯 잠시 그 자리에서 듣고 있다가 아무 일도 없었다는 듯 돌아섰다.

집으로 올라가는 계단에서 동초는 발을 헛디디고 굴러떨어졌다. 몸이 비틀리면서 구부러진 허리와 옆구리, 골반과 무릎이 계단 모서리에 부딪칠 때마다 몸 안에서 부러지고 부서지는 기분 나쁜 소리가 났다. 바닥에 뒤통수가 닿는 순간 머리가 쩍 하고 깨지며 붉고 축축한 액체가 빗물처럼 눈에 쏟아져들었다. 먹먹해진 귓가로 비 내리는 소리가 들렸다. 새빨간 비가 내리는 사이로 우뚝 선 삼색신호등이 보였다. 꼼짝할 수 없는 몸은 깊이를 알 수 없는 바닥으로 끝도 없이 가라앉고 있었고 세찬 빗물로 숨을 제대로 쉴 수가 없었다.

신호등의 적녹백 불빛이 번갈아 깜빡이더니 백색등이 환하게 켜졌다. 눈부심 때문에 눈알이 빠질 것 같았다. 내가 가진 특별한 먼지의 이름이 뭔지 알면 나는 아무 일도 없었다는 듯 일어날 수 있어. 아, 됐고. 원더. 송하는 자신에게 설정한 최고로 쉬운 자각 질문에 답하고 바로 꿈에서 깼다. 그러곤 황급히 시간을 확인했다. 잠든 지 삼십여 분 지났다. 비는 이미 내리고 있었다.

송하는 서둘러 축대를 향해 달려갔다. 동초가 빼돌린 금반지와 목걸이를 어디에 뒀는지 알아보려고 들어간 건데 이게 뭔 일이야. 이제 봤더니 원래 도둑년이었네. 빗줄기는 점점 거세졌다. 배수로에 물이 차면 별사탕은 죽을지도 모른다. 아니, 죽으라고 던졌으니 죽을 것이다. 설마 삼색고양이에게도 이런 짓을 한 건 아니겠지. 어쩐지 했을 것 같아 소름이 끼쳤다. 송하는 좁은 배수로 아래를 들여다보며 별사탕을 불렀다. 거센 빗소리를 뚫고 어디선가 별사탕의 가느다란 울음소리가 들려왔다. 젖은 나뭇가지와 쓰레기 사이로 새파란 눈동자가 반짝였다.

"이리 와."

송하는 옷이 젖든 말든 길바닥에 엎드려 몸을 한껏 기울인 채 별사탕을 향해 손을 내밀었다. 별사탕은 기다렸다는 듯 송하의 손 위로 작은 앞발을 걸쳤다. 그러곤 온 힘을 다해 그 손에 매달렸다. 송하는 별사탕이 안쓰러웠다.

"너 진짜 겁도 없다. 좀 전에 사람 손에 내동댕이쳐지고 또 사람 손을 잡으려고 하냐. 담부턴 아무나 믿지 마. 알았어?"

별사탕이 그 말을 알아들은 듯 비를 맞으며 계속 송하를 따라갔다. 발치에 붙어 있는 별사탕을 내려다보며 송하는 어쩔 수 없다는 듯, 그러나 자신을 택해줘서 기쁜 듯 말했다.

"그래, 언니랑 같이 가자."

너는 송하가 길고양이 새끼를 데려온 것이 마음에 들지 않았다. 고양이 양육자를 집사라고 부르는 것에는 이유가 있다.

"우리 고양이 키울 형편 안 되는 거 알지? 보낼 곳이 생길 때까지 잠시만 보호하는 것으로 하자."

"양육은 사랑이라면서?"

"양육은 돈이라고 한 건 너야. 돈이 없으면 제대로 된 부모가 될 수 없다며?"

"그거야……."

송하는 우물거렸다.

"고양이 다리는 왜 그래?"

"부러졌나 봐. 병원에 데려가야 해."

"병원비는 있고?"

"없어."

"돈도 없으면서 앨 키우겠다고?"

"그러니까 평소에 나한테 용돈을 넉넉히 줬으면 됐잖아."

"그러니까 너한테 용돈을 넉넉히 줄 수 없을 만큼 엄만 너키울 돈도 부족하다고."

"알았어, 빌려줘. 나중에 갚을게. 아니, 내가 앞으로 병원에 갈 일 있으면 안 갈게."

너는 기가 찼다.

"내 자식은 내가 키우고 네 고양이는 네가 키워."

"어쩌라고, 난 돈이 없는데. 그래서 내가 받을 것을 애한테 주겠다잖아. 지금 나한텐 그게 최선이야. 어쨌든 내가 책임지겠다고."

송하는 알까. 지금 자신이 한 말이 그동안 네가 송하에게 해왔던 말이라는 것을.

"오직 사랑으로만 어떻게 해보겠다고? 얘 입장은 생각 안 해? 너보다는 해줄 능력이 되는 사람한테 가는 게 행복할 거야. 너도 늘 돈 많은 부모를 바랐잖아."

너는 전혀 빈정거릴 생각이 없었지만 말해놓고 보니 그렇게 됐다.

"에이 씨, 그냥 엄마만큼만 하면 되잖아. 그럼 나만큼은 자라겠지."

음, 알고 있네. 너는 더는 말리지 않았다. 별사탕은 네가 매일 말고 있는 김밥과 어딘가 닮았다. 그러니까 새까만 우주에서 하얗게 빛나는 별들 같았다. 송하가 자기 품 안에 떨어진 별 하나를 차마 내버릴 수 없다는데 너 역시 차마 뭐라 할 수 없었다. 그나저나 병원비는 얼마나 나오려나. 고칠 수는 있을까. 며칠 동안 비는 줄기차게 내렸다.

*

출근한 너는 길영이 동희와 동당을 데리고 창가 구석 자리에 앉아 있는 것을 보았다. 너를 본 길영이 멋쩍은 듯 말했다.

"점심 먹으려고."

"웬일로요?"

너는 의아했다. 길영은 이런 데 나와 앉아 뭘 사 먹는 사람이 아니다. 길영은 집밥이 세상에서 가장 안전하고 건강하다고 믿는 사람이다. 그래서 배달 음식을 시키는 일도 거의 없다. 물론 그렇게 쓸 돈도 없고. 하지만 길영의 아이들은 먹고 싶었다. 그래서 동초와 동희는 길영 몰래 껍질과 기름뿐인 싸구려 닭강정을 사 먹고 다녔다. 물론 길영은 이를 전혀 알지 못했다. 길영의 아이들은 너의 아이들과 달리 제 엄마 앞에서는 무조건 네, 하고 대답했다.

길영은 제 아이들이 서로 싸우는 것 말고는 세상에서 제일 착한 애들인 줄 알고 있다. 그래서 며칠 전에 송하가 했던 말을 동초에게 확인하는 어리석은 짓은 하지 않았다. 길영은 동초를 믿었다. 그녀는 좋은 엄마가 되고 싶었고 좋은 엄마는 세상 사람들이 뭐라 하든 자식을 의심해서는 안 된다고 생각했다.

그리고 입이 가벼운 이웃이 되고 싶지도 않았다. 그래서 너에게도 송하에 대해서 이러쿵저러쿵 말하지 않았다. 말해봤자 너의 기분만 상하게 할 것이기 때문이다. 자식 험담을 하는데 어느 부모가 기쁘게 들을 수 있을까. 팔은 안으로 굽는 법이다. 길영은 송하와 별개로 너와는 잘 지내고 싶었다. 그래서 그저 마음 한편으로만 되바라진 딸에 대해 잘 알지 못하는 너를 동정했다.

"동초는요?"

"자고 있어. 계속 잠만 자. 벌써 이틀째야."

"이틀이나요?"

"응, 하도 안 일어나서 병원으로 업고 갔는데 그냥 자는 것일 뿐 다른 데는 이상이 없대."

"그럼 일어나겠죠. 송하도 며칠 전에 하루 반나절 밥도 안 먹고 꼬박 잠만 잤어요. 무슨 잠을 그렇게 자는지 깨워도 꿈쩍도 하지 않더라고요."

"그랬어? 그럼 이거 무슨 유행병 같은 건가?"

동당이 탁자 위에 놓인 수저와 젓가락을 향해 손을 뻗자 길영은 동당의 손목을 가볍게 후려쳤다. 동당이 울먹이자 길영은 동당을 동희에게 던지듯 안겼다. 동희는 짜증이 나는지 길영에게 남몰래 눈을 흘겼다. 조금 후에 떡볶이 일인분과 김밥한 줄이 나왔다. 음식은 금방 동이 났다. 동당은 김밥 접시를 훑은 제 손가락을 빨았고 동희는 수저 끝으로 바닥에 남은 떡볶이 국물을 계속 찍어 먹었다.

길영은 음식을 더 시켜줄 생각이 없어 보였다. 그렇다고 당장 일어날 기미도 보이지 않았다. 길영의 넋 놓은 시선은 창밖어딘가로 향해 있었다. 열 오른 길영의 뺨이 불그레했다. 초점을 잃은 두 눈동자는 아이들이 없는 곳을 찾아 하염없이 내달렸다. 지쳐 보였다. 너는 네 돈으로 김밥 두 줄과 돈가스를 계산한 후 가져다주었다. 길영이 미안한 얼굴로 말했다.

"고마워. 다음에 우리 집 오면 내가 맛있는 거 해줄게."

"그래요. 근데 어디 아파요? 얼굴이 안 좋아요."

"어젯밤에 좀 안 좋은 꿈을 꿨어. 내가 가끔 죽는 꿈을 꾸는데 꾸고 나면 이상하게 마음이 뒤숭숭해."

"왜요? 죽는 꿈은 좋은 꿈이잖아요."

"매번 같은 꿈이라서 좀 섬뜩해. 거기 항상 신호등이 나오는데 그게 되게 기분 나빠."

너의 심장이 덜컥 내려앉았다. 혹시 팬텀 시그널 라이트일까.

"어떤 신호등인데요?"

"황색등 대신 백색등이 있는 삼색신호등이야. 신호등이 깜빡거리고 나는 피를 철철 흘리며 죽어가. 그 와중에 내가 나한테 묻고 있어. 그동안 어장에 잡아둔 물고기가 몇 마리냐고? 그걸 대답하면 뭔가 해결이 될 것도 같은데."

"뭐가 해결되는데요?"

"다 괜찮아질 것 같달까. 다시는 그 기분 나쁜 꿈을 꾸지 않게 될 것 같기도 하고. 동생들 말이 어릴 때 개울가에서 가끔 물고기를 잡으며 놀았다기에 물어봤더니 잡은 숫자까지는 기억이 안 난대. 당연히 그렇겠지. 난 아예 그러고 놀았다는 것조차 잊었는데."

"아무 숫자나 대지 그랬어요."

"그게 안 돼. 그래서 미쳐버릴 것 같아."

그게 어떤 느낌인지 너는 잘 알고 있다. 하지만 너는 길영에게 너도 같은 꿈을 꾼 적이 있다고 말하지는 않았다.

"대체 꿈에서 난 왜 그런 걸 나한테 묻고 있는 걸까. 근데 대답해야 해. 그래야 한다는 건 알겠어. 그러니까 반복적으로 꾸는 거겠지."

"그냥 잊어요."

너는 질문의 답이 기억났지만 해결된 건 아무것도 없었다. 더 혼란스러워졌을 뿐.

"그게 잘 안 돼. 끈끈이처럼 머릿속에 늘 달라붙어 있어."

길영은 한숨을 내쉬었다. 아이들이 그릇을 비우자 길영은 너와 인사를 한 후 가게를 나갔다. 저만치 걸어가는 길영을 보며 너는 불가사의한 기분에 사로잡혔다. 정말 내가 공충도를 그렸을까. 어쩌면 내가 주환에게 한 짓을 길영에게도 했을지 몰라. 만약 정말 그런 거라면 너는 길영에게 들어가 있는 기억의 주인이 네가 아는 사람일 거라는 생각이 들었다. 하지만 지금의 너는 그게 누군지 기억하지 못한다. 절대 대답할 수 없는 자각 질문을 주겠다는 너의 복수심도 기억하지 못한다.

길영이 너에게 와서 동초와 송하가 엮였다. 원래대로라면 너와 길영은 아무런 접점이 없었다. 어디선가 모르는 사이로 각자의 길을 가야 했다. 오래전에 아영을 놔주었던 것처럼 상미도 놔줬어야 했다. 너는 상미가 했던 짓이 미웠으나 이제 그때의 감정은 사라졌다. 그래서 너는 다시 만난 상미, 아니 길영을 보고 전혀 통쾌하지 않았다. 오히려 후회했다. 상미가 어떻게 살든 그 인생에 아무 짓도 하지 말았어야 했다고.

너는 가끔 길영에게 질문의 답을 가르쳐주고 싶은 충동을 느끼곤 했다. 하지만 너는 답을 모른다. 상미가 자기 어장에 집어넣은 남자들이 너의 남자들만 있었던 건 아니니까. 상미 본인은 찬찬히 헤아려보면 알 수 있을지도. 그런데 그럴 일은 없을 것이다. 상미는 자기가 무슨 짓을 했는지 잘 모른다. 그러니 그 어장의 의미를 절대 그쪽으로 해석하지 않을 것이다.

길영의 꿈에서 상미가 받은 질문은 자기 남자를 뺏긴 여자가 자기 남자를 뺏은 여자에게 묻는 것이었다. 즉, 길영이 남편의 여자 중 누군가에게 물었다. 상미와 길영은 실제 그런 관계는 아니나 그 질문은 그런 관계에 놓인 사람 사이에서 보편적 공유 기억으로 작용할 수 있는 성질의 것이었다. 그래서 상미와 길영은 공유 기억이 전혀 없음에도 상대에 관해 물어야 한다는 자각 질문의 규칙이 성립된 것이다. 물론 깨어난 후 길영은 상미가 아니므로 어린 시절 잃어버린 기억에서 답을 찾고자 했다.

길영이 아이들과 횡단보도 앞에 섰다. 신호등이 녹색으로 바뀌자 너는 흠칫 놀랐다. 불현듯 주환의 마지막 기억이 떠올랐다. 그의 몸이 차창 밖으로 튀어 나가면서 끊겼던 기억이 저 횡단보도에서부터 다시 이어졌다. 그는 피투성이의 몸으로 횡단보도 중간에 서서 백색등이 깜빡이는 삼색신호등을 보고 있었다.

교통사고를 당한 그는 집으로 가는 중이었다. 애착 소파에 눕고 싶었다. 그가 향하고 있는 집은 너였다. 진짜 집이 아니라 너의 머릿속. 공충도가 너와 그를 연결했기 때문이다. 너는 깨달았다. 주환의 이 마지막 기억은 꿈이라는 것을. 팬텀 시그널 라이트는 꿈에서만 볼 수 있는 것이다. 주환이 죽어가면서 꾼 꿈을 내가 기억하는 거야. 지금 내 기억은 전부 주환의 것이니까. 주환이 꾼 꿈도, 상상도 모두 그 기억에 속하지.

그렇다. 주환이 너에게 들어가는 통로는 꿈의 영역이다. 그가 겪었다고 기억하는 교통사고는 너에게 들어갈 때 잠들면서 꾼 꿈이었다. 그 꿈에서 주환은 집으로 돌아와 애착 소파 뒤에 쓰러졌다. 주환이 너에게 들어오고 이번에는 네가 잠들면서 그 꿈의 마지막 장면을 보았다. 그리고 이제 기억났다.

너와 주환이 잠들 때 가해진 물리적 충격은 잠드는 방식의 다양한 자극이다. 연결에 문제가 생기면 그 자극은 알다시피 치명적인 실제 사고로 발생할 수 있다. 호랑거미가 보이지 않는 손에 터져 죽었듯 그날 보이지 않는 손은 너와 주환에게 프라이팬을 휘둘렀다.

신호등이 적색등으로 바뀌었다. 차들이 지나가고 길영과 아이들은 멀어졌다. 그때 별사탕을 안은 송하가 횡단보도에 섰다. 송하는 별사탕을 공중으로 치켜든 채 이리저리 흔들며 실실 웃고 있었다. 말도 안 되는 생각이었지만 네가 보기에 송하는 여차하면 별사탕을 차도로 던져버릴 것 같았다. 불안해진 너는 가게 밖으로 나왔다.

"송하야, 너 지금 뭐 하는 거야?"

"특별한 고양이에게 특별한 체험을 시켜주고 있어."

"그러다 놓치면 어쩌려고? 기껏 키우겠다고 해서 허락했더니 이게 무슨 위험한 짓이야?"

"엄마나 잘해. 잘할 수 있지?"

뜬금없는 질문에 너는 의아한 얼굴로 물었다.

"뭘?"

"아니면 나 정말 가만있지 않을 거야."

"무슨 소리야?"

"찰나가 누군지 생각났어?"

"뭐?"

"아직 아니구나."

송하는 실망스러운 시선을 던지곤 가버렸다. 너는 어쩐지 섬뜩한 기분을 느꼈다. 송하가 너에게 찰나를 모르는 엄마는 누구야, 하고 물었던 기억이 났다. 그때 너는 아직 자각 질문의 답을 찾지 못한 상태였다. 하지만 지금은 그 물음의 의미를 알 수 있었다. 내가 엄마가 아니라고 의심하고 있어. 내가 주환의 기억만 가지고 있다는 것을 안 거지. 어떻게 알았을까?

그러고 보니 주환이 죽었을 때 송하가 꿈 이야기를 했다. 공충도. 그게 꿈으로 사람을 엮는 거라고 했는데. 찰나가 혹 그 공충도를 그리는 벌레를 말하는 건 아닐까? 그런 거라면 역시 내가 공충도를 그린 거야. 송하는 그걸 알고 있고. 가만, 혹 송하도 공충도를 그릴 수 있는 건가?

잘해, 아니면 나 정말 가만있지 않을 거야. 마치 경고하듯 송하는 너에게 말했다. 너는 그 경고가 주환에게 하는 말이라는 것을 알았다. 그러니까 송하는 나를 주환으로 알고 있는 거야. 근데 가만있지 않으면 어떻게 할 건데? 너는 불안해졌다. 아무래도 송하 역시 공충도를 그릴 수 있는 것 같다. 그래도 설마? 하지만 너는 곧 공충도의 희생자인 길영을 떠올리곤 두려움에 휩싸였다.

그래, 그 두려움은 자연스럽고 마땅한 것이다. 송하는 네가 생각하는 것보다 주환을 더 미워했으니까. 게다가 그리움과 복수심이 뒤섞이면 감정은 더 격해지는 법이다. 아무리 원더가 송하의 머릿속을 드넓은 세계로 이끌어준다 해도 십대라는 것을 절대적으로 고려해야 한다. 하지만 너무 두려워할 건 없다. 무조건 잘하면 되니까. 내가 도와줄 방법은 없지만 어쨌든 건투를 빈다.

송하는 품에 안은 별사탕의 귀에 대고 속삭였다.

"기분 어때? 여차하면 내가 널 던져 죽일 수 있는지 한번 시험해봤는데. 별사탕은 내가 뭘 하려고 했는지 모르겠지만 넌 깨어나면 알 거야. 그러니까 죽고 싶지 않으면 원더는 잊어. 깨어나서 또 원더 타령하면 그땐 진짜 물이 가득 찬 배수로에 던져버릴 거야. 네가 별사탕에게 한 짓 그대로 돌려줄 거라고. 그러니까 왜 굳이 너를 별사탕으로 바꾸게 만들어? 꼭 지가 당해 봐야 안다니까. 이제 알겠어? 별사탕이 얼마나 무서웠을지."

고양이는 송하가 별사탕이라고 말할 때마다 고개를 들고 대답하듯 소리를 내며 쳐다보았다.

"너 참 똑똑하다. 별사탕이라고 몇 번 불러주지도 않았는데 어떻게 이렇게 금방 자기 이름인지 알아듣냐. 내가 너한테 이름 지어준 게 진짜 신의 한 수였다."

나는 신호를 발산하는 모든 생명체의 무의식을 엮을 수 있다. 그러니 동물이라고 안 될 건 없다. 물론 식물도. 송하라면 언젠가 식물과도 시도해볼 것 같다.

그때 그 호랑거미가 터져 죽은 건 대상의 모호함 때문이었다. 그 호랑거미에게 이름이 있었다면 너의 상대로 특정되어 연결이 가능했을 것이다. 그랬다면 너는 그 호랑거미에게 들어가 잠깐 거미의 감각 경험을 했을 수도 있었다.

이름은 수많은 대상 중에서 하나를 규정하는 힘을 지닌다. 송하는 자신과 네가 했던 이전의 모든 연결을 되짚어봤고 셋의 연결이 아닌데도 완전히 실패한 그 호랑거미에게만 이름이 없었다는 것을 알았다. 그걸 깨닫자 송하는 별사탕에게 시도해보지 않을 수 없었다. 그리고 상대가 사람일 때와 다른 두 가지를 알아냈다.

동물에게서는 깨어나는 데 시간이 제법 걸렸다. 그리고 일방통행이었다. 송하는 별사탕을 자신에게 들어오게 할 수 없었다. 동물이 인간의 시각으로 보고 겪은 것은 이해 불가 영역으로 사라지기 때문이다. 즉, 들어간 쪽 동물의 감각과 감정이 받아들인 쪽 인간에게 인간의 언어와 사유 방식으로 기억을 남기지 못하니 그 방향으로는 연결이 되지 않는다.

이런 방법을 쓰다니. 나는 송하에게 감탄하지 않을 수 없었다. 동초의 입을 막고 원더를 감추겠다는 송하의 필사적이고 끊임없는 생각은 계속해서 방법을 찾아냈다. 하긴 그게 인간이 나아가는 방식이긴 하지. 인간은 언제나 어떤 상황에서도 방법을 찾아내니까. 좋은 쪽으로든 나쁜 쪽으로든 생각하고 또 생각해서 기어이 찾아낸다.

"괜찮아. 곧 깨어날 수 있어. 고양이는 잠을 많이 자. 특히 새끼 고양이는. 질문도 아주 쉬운 거 박아놨어. 네가 별사탕에게 한 짓이니까. 명심해. 깨어나면 원더는 잊는 거야. 그리고 가로챈 금반지와 목걸이도 얌전히 내놓고."

송하는 동초를 개과천선하려는 것이 아니다. 너와의 비밀을 지키려는 것이지. 네가 깨어나지 않고 계속 뭉개는 이유가 주환에게 좀 더 시간을 주고 싶은 거라면 이해한다. 네가 얼마나 지쳐 있는지 잘 아니까. 푹 쉬고 돌아와. 네가 깨어나면 새로운 삶은 아니지만 달라진 삶이 기다리고 있을 거야.

꿈은 희망이고 서로를 넘나드는 기억이다. 나는 여전히 너의 꿈 옆에서 너를 기다린다. 네가 돌아와서 내내 나를 다시 불러주지 않아도 괜찮다. 그래도 너는 언제나 날 생각해줄 테니까.

작가의 말

티베트 속담에 이런 말이 있습니다.

'만약 내가 너에게 나의 꿈을 이야기하면 아마도 너는 그것
을 잊을 것이다. 만약 내가 너를 나의 꿈으로 끌어들이면 그것
은 너의 꿈이 될 것이다.'

가끔 가본 적 없는 낯선 풍경이나 장소가 떠오릅니다. 이는
어쩌면 저의 다른 생이 가졌던 기억의 잔재일 수도 있겠고, 혹
은 이 우주에 남겨진 어느 생의 기억이 무의식을 통해 제 머릿
속에 들어온 것일 수도 있겠지요. 그렇다면 세상에 남의 일이
란 건 없을지도 모릅니다. 이 이야기는 소통에 관한 것이지만

각자의 관점에서는 또 다른 의미를 담은 이야기가 될 수도 있으리라 생각합니다.

찰나와 원더는 너를 나로, 혹은 나를 너로 만드는 장치입니다. 생각의 티끌인 찰나와 원더는 문제를 일으키기도 합니다. 완벽한 생각이란 없으니까요. 외로움 역시 완전한 치유가 불가능합니다. 태어나서 죽을 때까지 인간은 소통과 이해를 갈망하나, 홀로 존재할 수밖에 없습니다. 찰나와 원더는 각자의 우주를 가진 인간이 잠깐이나마 타인의 우주를 이해할 기회를 제공합니다.

내가 없어도 세계는 계속 존재한다는 이 시스템의 기묘함. 그럼 내가 존재하지 않을 때 나는 어디에 어떻게 있는 걸까. 내가 없다면 이 세상도 없어야 하지. 내가 태어나는 순간 시공이 생겨나는 거니까. 의문은 나와 모두가 하나로 얽혀 있는 무의식으로 향하고 찰나와 원더가 등장합니다.

희귀한 능력의 세 여자는 세대에 걸쳐 다른 선택을 했습니다. 엄마는 딸에게 말합니다. 나처럼 살지 마. 딸도 말합니다. 엄마처럼 살지 않을 거야. 그 엄마는 오래전에 역시 자신의 엄마에게 그렇게 말했습니다. 어떤 선택을 했든 딸은 언젠가 엄마의 자리에 서게 되고 그 자리를 이해하게 됩니다. 진정한 다름은 여기서 시작합니다.

찰나와 원더는 수우와 송하를 변화시켰고 수우와 송하는 찰나와 원더를 진화시켰습니다. 수우는 송하를 위해 위험을 감수합니다. 송하는 수우가 떠난 후 그 사실을 알게 됩니다. 언젠가 돌아온 수우와 송하가 어떤 관계를 만들어갈지 기대해봅니다. 천연암의 청년이 가진 능력은 다른 이야기에서 다시 볼 기회가 있으리라 믿습니다.

우뇌로 아는 것을 좌뇌의 언어로 열심히 늘어놓은, 매우 비주류적인 제 이야기를 이렇게 또 들려줄 수 있게 되어 기쁩니다. 도움을 주신 출판사와 편집자님들께 감사드립니다.

조선희 드림

팬텀 시그널

© 조선희, 2025

초판 1쇄 인쇄일 2025년 2월 17일
초판 1쇄 발행일 2025년 3월 3일

지은이   조선희
펴낸이   정은영
편집   최웅기 박진혜 정사라 박서령
디자인   강우정
마케팅   최금순 이언영 연병선 송의정
제작   홍동근

펴낸곳   네오북스
출판등록 2013년 4월 19일 제2013-000123호
주소   04047 서울시 마포구 양화로6길 49
전화   편집부 (02)324-2347, 경영지원부 (02)325-6047
팩스   편집부 (02)324-2348, 경영지원부 (02)2648-1311
이메일   neofiction@jamobook.com

ISBN 979-11-5740-452-0 (03810)